Silke Boger

Mädchenklo

Sieben Kurzgeschichten

pinguletta
VERLAG

Mädchenklo

ISBN 978-3-9817678-0-3

1. Auflage 2015

Fotos: © Ralph Ueltzhöfer, Helmut Speer
Motive: Café Prag, Pforzheim
Covergestaltung: © Sabrina Furrer, Helmut Speer
Satz: Helmut Speer

Lektorat:
Claudia Dvorak
Peter Wacker

Druck und Bindung: KDD DRUCKTERMINAL, Nürnberg
Printed in Germany 2015

www.pinguletta-verlag.de

Liebe*

* Dieses Buch erzählt viele Geschichten. Von lustigen Dingen, außergewöhnlichen Dingen, kuriosen Dingen. Es ist Liebe, die uns all diese Dinge tun lässt.

Patrick Müller

Mädchenklo

Inhalt

MÄDCHENKLO – keineswegs Stilles Örtchen! Unverzichtbar zum Erledigen von dringenden Notdürftigkeiten wie Kommunikation und Austausch von dem, was nur für Frauenohren bestimmt ist.

Nicht selten handelt es sich dabei um die Beurteilung, nein, eher sogar die Verurteilung im Regelfall weiblicher Dritter. Zum Beispiel die Neue des besten Kumpels vom Bruder des Mannes der Schwester, welche zufällig beim Nobel-Italiener am Nachbarstisch sitzt. Irgendjemand muss ja schließlich analysieren, dass die beiden absolut nicht zusammen passen.

Hin und wieder muss auch ein männliches Prachtexemplar der fachfrauischen Begutachtung unterzogen werden, wofür sich die Richterinnen gerne auf das Mädchenklo zurückziehen.

Und sowieso: Frau lästert nicht, Frau stellt fest! Aber damit nicht genug!

So manche schillernde Dramaqueen hat hinter der Türe mit ‚D' einen tränenreichen bühnenreifen Auftritt geliefert.

Es ist wahr, liebe Männer, in dem Raum, in welchen ihr (eigentlich) keinen Zutritt habt und wir Frauen meistens zu zweit hingehen, wird nicht nur Lippenstift neu aufgetragen und Lidstrich nachgezogen.

Eunike Haering

Vorspiel

„Upps“, denke ich, „ist es möglich, dass in der Kabine nebenan gerade ein Biber absäuft?“

Krampfhaft versuche ich mich zu konzentrieren, um den nicht eben appetitlichen Ort möglichst schnell zu verlassen. Die gurgelnden und zugleich krächzenden Geräusche nebenan schwellen aufs Unerträgliche an. Mit der geballten Gelassenheit meines partyerfahrenen Körpers versuche ich meine ultraheißen, aber ziemlich unpraktischen Lederleggins langsam hochzuziehen, ohne größere Mengen Toilettenpapier darin zu verwickeln. Auf der Peinlichkeits-Skala von Null bis Zehn gibt es nämlich leider eine klare Elf für das Verlassen von Toiletten mit gleichzeitigem Schleppe-hinter-sich-herziehen in Form einer halben Papierrolle.

„Scheiß Rosé-Schorle“, gurgelt der Biber nebenan.

„Ich hätte definitiv heute Abend auf mein Sofa hören und mich zuhause aufhalten sollen“, grunzt es aus der Damentoilette neben mir.

„Carlotta, reiß dich zusammen“, erwidere ich, „Rosé-Schorle gehört doch normalerweise zu deinen einfachsten Getränken.“

„Ja, aber nicht wenn es abwechselnd mit Prosecco Aperol und Ramazzotti in unbeschreiblichen Mengen und mit hoher Geschwindigkeit in mich hineingeschüttet wird."

Carlotta hat Recht, kein normaler Frauenkörper kann diese Dosis Alkohol unbeschadet und ohne sofortiges Einsetzen von menstruationsähnlichen Bauchkrämpfen überstehen.

„Egal", sage ich, „komm jetzt bitte wieder aus diesem ätzenden Mädchenklo raus, wir sind schließlich nicht zum Vergnügen hier."

Carlotta kriecht neben mir in den Vorraum, der gefühlt lediglich 1 x 2 Meter großen Toilettensituation, immer noch würgend und zerknittert wie eine ausgedrückte Tube Zahnpasta.

„Ich trag dir noch einen Hauch roséfarbiges Rouge auf, dann gehen wir wieder an den Start", versuche ich die Situation mit einem kleinen, gut gemeinten Scherz aufzupäppeln, aber als ich in die blutleeren Augen meiner besten Freundin blicke, ist mir klar, dass uns nur noch ein Wunder eine unbeschwerte Restnacht bescheren kann.

„Entschuldigen Sie bitte, dürfte ich mir ihren Labello kurz ausleihen?" Irritiert blicke ich mich um.

Nicht die Tatsache, dass ich gesiezt werde, bringt mich aus der Fassung, sondern sehr konkret der verbal geäußert Wunsch meinen Labello second-hand zu benutzen, wo ich mir doch eben nicht nur ausgiebig die Lippen, sondern auch das Innere meiner Nasenlöcher damit benetzt habe.

„Ääähh, klaro, hier hast du ihn."

Ich reiche das Objekt der Begierde der Waschbecken-Nachbarin weiter, die ich just in diesem Moment als Auszubildende meiner Firma identifiziere.

„Cool, dass Sie selbst in ihrem Alter noch hier ins ‚Glam' kommen, übel gute Stimmung heute und echt geile Musik", textet mich das junge Huhn zu.

Sie redet und führt – kreisch – parallel meinen kostbaren Labello ausgiebig über ihren bereits mit Lippenstift plus Lipgloss bemalten Mund.

„Hoffentlich bin ich mit Fünfzig auch noch so aktiv im Nachtleben unterwegs", zwitschert das blöde junge Monster neben mir, drückt mir den Pflegestift wieder zurück in meine vor Entsetzen schlaff am Körper herabhängenden Hände und verschwindet in die Club Area.

„Mit Fünfzig", quietscht Carlotta neben mir, „wie Hammer ist das denn, dass muss ich gleich den anderen Mädels erzählen."

Ich schwöre mir sofort und unwiderruflich, der vorlauten Azubine bei nächstbester Gelegenheit eine desaströse Beurteilung auszustellen, mit der sie bestenfalls noch in der Postverteilungsstelle eingesetzt werden kann.

„Mit Fünfzig", äffe ich Richtung Carlotta, „bin ich immer noch fitter als du betrunkenes Nagetier. Jetzt aber erst recht zurück in die Location und nochmals richtig Gas geben."

Mehrere mörderhafte Mixgetränke später, jeweils unterbrochen von ekstatischen Tanzrunden zu furchtbaren Klassikern wie ‚Born to be alive' und ähnlichen von Männern extrem gehassten Musiktiteln, ergibt eine kurze demoskopische Erhebung unter den Anwesenden, dass 3:27 Uhr grundsätzlich eine gute Zeit zum Aufbruch sei.

„Wo ist Emilia?“, fragt Carlotta in die Runde.

„Vermutlich lässt sie sich in irgendeiner Ecke von dem Autohändler zuschwallen, der ihr vorher einen Drink nach dem anderen ausgegeben hat“, erwidert Muriel mit bereits leicht schläfriger Stimme.

„Geh sie mal bitte suchen und checke gleich, ob sie Handtasche und Hausschlüssel noch bei sich hat“, erwidere ich mit leicht angepisstem Unterton.

„Oh je“, gähnt Muriel in ihr halbvolles Glas, „das kann ja wieder dauern. Und ausgerechnet morgen, oh Gott, nein, natürlich bereits nachher gebe ich um 11:00 Uhr einen neuen ‚Schulter-Bauch-Fußzehen-Po-Kurs‘ im Studio.“

„Gib doch mal einen ‚Busen-Kurs‘ im Fitnessstudio, von allem anderen haben deine Kursteilnehmerinnen eh genug“, zitiert Carlotta aus dem umfangreichen Standard-Witzekatalog deutscher Comedians.

„Oder biete ihnen von unseren Bauchspeckimplantaten an, die gibt es diesen Monat noch zum Sonderpreis, bevor unsere Firma ‚Bauchspeckmachtsexydotkomm‘ an die Börse geht“, kichert Carlotta aus den Tiefen ihres Cocktailglases hervor.

„Carlotta und ich planen eine ständige Musterausstellung für Bauch-Prothesen, damit sich jede interessierte Kundin individuell ihren neuen, gut gepolsterten Bauchbereich zusammenstellen kann“, erkläre ich Muriel, die mich mit schreckensweit aufgerissenen Augen ansieht.

Ich komme so richtig in Fahrt und beginne unsere Geschäftsidee in glühenden Farben zu schildern.

„Keine Chance mehr für flachbauchige Hungerhaken, sondern volle Lotte den Weg frei für in der Körpermitte gut bebauchte Mädels“, gerate ich geradezu ins Schwärmen.

„Den notwendigen Businessplan habe ich bereits ausgearbeitet und unsere Homepage ‚Der Bauchladen‘ ist auch fertig. Unserem überragenden Geschäftserfolg steht nichts mehr im Weg.“

„Carlotta und ich sind natürlich die eigenen Werbeträger Nr. 1 und an unseren beiden Haustüren hängt demnächst ein Schild ‚Wegen Reichtum geschlossen‘.“

Ich steigere mich in meine begeisterten Ausführungen hinein, ignoriere allerdings dabei völlig, dass Muriel als bestens konditionierte Fitnesstrainerin die komplett falsche Ansprechpartnerin für unser überragendes Geschäftsmodell ist.

Meine Businesspartnerin Carlotta ist zwischenzeitlich maximal noch in der Lage, glücklich lächelnd die schwankenden Bewegungen ihres Barhockers auszubalancieren und zu meinen verbalen Ausführungen lediglich eifrig zu nicken.

Bevor ich zu weiteren ausschweifenden Erläuterungen unserer geschäftlichen Erfolgsstory kommen kann, taucht aus dem hinteren Clubbereich eine zufrieden grinsende Emilia auf, im Schlepptau den bereits gut angetrunkenen Autodealer.

„He Mädels, Harry hat die gute Idee, dass wir noch irgendwo einen Fettschlauch mit Currysauce essen gehen, bevor wir uns auf den Heimweg machen“, giggelt Emilia.

„Nee, auf keinen Fall“, kommt die protestierende Erwiderung von Muriel, „ich will jetzt endlich in mein Bett. Außerdem könnt ihr Harry gleich als männliches Modell für eure Bauchspeck-Geschichte verpflichten, ihm würde etwas Training durchaus guttun.“

„Und ich hoffe ergänzend, dass der Designer seiner Klamotten inzwischen rechtskräftig verurteilt ist“, gebe ich zum Besten.

„Aber ich finde so Teddybären-Typen echt schnuffig“, schnurrt Emilia. „lasst uns doch noch den Abend gemeinsam nett ausklingen.“

„Den Abend ausklingen lassen“, kreischt Muriel, „ich glaub es mal wieder nicht. Es ist fast vier Uhr morgens und man könnte jetzt einfach auch nach Hause fahren und es gut sein lassen.“

„Spaßbremse“, flüstert mir Carlotta ins Ohr, einen Blick auf die leicht angesäuerte Muriel werfend.

„Habt ihr Emilia bereits gebrieft, ob ihr Hausschlüssel griffbereit ist? Ich habe keinen Bock, vor ihrer Haustüre nachher das gleiche Spiel wie jeden Donnerstag zu zelebrieren“, frage ich in die Hühnerrunde.

Emilia zeigt stolz ihre Handtasche inklusive Hausschlüssel vor, den dauergrinsenden und ihr schmatzende Küsse ins Ohr knutschenden Harry weiterhin eng an ihrer Seite.

„Ein paar Fettstäbe rot-weiß oder einen 3700-Kalorien-Döner pressen wir uns aber schon noch zwischen die Kauleisten, bevor wir uns auf den

Heimweg machen. Harry lädt ein“, versucht Emilia zu beschwichtigen.

Essen? Vespern? – Mein Urinstinkt ist geweckt.

Außerdem muss ich ja noch die Schmach der Bemerkung zu der ‚Fünfzigjährigen‘ hinunterschlucken. Und das geht nun mal am besten eingewickelt in Irgendetwas frisch aus der Fritteuse.

Aber diese Hackfresse Harry will ich nicht dabei haben.

Blöd, dass Emilia einfach ein Faible für Typen hat, die aussehen als ob frau sie an Weihnachten bei einem Schlechtwichtel-Wettbewerb gewonnen hat. Ich flüstere ihr ins Ohr: „Lass diese B-Ware hier, wir ziehen zu viert los und hauen uns noch deftig was hinter die Kiemen. Der Typ ist doch mega langweilig und außerdem will er eh nur poppen.“

„Ich mag aber auch mal wieder guten Sex haben“, schnüffelt Emilia „und außerdem ist Harry voll der romantische Typ.“

„Ja und die Erde ist eine Scheibe“, erwidere ich ungerührt.

„Der greift sich jedes Wochenende ‘ne andere Ahnungslose hier ab und erzählt jeder den gleichen Schmalz. Da musst du nicht auch noch dem Club der Harry-Opfer beitreten. Also hopp, wir gehen jetzt.“

„Thank God, endlich!“, jubelt Muriel und springt mit einem anderthalbfachen Salchow elegant von ihrem Barhocker.

„Carlottaaaaa, kommst du jetzt bitte endlich und lässt dir nicht noch vom Barkeeper das Ohr blutig reden.“

„Ja und bitte deine Handtasche und vor allem deine Schuhe mitnehmen. Ich drehe jetzt bald durch mit den Gören, denkt doch bitte an meine Fitnessstunde nachher."

Ich unterhalte mich zwischenzeitlich betont lässig mit Carlos, dem zweiten Cocktailshaker, auch um Muriels Bemühungen um einen geordneten Aufbruch etwas zu entzerren.

Ihr vorwurfsvoller Blick lässt mich dann aber doch gnädiger weise zügig eine Verabschiedungszeremonie mit Getränkemixer-Carlos beginnen.

Carlos seufzt und haucht mir inbrünstig ins Ohr: „Ach Peri, meine Traumfrau sollte so sein wie du. Nur deutlich jünger."

Leicht schmollend ziehe ich ihn am Ohr und wende mich meinen Freundinnen zu. Die Einstellung eines schwulen Barkeepers zu Frauen darf nicht die Benchmark sein, um das sensible Altersthema im Allgemeinen und im Besonderen zu erörtern.

„Haben wir überhaupt alles getrunken, was wir bezahlt haben?", kommt der nicht unberechtigte Einwurf von Carlotta, auf allen vieren unter dem Tresen nach ihrem zweiten Schuh suchend.

„Ich meine, dass Peri ihre Cola noch nicht ganz leergetrunken hat", klingt es dumpf in meine Richtung unter dem Barhocker hervor.

„Zweiter Schuh gefunden und noch einen Zwanzig-Euro-Schein auf dem Boden entdeckt."

Carlotta taucht triumphierend aus den Tiefen der Barkonstruktion auf, einen Geldschein eifrig hin und her wedelnd.

„Peri, hier könntest du auch mal wieder nass rausfeudeln, wenn du zuhause alles clean gemacht hast“, brabbelt sie in meine Richtung und zieht sich mit größerem Aufwand ihre Schluppen über die Zehen.

„Ja, da hast du recht und außerdem trauere ich den Zeiten nach, als in den Clubs noch gequalmt werden durfte. Hier stinkt es wie im Fitnessstudio, wenn nicht gelüftet wurde.“

„Oh ja, wisst ihr noch früher im ‚Universum‘, unserer Lieblingsdisse, als wir Rosé-Schorle noch süß und nicht in der kalorienarmen Sauer-Version getrunken haben und vor lauter Knutschen in der Sofaecke nicht den Weg auf die Tanzfläche gefunden haben“, schwärmt Muriel mit einem verzückten Ausdruck in ihrem Gesicht.

„Manche Typen haben da an uns rumgefummelt, als ob wir ein Akkordeon wären und sie die erste Unterrichtsstunde in der musikalischen Früherziehung absolvierten. Es ist wirklich ein Jammer, dass es das ‚Universum‘ nicht mehr gibt, das war ja praktisch unser Wohnzimmer.“

„Oh nein, erinnere mich bitte nicht daran, sonst bekomme ich Schnappatmung“, kreischt Emilia.

„Wir sind jeden Sonntag mit unseren Höllenmofas dorthin gefahren, 18 Stundenkilometer Durchschnittsschneckentempo.“

„Eine von euch lag vorne im Mofa, die Beine auf dem Gepäckträger verschränkt, ich bin gefahren und musste ständig aufpassen, dass mir die Schminke nicht aus der Visage fällt. Ich war ja eh der Mofa-Mops, meine drei Brüder hatten die Maschine so runtergenuddelt, dass ich glaubte, auf einem Rasenmäher zu sitzen“, jammert Emilia.

„Und Peri machte mit ihrem Moped auf die ganz Coole. Nur blöd, dass ihr gleich am ersten Tag nach der Führerscheinprüfung einer die Vorfahrt nahm und sie die Kiste quer legte. Dem zweiten Crash kurz danach folgte der endgültige Enduro-Entzug von ihren entnervten Eltern. Schon doof, wenn frau unbedingt eine Geländemaschine fahren muss, dabei aber mit ihren Zwergenfüßchen nicht den Boden berühren kann. Vermutlich trägt sie deshalb heute immer hohe Absätze, um das Moped-Trauma zu überwinden“, lästert Carlotta aus ihrer Barecke hervor.

„Mensch Mädels, richtig geil war es Sonntagmittags in der Disse. Wenn die Bullen kamen, wurden alle U-Sechzehnjährigen eingesammelt und ins Mädchenklo gesperrt, bis die Razzia vorbei war. Danach zogen alle Chicks die 5-Liter Haarspray-Kanister aus den Handtaschen um ihre ‘Drei-Engel-für-Charly-Gedächtnis-Frisuren‘ neu zu stylen, bevor es wieder zurück in die Knutschecken ging,“ schwärme ich mit einem verzückten Gesichtsausdruck. „By the way – Thema Knutschen: Ganz übel waren die Jungs, die mir beim Küssen parallel die Speisereste aus meiner festen Zahnspange gepult haben“, bringe ich eine kleine unappetitliche Sidestory mit ein.

„Heute hingegen führen die meisten Frauen zuerst eine professionelle Zahnreinigung durch, bevor sie für einem blow-job auf die Knie gehen“, doziere ich aus meinem reichen Erfahrungsschatz.

Mit dem Einwurf: „Auf diese Uraltgeschichten trinken wir jetzt erst mal", bringt sich Carlotta wieder ins Spiel, ein Tablett mit 3 Prosecco-Gläsern und einer Espressotasse vor sich her balancierend.

„Und was ist mit mir?", kommt es beleidigt aus der Harry Ecke.

„Du überlegst dir erst mal eine gute Geschichte aus deiner Jugend, als du noch jung und knackig warst, dann darfst du auch wieder mit den erwachsenen Frauen mitreden", kommt die prompte Erwiderung von Muriel.

„Cheers, Mädels, lustig ist es heute mal wieder mit euch. Jetzt bilden wir erst mal einen Stuhlkreis. Rückt mal eure Barhocker näher, ich erzähle euch die Geschichte vom Knutschfleck", ordnet Carlotta an.

Sie beginnt zu dozieren, ihr Prosecco-Glas und den eigenen Körper gefährlich auf dem Hocker hin und her schwankend:

„Es begab sich aber zu der Zeit, als die Jungs noch dachten, wir Mädels stehen darauf, beim Knutschen mit leichten Saugmechanismen in der Halsbeuge gefügig gemacht zu werden."

„Filmtitel: Biss zum Erbrechen."

„Zuerst haben sie dir am Sommerhimmel das Sternbild der großen Brezel gezeigt und dann ….. Mir hat mal so ein Übeltäter den kompletten Riesen-Knutschfleck zugesetzt, ich traute mich kaum damit nach Hause zu kommen. In meiner Verzweiflung konsultierte ich Muriels Cousine, Undine Krawallowitz-Erpel, die natürlich Rat wusste. Unglücklicherweise hatte sie ihr Wissen wohl aus der

Bravissimo S/M-Rubrik. Ich schmierte auf ihr Geheiß jede Menge Zahnpasta über die Verunstaltung an meinem Hals. Drei Wochen lang hatte ich Verbrennungen siebzehnten Grades an meinem Hals, war echt ein toller Tipp von Undine."

„Ach herrje Undine! Die bekommt ja täglich eine Bänderzerrung in den Mundwinkeln, da sie zu jedem Thema was zu sagen hat", orakle ich und balanciere die leere Espressotasse auf meinem linken großen Zeh, was mir prompt einen entrüsteten Blick von Muriel einbringt.

„Oh ja, und ich trug mal vierzehn Tage am Stück einen dicken Wollschal um den Hals, und das im Hochsommer – wisst ihr noch so ein Sommer, in dem tatsächlich am Saisonende die Freibad-Jahreskarte abgegriffen war – um den fetten Knutschfleck am Hals zu verbergen. Hätte es mein Vater entdeckt, wäre mal wieder Fernsehverbot fällig gewesen", fügt Emilia hinzu.

„TV-Verbot war bei mir zuhause auch so ein gängiges Erziehungsmittel, vor dem heute sämtlich angesehene Psychologen und Super-Nannys warnen. Wie oft stand ich mittwochmorgens an der Bushaltestelle und lauschte andächtig den Erzählungen meiner Mitschüler über die ‚Dallas-Folge' des Abends davor."

„Richtig blöd war, dass unser Fernseher ein Schloss hatte, welches meine Mutter kontinuierlich nutzte. Deshalb stand ich in permanentem Kontakt mit der UN-Menschenrechtsorganisation, um über die Foltermethoden in meinem Elternhaus zu berichten. Getoppt wurden die strengen Maßnahmen durch einen Schlüssel am Telefon, mit dem mir meine Mutter den Zugang zur Außenwelt gänzlich abschnitt.

Und das, obwohl es essentiell wichtig war, sofort nach der Verabschiedung an der Bushaltestelle und noch vor dem Einnehmen des Mittagsessens wieder mit Carlotta in Kontakt zu treten.

Wie gut, dass unsere Mütter damals nicht über Sinn und Unsinn von Fönbook & Co. diskutieren mussten, das hätte sie in den Wahnsinn getrieben“, beende ich meine Abhandlung über den Wandel in der medialen Welt.

„Görlies, trinkt jetzt mal alle spendierten Drinks aus, ich würde mich jetzt schon sehr, sehr gerne auf den Heimweg machen. Peri kann sich ja morgen wieder zu Hause ausruhen, aber ich muss um kurz nach elf meinen Trainingsteilnehmerinnen vorgaukeln, dass ich in einem Powerhouse wohne, mein Ehemann ein direkter Nachfahre von Joseph Pilates ist und ich selbst noch bei der übelsten Durchfallattacke die Bauch-Atmung fehlerfrei durchführen kann. Wenn ich nicht mindestens fünf Stunden Schlaf bekomme, passieren mir wieder so blöde Versprecher wie vor zwei Wochen, als ich in der Fitness-Stunde kommandierte: ‚Durch die Nase tief ein- und durch die Scheide wieder ausatmen‘ “, mosert Muriel leicht angesäuert.

„Wir könnten aber auch noch unsere neuen, schicken Rollatoren auspacken und auf der Theke die extra für Momente wie diese einstudierte ‚Senior Coyote Ugly Choreographie‘ performen“, kommt der Vorschlag von Carlotta.

„Schon gut, war ja nur eine Idee, ich räume ja zusammen“, mault sie, dem strengen Blick unserer Fitness Guru ausweichend.

„Aber auf dem Heimweg brauche ich uuuuuuuuuuunbedingt noch etwas zum Essen, sonst kann ich nicht einschlafen“, jammert Emilia.

„Und ihr wisst ja, wie blöd ich werden kann, wenn ich hungrig bin.“

„Selbstverständlich holen wir uns noch was, schon um die mikroskopisch kleinen Löcher in unseren Mägen zu stopfen. Es ist immerhin fast sechseinhalb Stunden her, seit wir uns im ‚Pastamania‘ Spaghetti reingepresst haben“, unterstütze ich eifrig das Begehren von Emilia.

Frauen wie uns, denen ihre Vesper-Gene nicht erst in die Wiege, sondern bereits in die Fruchtblase gelegt wurden, sind Essenspausen von über vier Stunden suspekt.

Ich gehöre definitiv nicht zu den weiblichen Ablegern, welche an Körnerstangen Pole Dance vorführen, anstatt klassisch-praktisch zu Vernaschen.

Selbstverständlich will ich mich aber auch klar von solchen Speisenstaubsaugern wie Clemens S. und Klemens S. aus unserem Freundeskreis distanzieren.

Beide haben den zweifelhaften Ruf, eine halbe gebratene Kuh – medium zubereitet – verspeisen zu können.

Allerdings ist bei mir durchaus ebenfalls ein sogenannter ‚24-Stunden-Dauerhunger‘ zu diagnostizieren und ich bekomme regelmäßig kleinere Panikattacken, wenn ich auf dem Weg ins Büro bemerke, dass ich meine Vesperdosen zuhause vergessen habe.

Nicht umsonst stand über mich bereits in der Abiturzeitung: Besondere Merkmale: ‚Trägt Socken in zwei verschiedenen Farben und mampft immer den größten Vesperberg', letzteres ein Attribut, welches ich bis heute keinesfalls abgelegt habe.

Der gedankliche Ausflug in meine persönliche Essverhaltenshistorie wird jäh unterbrochen.

„Handtaschen aufnehmen, Prosecco-Gläser leeren und abmarschbereit halten", ordnet Carlotta der Hühnergang an.

„Harry, du kannst schon mal den Wagen vorfahren, hier sind die Autoschlüssel."

„Nehmen wir die Nervkröte tatsächlich mit?", frage ich leise, mit einem zweifelnden Unterton in die Mädels-Runde.

„Haben wir nicht alle glücklicherweise Hauptpreise zuhause und müssen uns deshalb nicht mit so einem Restposten zufrieden geben? Fahren kann ich sowieso noch besser als der und für Emilia finden wir auf dem nächsten Adelsflohmarkt bestimmt einen besseren Märchenprinzen als ihn. Na ja, das Auto kann er uns bei dem Pisswetter eigentlich schon vor den Clubeingang bringen und dann servieren wir ihn ab; er passt eh nicht in den Mini rein", bestimme ich resolut und schwinge mir meine Ein-Zimmer-Wohnung-große-Handtasche über die Schultern.

„Mir nach, ich habe Witterung auf einen kohlehydratverseuchten Burger aufgenommen, wir überlassen die nicht getrunkenen Sektflaschen und die nicht beachteten Jungs hier ihrem erbärmlichen Schicksal."

Unter lautem Gekicher und die Zigaretten bereits startklar in den Händen haltend, hüpfen wir die Stufen zum Clubausgang hoch.

Im Augenwinkel sehe ich die rotzfreche Auszubildende, welche mich auf der Damentoilette so schmählich meines Alters wegen diffamiert hatte.

Sie lehnt an der gegenüberliegenden Hauswand und würgt die Inhalte ihres jugendlich-untrainierten Magens aus sich heraus.

„Strafe muss sein", denke ich mit einem zufriedenen Lächeln auf den Lippen. Auf diese Schluss-Szene werde ich sie garantiert nächste Woche im Beisein einiger männlichen Kollegen indiskret ansprechen.

„Mädels, hier bin ich", ruft der eifrig winkende Harry neben Carlottas Superflitzer.

Wir rennen auf unseren High-Heels so schnell und elegant als möglich durch den heftigen Regen zu unserem Hilfschauffeur hinüber, Carlotta und Emilia kriechen, ergänzt um unsere vier Handtaschen, auf die Rückbank. Muriel platziert sich flink auf dem Beifahrersitz und ich nehme Harry lässig die Autoschlüssel aus der erschlafften Hand und quetsche mich mit einer geübten Bewegung hinters Steuer.

„Aber, ich dachte...", stottert unser Amateur-Gigolo und schaut mit fassungslosem Blick auf das bereits vollbesetzte Auto.

„Ey, Harry, nicht denken, dazu bist du nicht in der Lage. Wir wünschen dir noch ein schönes Leben“, ruft Muriel übermütig aus dem Seitenfenster.

„Peri, gib Stoff, wir verlassen dieses Tal der trostlosen Gestalten.“

Mit einer Formel-1-reifen Anfahrtechnik lasse ich den Motor von Carlottas 165-PS-starkem Mini aufheulen und das Gazellen-Quartett saust davon.

Laut kichernd kuscheln wir uns in die Sitze des Mädels-Batmobil und freuen uns über den filmreifen Abgang.

„Und jetzt nix wie an die Fütterungstheke, ich sterbe vor Hunger“, quäkt Emilia vom Rücksitz. „Peri hole mal alles aus dem Höllenfahrzeug raus.“

Im Augenwinkel entdecke ich einen Schatten, welcher sich just aus einer Parklücke löst, als ich mit lockeren 80 Sachen daran vorbei schieße.

„Mädels, Ohren anlegen, ich glaube Blau-Weiß Karlsruhe verfolgt uns gerade“, rufe ich durch die laute Musik nach hinten.

Und prompt leuchtet hinter unserem Raceflitzer das unangenehme Leuchtband ‚Polizei – Bitte Anhalten‘ auf, was mich schlussendlich zu einer abrupten Beendigung unserer klitzekleinen Geschwindigkeitsüberschreitung veranlasst.

„Blasen, Blasen“, tönt es im dreistimmigen Chor von den Hühnersitzen, als ich den Wagen zum Stehen bringe.

„Ssssssss“, die elektrische Scheibe im Seitenfenster senkt sich und ich halte meinen Rüssel dem Mann des Gesetzes entgegen.

„Gudde Morge, die Damen, ein bisschen schnell underwegs. Un ich riesch hier Algohol“, kommt die unüberhörbar pfälzische Ansprache durch das Wagenfenster.

„Ja, was glauben Sie denn, was wir die ganze Nacht getan haben“, ruft Carlotta vorlaut in Richtung streng blickender Ordnungshüter.

„Dann steige Se mer amol aus un blose Se am beschde glei mol in des Rörsche nei“, folgt die Anweisung des leicht irritiert blickenden Polizisten.

„Do your Blow-Job well“, ruft Emilia mir anfeuernd zu, als ich aussteige.

„Junge Dame, Sie waren etwas zu schnell unterwegs und sind uns deshalb aufgefallen“, klärt mich des Pfälzers Kollege auf, als er mir die Alkohol-Mess-Utensilien reicht.

„Ja ich weiß, aber ich bin leider mit meinem Schuhabsatz am Gaspedal hängen geblieben“, versuche ich den beiden, leicht überforderten Polizisten treuherzig zu erklären und zeige auf meine High-Heels.

„Das kennen Sie ja sicherlich von Ihren eigenen Frauen“, versuche ich unter Zuhilfenahme der ‚Basisvariablen einer guten Kommunikation‘ meine Renngeschwindigkeit zu erklären.

„Na ja, jetzt blasen Sie mal tüchtig, dann werden wir weitersehen“, versucht der Chief-Commander das verbale Ruder wieder in die Hand zu nehmen.

Ich gebe, unter lauten Anfeuerungsrufen des dreiköpfigen Resthühnerhaufens, mein Bestes und reiche das Messgerät an den Pfälzer weiter, der es siegessicher entgegennimmt.

„Ähhh, do konn ebbes ned schdimme“, stammelt er unsicher, „des sinn jo nullgommanull Bromill.“

„Ja klar“, antworte ich lässig, „was denken Sie denn?“

Stürmischer Applaus aus dem Wageninnern folgt meinen Worten, begleitet von ‚Peri-Peri‘-Rufen.

„Don`t drink and drive“, ruft Muriel ihm vorwitzig zu. Ein zufriedenes Lächeln umspielt ihre auch um fast vier Uhr morgens immer noch perfekt geschminkten Lippen.

„De Reschd von Ihne had jo bschdimmd zsamme vier Brommill im Gsichd hänge“, presst er hervor, erleichtert, aber auch sichtlich enttäuscht darüber, dass ihm offensichtlich fette Beute entgangen ist.

„Wie halde Sie des blos aus?“, fragt mich der Pfälzer Ordnungshüter mit einem halb skeptischen, halb respektvollen Ausdruck in seinem Gesicht.

„Jahrelange, harte Übung mit der Hühnergang“, entgegne ich lässig.

„Kann ich das Fahrzeug wieder starten?“

„Wir müssen uns nämlich noch dringend ein paar Fettstäbe in den Magen pressen, bevor wir die Heimreise fortsetzen. Wollen Sie uns begleiten?“

„Leider nicht möglich, wir müssen weiterarbeiten. Aber lassen Sie es sich schmecken und fahren Sie bitte mit angepasster Geschwindigkeit, sonst müssen wir Sie wieder anhalten“, klärt uns der Kollege des Pfälzers auf, den Promillometer wieder sorgfältig verstauend.

Sein Gesichtsausdruck zeigt deutlich, dass er definitiv lieber mit uns noch etwas essen gegangen wäre, als mit seinem sprachlich gehandicapten Kollegen weiterhin Jagd auf Alkohol- und Geschwindigkeitssünder zu machen.

„Dene Dome dann weiderhin gudde Fahrd und lasseses sich guud schmegge“, ruft uns die Pfälzer Kartoffel mit einem eifrigen Winken zum Abschied zu, nochmals einen letzten Blick auf meine drei super süßen Freundinnen werfend, während ich rasant den Motor starte.

„So, jetzt aber schnell ins Fast-Food-Paradies, sonst beginnen meine Magennerven zu rebellieren“, schwöre ich meine Reisegesellschaft auf unser nächstes Ziel ein, bevor eine der Passagierinnen auf die Idee kommen könnte, den direkten Heimweg vorzuschlagen.

Den Geschwindigkeitsvorschriften korrekt folgend fahren wir die kurze Strecke zum Schnellimbiss, nicht ohne zwei Strophen unseres Lieblingssongs für solche Gelegenheiten ‚What shall we do with the drunken chicken‘ zu schmettern.

Auf dem Parkplatz angekommen, stehen dort noch genügend Autos von ebenfalls hungrigen Nachtschwärmern.

„Vielleicht ist ja mein Kumpel Cabanossi mit seinen Jungs ebenfalls noch da“, stellt Carlotta beim Aussteigen fest.

Sie wirft zuerst ihre Schuhe aus dem Auto, gefolgt von ihrer Handtasche und klettert dann hinterher.

Cabanossi war mit dreizehn Jahren Carlottas erster ‚richtiger‘ Freund.

Er erzählt immer mächtig stolz, dass er der Junge war, welcher ihr den ersten Zungenkuss geben durfte, und das zu einer Zeit, als sie beide noch keine Schamhaare hatten.

Ich sinniere so in mich hinein: Schamhaare tragen die Meisten heutzutage eh nicht mehr. Warum wachsen sie dann überhaupt, wenn sie anschließend immer wieder mühsam rasiert, epiliert oder hinfort gewachst werden? Es könnte doch eine klare Zeitersparnis für andere wichtige Dinge ergeben, wenn die Genforschung von Beginn an auf haarlose Körper abzielen würde. Alleine der Gedanke an das Beinhaar-Massaker im Badezimmer, nachdem mein Gatte seine Radfahrerbeine epiliert hat, lässt in meiner Fantasie wieder eine neue Geschäftsidee entstehen.

„Ich bin sooo müde“, gähnt Emilia beim Aussteigen, „kann mir jemand einen Erwachsenenbuggy bringen, um mich in den Imbiss zu schieben?“

„Auf geht`s, ich brauche jetzt noch dringend einen Leberwurst-Burger, bevor wir nach Hause fahren“, dränge ich die Meute zur Eile.

„Vier große Portionen Pommes mit allem Schnick-Schnack, drei Wasser, ein Spezi und von jeder Burger-Sorte jeweils ein Exemplar in der Big-Version“, ordere ich resolut an der Imbisstheke.

„Und zwar flink“, schiebt Carlotta gleich hinterher, „wir haben doch keine Zeit“, ihren Blick auf der Suche nach Cabanossi oder anderen bekannten Gesichtern durch die Fritteusen-Arena werfend.

„Hätten Sie auch gerne vier Kronen für Ihre bezaubernden Häupter?“, schmeichelt uns der indische Salesmanager, während er unsere Bestellung zusammenstellt.

„Ja, und noch vier Dildos als Zepter auch bitte dazu“, schnurrt Emilia, von ihrem kurzfristigen Schwächeanfall wieder erholt.

„Hören Sie nicht auf sie, nach müd kommt blöd“, klärt Carlotta den konsterniert wirkenden indischen Leckereien-Verkäufer auf, während sie uns finanziell auslöst.

„Cabanossi ist wohl nicht hier und sonst auch niemand Lohnendes. Nur junges, unschuldiges Gemüse“, stellt sie mit einem Einhundertachtziggradpanoramablick fest.

Muriel balanciert unser leicht überladenes Tablett zu einem der freien Tische und lässt sich mit einem ‚Ich-will-aber-nach-dem-Essen-GLEICH-Heimfahren-Blick‘ auf den Plastikstuhl sinken.

„Mahlzeit“, rufe ich enthusiastisch in die Hühnerrunde. Endlich steht wieder etwas zum Vespern vor mir.

„Gestern war ich übrigens auf einer Beerdigung. Ich habe meinen Traum begraben, dass ich jemals schlank werden könnte“, presse ich, eifrig kauend, zwischen meinen Zähnen hervor.

„Ja, das hätte ja eh keinen Wert, wenn du schlank wärst. Wie sollen wir sonst unsere Bauchspeckimplantate erfolgreich bewerben, wenn du sie gar nicht mehr am eigenen Körper präsentieren kannst“, malmt Carlotta, eifrig Fettstäbe in sich stopfend.

„Mädels, könnt ihr mal schneller essen, mir schläft gleich die Fratze ein“, jammert Emilia, inzwischen fast bis zum Oberkörper unter den Tisch gerutscht und wie wild auf ihrem Smartphone tippend.

„Ich glaube, Harry hat mir K.O.-Tropfen in mein Getränk geträufelt, ich bin kurz vor einem Gehirnstillstand.“

„Was suchst du denn auf deinem Handy?“, fragt Muriel die verzweifelt dreinblickende Emilia.

„Ich hab mir abgespeichert, in welchem Handtaschen-Fach ich meinen Hausschlüssel deponiert habe und jetzt finde ich die doofe Schlüssel-App nicht mehr“, maunzt das jüngste Huhn unter dem Tisch hervor.

„Emilia, du sollst doch deine Finger von solchen technischen Raffinessen lassen, das haben wir dir schon hundertmal erklärt“, belehre ich meine, dem technischen Nirwana inzwischen bedrohlich nahe gerückte Freundin.

„So eine Denk-Dran-App wäre zwar nicht nur solchen, unter Schlüssel-Alzheimer leidenden Frauen wie dir sehr hilfreich, sondern auch für meinen Mann, der ständig Schlüssel, Privathandy, Geschäftshandy und ungefähr weitere zwanzig Sachen sucht“, sinniere ich während eines ausführlicheren Kauvorgangs.

Das Problem wäre aber vermutlich, dass diese Particular-Key-Amnesie-Patienten ja dann die App nicht mehr auf der Handyoberfläche finden und somit wäre das Ganze für die Katz – das jähe Ende eines neuen Businessplans.

„Ich beeile mich ja mit dem Essen und hole mir nur noch kurz ein Eis-to-go, dann können wir losflitzen“, versuche ich die etwas ungemütlich werdende Stimmung am Tisch zu vertreiben.

„Oh Mann, bist du eigentlich nie satt", stöhnt Muriel, als ich mit einem Frisbee-Scheiben großen Softeis, verziert mit bunten Smarties und gekrönt von einer dicken Schokoglasur wieder zurück an den Tisch komme.

„Doch, wenn ich schlafe, ansonsten gibt es nur hungrig oder schlecht als Aggregatszustände in meinem Körper."

„Jahrelange aufreibende Kämpfe gegen Vesper-Berge formten diesen bezaubernden Körper", setze ich grinsend noch eins drauf.

„Come on Girls, das Nachttaxi steht zur Abfahrt bereit oder wollt ihr noch eine Gedenkminute für den von uns mieslich abservierten Harry einlegen?", rufe ich in die inzwischen von den Strapazen der Nacht deutlich gezeichnete Mädels-Runde.

„Den alten Harry haben wir zu recht in seinem Leid zurück gelassen, der wird vermutlich schon das nächste weibliche Opfer in seinen Klauen haben und ihr die ausgenudelten Stories von seinen Qualitäten als Luxuskarossen-Verkäufer und Dauer-Orgasmus-Zauberer erzählen", stellt Emilia zufrieden fest.

„Darauf trinken wir noch ein letztes Mal: Hoch die Plastikbecher", kommt Carlotta langsam wieder in Partystimmung.

„Wie gut, dass wir durch unser umsichtiges Handeln größere Schäden an Emilias Körper vermieden haben. Harry hätte ihr vermutlich noch ein Geschwür an die Ohren gesäuselt, wenn wir nicht eingegriffen hätten."

Einige Momente später, in denen ich panisch

Carlottas Autoschlüssel in meiner – dem Fassungsvermögen eines Überseecontainers ähnelnden Handtasche – suche, sind wir endlich abfahrbereit.

Es folgt das übliche Einstiegs-Ritual – Schuhe ausziehen, Hosenbund öffnen – unserer Rückbank-Besatzung Carlotta und Emilia.

Diese Tätigkeiten werden untermalt von kleinen, zierlichen Frauenrülpsern, welche durch die kohlesäurehaltigen Erfrischungsgetränke ausgelöst wurden und weiteren, heftigen Kicher-Attacken der Beiden.

Inspiriert durch das nicht gerade damenhafte Verhalten der Back-Side-Girls, vertraut mir Muriel beim Anfahren ein bisher wie die Kronjuwelen von England behütetes Geheimnis an: Im zarten Alter von fünfzehn Jahren rülpste sie ihrem Freund beim Zungenkuss versehentlich in den Mund. Sie flehte innerlich, dass sich unverzüglich eine Erdspalte auftat und sie darin verschluckt werden würde. Er fand es dagegen wohl ziemlich antörnend. Immer wenn sie ihn heute im Supermarkt sieht, versteckt sie sich hinter dem Essiggurken-Regal und rülpst ihm leise entgegen.

„So jetzt aber ohne über-Los-zu-gehen und ohne fünftausend Euronen einzusacken den direkten Heimweg antreten“, ordnet Emilia resolut an, mit einem fetten Grinsen im Gesicht den wiedergefundenen Hausschlüssel schwenkend.

„Alles safe, Peri. Ich brauche nicht bei euch auf dem Sofa übernachten, ich habe den Schlüssel ordnungsgemäß in die Seitenablage gelegt, wie konnte ich das nur vergessen!“, schnurrt eine mit sich und der Welt zufriedene Emilia und schmiegt sich eng an Carlotta.

„Unvorstellbar, dass ich bereits zweimal die komplette Schließanlage meines Hauses austauschen lassen musste, wo ich doch praktisch IMMER weiß, wohin ich meinen Hausschlüssel abgelegt habe. Und komisch auch, dass ich kürzlich einen Anruf vom Second-Hand-Shop bekam, dem ich regelmäßig meine abgetragenen Klamotten bringe, dass eine Käuferin im Innenfutter eines Mantels von mir zwei identische Schlüssel gefunden hat."

„Na ja", spreche ich nach hinten, „immer noch besser als mein Erlebnis. Ich habe kürzlich auf dem Flohmarkt eine Handtasche verkauft, und die Käuferin schrie über den gesamten Platz, ob dies meine Damenbinde sei, welche sie gerade in der Tasche gefunden habe. Zum Glück war es eine unbenutzte Binde und (noch) keine Inkontinenz-Windel, sonst wäre ich ganz schön der Mops gewesen."

Leises Schnarchen aus Carlottas leicht geöffnetem Mund dringt zu Muriel und mir in den Wagenfond vor.

„Aha, es wäre wieder Zeit für eine kleine Eurythmie-Vorführung von Carlotta. Sie demonstriert uns, dass sie ihren Namen schnarchen kann", lästert Muriel und zückt ihr Smartphone, um die beiden friedlich schlummernden Freundinnen auf dem Rücksitz zu fotografieren.

„Das poste ich auf unserer Chicks-on-the-run-Homepage als Strafe dafür, dass ihr mal wieder die Heimkehrzeit tüchtig überschritten habt." Mit einem teuflischen Lächeln schießt sie Fotos aus unterschiedlichen Blickwinkeln, mal eine Nahaufnahme von Emilias geöffnetem Mund mit Blick auf ein kerngesundes Mandelpärchen, mal ein schreckliches Bild von Carlottas offenem Hosenbund.

„Das war jetzt nicht nett", sage ich tadelnd und jage den Mini nochmals so richtig über die Landstraße.

„Peri, fahre bitte langsamer, mir wird schlecht", stöhnt es ächzend aus dem hinteren Teil des Wagens.

„Ich glaube, ich muss, ich sollte, ich kann gleich nicht mehr…urrg, uuaah", tönt es würgend aus Carlottas Ecke.

Geistesgegenwärtig hält ihr Emilia meine Riesenhandtasche unter das Kinn und die unzähligen Weinschorle, Aperols, Ramazottis und der leckere Fast-Food-Fraß ergießen sich in das wunderbar weiche Leder.

„Super reagiert", lobe ich Emilia süffisant. „Die Tasche kann ich jetzt nicht mal mehr auf dem Flohmarkt verkaufen, aber Hauptsache, das Auto hat nichts abbekommen."

„Ein bisserl Schwund ist immer", stellt Muriel trocken fest und macht schnell noch ein letztes Foto von Carlottas kreidebleichem Gesicht, welches noch halb in meiner Handtasche vergraben ist.

„Ich gebe sie in die Lederreinigung, das bekommen die wieder hin", stöhnt Carlotta. „Die Pommes waren bestimmt schlecht frittiert, sonst wäre das nicht passiert."

„Ich sage nur ‚Betrunkener Biber' als Stichwort.

Außerdem hast du jetzt durch dein zweimaliges ungeplantes Erbrechen über den Abend verteilt geschätzte fünfhundert Kalorien verloren. Dafür gibt es garantiert morgen ein Lob für dich beim Wiegen im Fit-for-Fantasy-Studio, wenn du zum wöchentlichen Gewichts-Check antreten darfst“, doziere ich Richtung Rücksitz.

Meiner besten Freundin kann ich einfach nicht böse sein, selbst wenn sie meine Designerhandtasche als Speibsackerl missbraucht. Mit dem Inhalt füttere ich morgen die Fische im Bach vor unserem Haus, danach gibt es dann bestimmt ‚Forelle blau‘.

„Now the Taxi has arrived at Muriel’s home, please be ready to leave the car”, ertönt kurz darauf die Durchsage an die Fahrgäste.

„Bist einfach ein Schatz, Peri“, wispert Carlotta erleichtert, mit immer noch sehr bleichem Gesicht. „Dafür stelle ich auch nächsten Donnerstag mein Auto wieder zur Verfügung.“

„Tschüß Mädels! Und Peri, fahre bitte nicht wieder so schwungvoll an wenn ich ausgestiegen bin, sonst wissen morgen wieder sämtliche Nachbarn, wann wir nach Hause gekommen sind“, beschwört mich Muriel, während sie ihre Beine so graziös aus dem Auto hebt, als ob sie keineswegs von einer heftigen Partynacht nach Hause kommt.

„Tschüühüüß, Muriel, und viel Spaß nachher beim Pilates“, kommt es zweistimmig von der Rücksitz-Fraktion, vier Hände halten die mit lecker Erbrochenem gefüllte Handtasche weit von sich.

Muriel tanzt mit kleinen Sidesteps Richtung Haustüre, wirft uns noch mehrere Luftküsse zu und verschwindet im Hausgang.

„Wer wird als Nächste ausgeladen“, frage ich die beiden Alkohol-Hühner hinter mir.

„Carlotta und deine Handtasche“, schlägt Emilia mit inzwischen wieder sehr schläfriger Stimme vor. „Ich penne noch ein paar Minuten, weck mich bitte, wenn wir bei mir zuhause angekommen sind.“

Schnell ist der Weg zu Carlottas Heimatkommandozentrale zurückgelegt. Mit einer letzten Entschuldigung für das Taschen-Missgeschick, einem ‚hdl – hab dich lieb‘ in Richtung schlafende Emilia und unserer Standard-Verabschiedung ‚Schee wars, das machen wir bald wieder‘ nimmt auch sie, barfuß und ihre High Heels in der Hand balancierend, den Weg zur Haustüre in Angriff.

„Autoabholung wie immer morgen im Laufe des Tages?“, rufe ich ihr fragend nach. Mit einem leichten Kopfnicken, ihre Jacke bereits ausgezogen, kriecht sie mehr als dass sie geht durch die Haustüre in ihr Wohnhaus hinein.

„Oh je, die Arme! Das riecht nach Kopfschmerzen in dreistelliger Phonstärke“, spreche ich mehr zu mir selbst, da Emilia immer noch friedlich schlafend, inzwischen aber in Längsausrichtung positioniert, auf der Rückbank liegt.

Das Ausladen von ihr gestaltet sich aber wider Erwarten als nicht so schwierig, da sie einer Schlafwandlerin ähnlich, ihren kostbaren Hausschlüssel fest an sich gepresst, den direkten Weg in ihre Hausdiele nimmt.

„Tschüß Emilia, schlaf schön“, rufe ich ihr noch nach, aber meine letzte Passagierin ist wohl bereits wieder in einem halbkomatösen Zustand, denn ohne mich eines Blickes zu würdigen, schließt sie die Haustüre hinter sich.

Auf dem nun noch folgenden kurzen Weg zu mir nach Hause drehe ich die Musik im Mini nochmals ziemlich heftig auf und singe mit lauter, aber leider sehr unmelodischer Stimme den Radiosong mit.

„Es ist sechs Uhr, ich wünsche Ihnen einen wunderschönen Freitagmorgen", sagt der Radiosprecher, als ich Carlottas Auto vor unserem Haus einparke.

„Eine gute Zeit, um nach Hause zu kommen", bestätige ich mich selbst. Als ich die Haustüre leise aufschließe mache ich noch einen kurzen Zwischenstopp in der Küche, stopfe mir noch schnell vier Salzbrezeln auf dem Weg zum Schlafzimmer in den Mund und sinke neben meinem entspannt schlafenden Ehemann ins Bett.

„Meine Tage sollten immer damit beginnen, ins Bett zu gehen und nicht umgekehrt." Mit diesem philosophischen Gedanken falle ich in einen sofortigen Tiefschlaf.

Heimspiel

Als es klingelt, wache ich panisch auf.

Mein erster Gedanke ist: „Mist, die Wechseljahre haben bei mir begonnen“, als ich mir in den klitschnassen Nacken greife.

Zweiter Gedanke, der schon bedeutend sinnvoller erscheint: Dass es besser gewesen wäre, ich hätte mir meine Klamotten ausgezogen, bevor ich ins Bett gefallen bin.

So eine Lederleggins zum Schlafen anzubehalten kann mal lässig den Gang in die Sauna ersetzen. „Hoffentlich habe ich mir mit diesem unbeabsichtigten Geniestreich das nächtliche Pommes- und Burger-Massaker sofort wieder heraus geschwitzt“, denke ich, als ich mich langsam aus meiner Schlafposition in eine senkrechte Lage begebe.

Ähnlich müssen sich der Homo sapiens und seine Kumpel gefühlt haben, als sie den aufrechten Gang in ihr Repertoire aufgenommen haben, kommt mir in den Sinn, als ich versuche, meine Gräten zu sortieren.

„Ein Quickie in der Pilates-Stunde bei Muriel wäre jetzt sicherlich auch keine ganz schlechte Idee“, schießt mir durch den Kopf, als mir meine Lendenwirbelsäule ein hämisches „Guten Morgen, du alte Rübe!“ zuruft und mich daran erinnert, dass ich gestern Nacht auf der Tanzfläche des ‚Glam' einige Headbang-Sessions zu viel absolviert habe.

Das Klingeln wird aggressiver.

Ich belle in die Gegensprechanlage „Ja, was gibt`s?“, mühsam die Beinkleider an meinen eklig feuchten Schenkeln hochziehend und einen entsetzten Blick auf das, mit einem lustigen kreuz-und-quer-Kajal-Muster verzierte Kopfkissen zu werfen.

„Können Sie ein Paket für Frau Lampion Dussa entgegennehmen?“, fragt mich der Postbote mit leicht erschreckter Stimme. „Im Schönheitssalon von Frau Dussa öffnet niemand die Tür.“

„Selbstverständlich, einen kleinen Moment bitte“, schnurre ich zurück.

„Bisschen mehr Freundlichkeit an den Tag legen“, empfiehlt mir der Empathie-Beauftragte in meinem noch etwas trägen Gehirn.

Der Postbote kann ja schließlich auch nichts dafür, dass er vor fünfunddreißig Jahren keine Grundschulempfehlung für die weiterführende Schule erhalten hatte und deshalb nach der Hauptschule eine ordentliche Ausbildung zum Post-Sherpa durchlaufen musste.

„Einen schönen Guten Mittag, Frau Boretsch“, begrüßt mich der Post Boy.

„War es wieder nett gestern mit Ihren Mädels?“, stellt er mir mit einem leicht amüsierten Unterton seine Frage, während er mir diese kleine Maschine zum Quittieren des Paketempfangs entgegenhält.

Ich kritzele ‚Luca Toni' in das Namensfeld des Empfängers und freue mich narrisch über meinen kleinen Frühmorgen-Gag.

„Ja klar, war wieder superior, unser Hühnerabend. Wollen Sie auch mal mitgehen?“, brabble ich Richtung Deutsche Post, wohl wissend, dass ich ein Problem hätte, wenn er jetzt zusagte.

„Oh, lieber nicht, ich glaube für so was bin ich zu alt“, erwidert Mr. Postman und platziert das Paket neben meiner Wohnungstüre.

„Ich gehe ja direkt auf die fünfzig zu, da sind mir solche nächtelangen Ausflüge nicht mehr ganz geheuer“, spricht er und wendet sich zum Gehen.

„Ja, dann sollten Sie an Ihrer Kondition arbeiten“, rufe ich ihm zum Abschied nach, erleichtert, dass er meine spontane Einladung abgelehnt hat.

Eigentlich gar kein so schlechter Job, denke ich, den sich der Typ gekrallt hat, als ich die Wohnungstüre wieder langsam schließe.

Den kompletten Tag an der frischen Luft, mal auf dem Rad, mal zu Fuß und immer den Blick auf die frisch aus dem Bett geschlüpften, weiblichen Postkunden werfen zu können – vielleicht wird das Thema mit der weiterführenden Schule und dem Bildungsnotstand in Deutschland einfach kolossal überbewertet….

Keine vierzig Euros monatlich fürs Fitnessstudio ausgeben zu müssen und immer das Ohr und das Auge am wahren Geschehen bei den Menschen zuhause zu haben – not so bad.

‚Postbotin Peri‘, – diese Vorstellung gefällt mir spontan ausgenommen gut.

‚Botin‘, das Wort hat so etwas Romantisch-Verwegenes an sich.

Natürlich müsste die Deutsche Post ihre Erkennungsfarbe ändern, gelb steht mir so was von überhaupt nicht, aber das wäre sicherlich das geringste Problem.

Was sich eher zu einem deutschlandweiten Post-Trauma entwickeln könnte, dürfte die Tatsache sein, dass die Bevölkerung ihre Briefe und Karten frühestens um 16:00 Uhr nachmittags erhalten würden, da ich definitiv nicht die Neigung zur Frühaufsteherin in mir trage.

Aber das müsste sich ja mit einer cleveren Marketingstrategie gewiss auch lösen lassen.

‚Frauen kommen später – aber dann geht die Post ab', so oder so ähnlich ließe sich das Thema garantiert werbewirksam perfekt darstellen.

Und warum nochmal musste ich eigentlich vor 30 Jahren unbedingt Abitur machen?

„Weil es eine geile Zeit auf dem Gymnasium war und du sonst ganz viele Dinge nicht erlebst hättest. Zum Beispiel, wie es sich anfühlt, eine Bioklausur mit nur einem Korrekturpunkt zurückzuerhalten und Elternbriefe zu bekommen, weil du mit unter sechzehn Jahren auf dem Schulhof geraucht hast", gebe ich mir selbst zur Antwort, als ich die Tür zur Toilette öffne.

„Wow, Ozzy Osborne ist auferstanden", ist der erste Gedanke, als mein Blick auf die Fratze im Spiegel fällt.

„Und der Postbote wird wieder denken, dass ich eine echte Schlampe bin, weil ich noch nicht mal mein Augen-Make-Up abgeschminkt hatte, bevor ich mich ins Bett gelegt habe. Oh je, das gibt wieder mindestens fünf Strafpunkte auf der Gesichtshaut-Alterungsskala meiner Hauskosmetikerin Emilia.

Ach was soll‘s, der Postminister ist vermutlich eh nur neidisch, weil ich freitags immer frei habe und ich im Vergleich zu ihm mit fast fünfzig immer noch auf den Rassel gehe.“

Zufrieden mit mir und meinen Selbsterklärungen, setze ich mich auf die Toilettenbrille und studiere erst mal die neusten Klatschgeschichten in der ‚Schala‘.

Herrlich, das wissenschaftliche Lesen von Frauen-Fachzeitschriften auf der Toilette, dieses Kloverhalten sollte schulisch unterrichtet werden, so wichtig ist es für das weibliche Wohlbefinden.

Schmerzlich ist allerdings lediglich der Anblick von unzähligen size-zero Prominenten in den Magazinen, und das, obwohl ich mit dem Anspruch, eine Hochglanz-Magazin-taugliche Figur zu haben, bereits vor ungefähr zwanzig Jahren komplett abgeschlossen habe.

By the way: Kürzlich hat Anne-Suse, eine meiner engsten Freundinnen und nebenberufliche Wertschätzungs-Beauftragte, treffend bemerkt: „Ach Peri, du hast es gut: Egal wie groß dein Bauch ist, dein Busen ist immer größer.“

Aber aufgepasst: Eben jene Anne-Suse behauptete auch, dass unser ältestes Enkelkind Annika Ähnlichkeit mit Uwe Ochsenknecht habe…der breite Mund….

Daher sind ihre Feststellungen eher kritisch zu betrachten.

Was mich beim Studieren von Modezeitschriften wiederum permanent irritiert, ist das revolvierende System im Fashionbereich:

Kurzes Interview mit mir selbst unter Zuhilfenahme einer leeren Toilettenpapierhülse als Mikrofonersatz:

„Warum habe ich den neongelben Strickpullover nicht aufbewahrt, welcher mich zwar bereits in den achtziger Jahren wie eine falsch aufgestellte Verkehrsampel aussehen ließ, den es aber jetzt wieder für schlappe 270 Kröten im Online Shop gibt?“

Seufzend beschließe ich deshalb, meine modischen Verfehlungen zukünftig analog der gesetzlichen Aufbewahrungsfrist von zehn Jahren zu behandeln, auch wenn dies komplett gegen mein persönliches ‚First-in-first-out-Sortierprinzip‘ im Kleiderschrank verstößt.

Während diesen tiefenpsychologischen Überlegungen fällt mein Blick auf den Edelstahl-Abfalleimer neben dem Waschbecken.

Auf dem Deckel des Eimers befinden sich winzige Fußspuren.

Irritiert blicke ich die hauchzarten Abdrücke auf der Metalloberfläche an.

Stimmt die wahnwitzige Geschichte doch, die mir mein Kumpel Mü vor einigen Wochen erzählte?

„In dem Metalleimer auf eurer Gästetoilette wohnt ein Mensch. Ein Kleiner. Der klettert während meiner Toilettenbesuche aus dem Eimer heraus, stellt sich auf den Deckel und redet mit mir.“

Konzentriert starre ich den Eimer an. Nichts passiert.

Vermutlich erscheint der Mensch nur männlichen Klobesuchern.

Mit dieser wichtigen Feststellung beende ich mein Meeting mit der Welt der Printmedien und zerre zum zweiten Mal an diesem frühen Morgen meine inzwischen leicht muffig-verschwitzt riechende Leggins an den Beinen hoch – auf das Schließen des Reißverschlusses verzichte ich großzügig.

„Eigentlich wäre das gar keine schlechte Idee, um konstant abzunehmen“, denke ich beim Gang in die Küche. „So eine 24-Stunden-Wohnhose aus Kunstleder. Da würden sicherlich einige der biestigen Kalorien aus meinem Körper fliehen – wenn nicht wegen des Schwitzens, dann vielleicht aufgrund des unangenehmen Geruchs.“

Mit einem Milchkaffee, den mir mein Mann vor ungefähr vier Stunden zubereitet hat, meinem Smartphone und einer Packung Zigaretten bewaffnet trete ich den Weg zum Balkon an.

Gut, es ist Ende Oktober und nicht unbedingt die klassische Jahreszeit für eine Balkonsession.

Aber es geistert ja eh seit langem die Vermutung um mich herum, ich würde von den Pinguinen abstammen; somit stören mich Temperaturen rund um den Nullpunkt nicht unbedingt dabei, es mir barfuß und nur mit Hose und einem T-Shirt bekleidet im Freien gemütlich zu machen.

Ich betrachte das Muster auf meinem Milchkaffee und habe das Gefühl, in eine Ultraschallaufnahme meiner Gebärmutter zu blicken. Schnell verwische ich den Milchschaum und löffle ihn genussvoll aus der Tasse.

Die Alternative, heute Vormittag zuerst die Welt zu retten, verwerfe ich wegen des damit verbundenen zu hohen Aufwandes und beginne gleich damit, meine Mails zu checken.

Die wichtigste Info ist sicherlich jene von Carlotta, in der sie schreibt, dass ihre Besorgerin Ragnhild, welche in Personalunion auch ihre Mutter ist, die verkotzte Handtasche bereits in die Lederreinigung gebracht hat – eine Nachricht, die mich zutiefst beruhigt.

‚Besorgerin', das ist eine, nicht mit allem Geld dieser Welt zu bezahlende Dienstleisterin. Leider gibt es dieses Berufsbild nicht in der deutschen Ausbildungsordnung.

Die Besorgerin kümmert sich um die Belange des täglichen Lebens von berufstätigen Frauen, wahlweise auch natürlich von berufstätigen Müttern oder von Nur-Müttern.

Das Aufgabengebiet der Besorgerin umfasst Tätigkeiten wie Hemden des Gatten zur Reinigung bringen, der Katze das tägliche Futter bereiten, die vergessenen Sportbeutel den Kindern in die Schule nachliefern, Flugunterlagen im Reisebüro abholen und noch vieles mehr.

Es soll sich ja auch beispielsweise tatsächlich öfters ereignen, dass frau beim Klamotten shoppen von einem Anfall schlechten Gewissens heimgesucht wird und dann das letzte, leider obercoole Shirt nicht mit zur Kasse trägt, um sich am nächsten Tag mehrfach in den Hintern zu beißen, weil das gute Stück nicht den Weg in die Einkaufstüte gefunden hat.

Hier kommt nun die Besorgerin ins Spiel.

Sie fährt ohne Federlesens zum Laden und holt das wichtige Kleidungsstück ab, natürlich unter permanenter Verschwiegenheitspflicht gegenüber den Partnern ihrer Arbeitgeberinnen, und sorgt somit für ein hohes Zufriedenheitslevel bei den Frauen.

Eine Besorgerin ist keinesfalls mit der ebenso unschätzbaren Spezies der Putzfrauen zu verwechseln.

Die Gilde der Raumpflegerinnen besteht zu Recht aus gut bezahlten, weiblichen Legionären, welche sich auf dem freien Arbeitsmarkt einfangen lassen.

Die Besorgerinnen entstammen hingegen nahezu immer der direkten Verwandtschaft, in zehn von neun Fällen sind es die Mütter oder Schwiegermütter der Auftraggeberinnen und sie verweigern glücklicherweise standhaft eine Bezahlung.

„Das mache ich doch gerne für dich“, ist der grandiose Satz, den die Besorgerinnen mehrfach am Tag zu ihren Chefinnen sagen. „Gib mir nur Bescheid, wenn du meine Hilfe benötigst.“

Ich selbst tappte allerdings vor einigen Jahren in die unrühmliche Falle, einer nicht berufstätigen Frau in unserem Bekanntenkreis, den Job als meine Hauptbesorgerin anzubieten.

Sie schaute mich an, als ob ich sie um regelmäßige, lesbische Sexhandlungen gebeten hätte und beschimpfte mich aufs Übelste, dass sie dies nicht nötig habe.

Und nachdem ich die Situation noch retten wollte und ihr natürlich eine angemessene Bezahlung andiente, flippte sie komplett aus, bevor ich ihr auch nur annährend das verantwortungsvolle Tätigkeitsfeld einer Besorgerin erklären konnte.

Inzwischen arbeitet sie zweimal pro Woche abends als Bedienung, muss sich von männlichen Gästen zu texten lassen und veranstaltet Kerzen- und Kosmetikpartys für gelangweilte Hausfrauen, um sich ihre Einkaufsexzesse zu finanzieren.

Nach meiner Einschätzung hätte sie besser daran getan, mir alles gut zu besorgen, aber ich muss halt auch mal den Dingen ihren Lauf lassen.

Meine Eltern zum Beispiel sind diplomierte Gartenbesorger. Sie versorgen uns mit sämtlichen Waren in Bio-Qualität aus dem heimischen Garten, unentgeltlich und pünktlich – eine unschätzbare Institution.

Dabei ist zu beachten, dass Gartenbesorger unbedingt mindestens das magische Lebensalter von 60 Jahren überschritten haben müssen, um mit geballter Pflanz-Erfahrung nur die besten Produkte ernten und liefern zu können.

Der dahintersteckende Synergieeffekt in unserer Familie nennt sich ‚Gurke gegen Google'. Ihre Gegenaufträge beginnen meistens mit dem Satz: „Peri, gugsch Du mol in dem Indernett…"

Außerdem wäre, wenn meine Mutter über einen PC verfügen würde, Wikipedia bereits vollständig von ihr leer gelesen.

Ich selbst bin natürlich ebenfalls als Ministerin für Besorgungen 2.0 tätig, mein Hauptkunde ist unser Lieblingsschwiegersohn.

Meine verantwortungsvolle Aufgabe besteht darin, ihn regelmäßig mit immer den gleichen Telefonnummern zu versorgen, da er absolut nicht in der Lage ist, eine einmal angefragte Nummer in seinem High-Tech-Blackberry abzuspeichern, geschweige denn, sich diese zu merken.

Er beruft sich dabei auf eine angeborene Zahlenschwäche, die in seiner Kindheit nicht hinreichend behandelt wurde.

Verdächtig ist nur, dass er beispielsweise das Lieferdatum seines neuen Geschäftswagens in acht verschiedenen Notationen im Schlaf aufsagen kann.

In Ermangelung eigener Kinder schenke ich ihm aber sämtliche Nachsicht, die ich zu vergeben habe. Schließlich wäre mein Leben ohne ihn um einige Gags ärmer.

Doch zurück zu den Tagesnachrichten:

Die nächste Mail, die ich zwischen einigen Schlückchen eiskaltem Milchkaffee lese, stammt von Emilia.

„Hi Peri, melde mich wieder auf dem Planeten der Lebenden zurück, nachdem ich mich heute Morgen wie im Club der reitenden Leichen gefühlt habe. Heute wäre ich der passende Kandidat für eine Gehirn-Transplantation. Vermutlich hat mich der Frischluftschock auf dem Weg vom Auto ins Haus in echte Turbulenzen gebracht. Ich musste als erstes eine größere Portion ‚Jux Veronica‘ Globuli einwerfen, bevor ich mir überhaupt die Klamotten vom Leib zerren konnte. Jetzt bin ich dauermüde. Im nächsten Leben werde ich eine Fledermaus, dann kann ich über den Winter ein bisschen abhängen und wache erst wieder auf, wenn die Sonne scheint. Zu allem Unglück habe ich heute Morgen meiner ersten Kundin die Augenbrauen versehentlich lila statt schwarz gefärbt. War doch wieder ziemlich heftig unsere Tour heute Nacht. Aber total lustig – und deine Handtasche fand ich übrigens schon immer zum Kotzen ;-)."

Ich bin beruhigt, die Fledermaus scheint trotz Startschwierigkeiten gut im Tagesgeschehen angekommen zu sein.

Jetzt noch flink nach Muriels Message schauen, und dann aber mal hurtig unter die Dusche.

Bei Muriel lief der Morgen relativ entspannt ab, wie ich ihrer Kurznachricht entnehmen kann.

Kurzfristig überlegte sie nach dem Aufstehen, ob sie einen Krankenschein wegen irreparablem ‚bad-hair-day' beantragen solle, aber mit der ihr angeborenen Disziplin schleppte sie sich in den Fitnessclub und begeisterte ihre Gymnastik-Schülerinnen mit einer grandiosen The-Day-After-Pilates Choreographie.

„Einfach Verlass auf die Hühner", denke ich, als ich meine Plenarsitzung auf dem Balkon beende und den schweren Weg zum Badezimmer antrete.

Der erneute Blick in den Spiegel und meine immer noch tiefschwarz verschmierten Augen erinnern mich daran, dass ich noch dringend ein Kostüm für die anstehende Halloween-Party bei Donata benötige.

„Zähneputzen, BITTE ENDLICH ZÄHNEPUTZEN", ruft mir mein Dr. Best-Gewissen laut zu.

Eigentlich müssten sich seit dem Aufstehen bereits Armeen von Bakterien in meinem Mundraum gegenseitig bekämpfen.

Die heute Morgen auf dem Weg ins Bett genaschten Salzbrezeln haben in meinen Zahnzwischenräumen inzwischen wilde Orgien gefeiert und sich mit den Pommes-Resten des Fast-Food-Massakers kämpferische Duelle um den besten Platz auf meinem Zungen-Belag geliefert.

Seufzend starte ich das Zahnkomplett-Programm, um wenigstens meine Mundhöhle wieder vollständig zu restaurieren.

„Zahngesundheit", denke ich paralysiert dem Summen der elektrischen Zahnbürste folgend, „Zahngesundheit sollte als gesetzlicher Baustein der privaten Altersvorsorge anerkannt werden."

Nix bloß Riester-Rürup-Rente.

Was könnte mit dem eingesparten Geld alles anfangen werden, wenn man im fortgeschrittenen Alter nicht ständig Tausende von Euros in Implantate oder sonstigen Krempel investieren müsste.

So wäre beispielsweise die Anschaffung eines gut getunten Rollators in „taupe" oder einer ähnlichen In-Farbe möglich, ausgestattet mit Smartphone und Tablet-Halter, um ständigen Kontakt zur Außenwelt zu halten. So ein bisschen Schnickschnack wie ein DVD-Display am Lenker, um Fotos von den Enkeln anzuschauen, wäre natürlich auch nicht schlecht.

Ich vertiefe mich gedanklich total in meine neue Geschäftsidee und beginne bereits im Kopf die

Schreiben, sowohl an den Bundes-Gesundheitsminister als auch den deutschen Finanzminister, bezüglich meiner Vorschläge zur Rettung der Rentensituation zu formulieren.

Natürlich muss ich dazu als nächstes sofort meine Schwester Dasha kontaktieren, die als international anerkannte Designerin sicherlich in der Lage ist, die notwendigen Rollatoren-Accessoires zu gestalten.

Ein Anruf beim Rektor der hiesigen Fachhochschule für Gestaltung, zur Implementierung eines neuen Studienganges für Senior-Transportation-Design, wäre sicherlich auch eine weitere gute Idee.

Mein inzwischen verstummter Dental-Vibrator beginnt in meiner Hand eklig heiß zu werden, „Mist“, denke ich, „eigentlich wollte ich ja nur meine Zähne putzen.“

Entsetzt begutachte ich das wund gescheuerte Zahnfleisch, das mir meine einseitigen Putzbewegungen nicht verziehen hat.

Oh je, das wird beim nächsten Zahnarztbesuch wieder einen Rüffel setzen und die Zahn-Fee wird mir vermutlich auch eins hinter die Löffel geben, da ich zusätzlich leider meine Knirsch-Schiene nachts – sagen wir mal – eher nur sporadisch trage.

Die erste Schiene hatte ich gleich nach wenigen Wochen durchgebissen.

Deren Nachfolgeedition trage ich vorsichtshalber nur zu besonderen Anlässen und an hohen Feiertagen.

„Nach dieser gründlichen Entfernung meines Zahnbelags kann ich ja eigentlich dem wöchentlichen Wiegen entspannt entgegentreten", spreche ich mir selbst Mut zu, den Weg zur Waage beschwingt zurücklegend.

Leider habe ich hier die Rechnung ohne meinen Körper gemacht. Die Digitalanzeige springt mit einem eleganten Hüpfer über die 65-Kilo-Grenze und blinkt mich mit einen hämischen 66,7 Kilo-Grinsen an.

‚STAGNATIONSALARM' blinken in meinem Kopf sämtliche Warnlichter auf.

Das ist zu viel für eine Linkshänderin, welche – by the way – auch lediglich Pygmäen-Maße auf der nach oben offenen Größenskala erreicht.

Ich verlagere meinen Körper leicht nach hinten, in der Hoffnung dadurch das Gewicht meiner Brüste aus dem Wiegevorgang zu entfernen, was mir natürlich nicht gelingt.

Schon wieder die Waage zu verkaufen, erscheint mir ebenfalls kein cleverer Schachzug.

Vergangenes Jahr konnte ich durch Veräußerung und Neuerwerb einer Waage einen Gewichtsverlust von netto drei Kilo realisieren.

Die falsch geeichte Waage hatte ich auf dem Flohmarkt an zwei minderjährige Kundinnen verkauft, in der Hoffnung, dass sie sich weder mein Gesicht merken konnten, noch das gesetzliche Widerrufsrecht in Anspruch nehmen würden.

„Ach, auch egal. Das Gute am fortgeschrittenen Alter ist doch, dass man sich nicht mehr über solche kompletten Nebensächlichkeiten wie ein paar Pfunde zu viel auf den Hüften ärgern muss."

„Beth Nie-Do verdient sicherlich auch deutlich

mehr Kohle als die ganzen mageren brasilianischen Modells und außerdem stehen Männer eh auf Frauen mit Rundungen“, beschwöre ich mich selbst und pinsele gelassen das Display der Waage mit Tipp-Ex zu.

Ganz wichtig in Zeiten von magersüchtigen und an Bulimie erkrankten Mädchen, dass dieses Thema in die Köpfe aller Frauen kommt:

FIGUR wird komplett überbewertet, übrigens ebenso wie PUTZEN und SEX!

Ich wende mich dann doch lieber angenehmeren Themen wie meinem Kleiderschrank zu, denn tatsächlich habe ich ernsthaft im Sinn, nach einer ausführlichen Dusche endlich in eine andere Hose als das Kunstlederungetüm zu steigen.

Langsam schiebe ich die Leggins an meinen doppelseitig verschwitzten Oberschenkeln herunter, greife die Hose mit spitzen Fingern und habe sofort, und trotzdem nachhaltig, das Gefühl, einen toten Fuchs in den Händen zu halten.

„Igitt, das riecht ja wie eine versehentlich in der Wäschebox vergessene Sporthose meines Mannes“, ekle ich mich leise vor mich hin. „Nix wie in die Waschmaschine damit.“

Spontane Eingebung:

Ich könnte die Hühner anrufen, sie sollen mir jeweils ihre Leber und Galle vorbei bringen. Ich stopfe diese dann mit in die Waschtrommel und führe damit gleich eine Leber- und Gallenreinigung durch, eine in Homöopathie-Kreisen gerne angewandte Körpersäuberungstechnik.

Die Gilde der Heilpraktiker soll aber nicht darben und unter meinen pragmatischen Ideen leiden müssen, deshalb verwerfe ich meine kreativen Gedanken und springe mit einem dreifachen „Hollerädüdeldidö“ unter die Brause.

Eigentlich wäre ja heute Bad putzen auf dem Programm gestanden, aber die eingehende Riechkontrolle an meinem Körper hat eindeutig das Ergebnis gebracht, zuerst mich selbst einer intensiven Duschzeremonie zu unterziehen.

Für die heutige Tiefenreinigung wähle ich das Duschgel mit smoothy Cranberry-Stückchen, habe aber bereits während des Einseifens das Gefühl, ein reinkarnierter Frankfurter Kranz zu sein und mich von allen Seiten mit Tortencreme einzuschmieren.

„Puh, welcher gemeine Ton dringt an mein zartes Öhrchen?“

Irritiert lausche ich dem grellen Signal, das von unserer Galerie den Weg ins Bad findet.

„Mist, der Brandmelder ist angegangen, was hat dies zu bedeuten? Vermutlich Auswirkungen meiner Wasserdampfproduktion.“

„Na ja, grad egal, wenn es brennt, ich stehe ja unter einem Wasserstrahl“, beruhige ich mich selbst und führe meine Creme- und Peeling-Aktivitäten in aller Seelenruhe fort.

Mein Blick fällt über meinen kleinen Trommelbauch hinab zu meinen Fußzehen.

Eigentlich sollte ja der Körper einer Frau ihr Kapital sein – doof, dass in meiner Body-Bilanz leider ein klarer Überschuss in den Büchern steht.

„Herrlich, so eine Dusche, eigentlich relativ nahe an einem Doppelorgasmus“, verkündet mir meine Gefühlswelt, als ich mich nach ungefähr 45 Minuten und dem gefühlten Wasserverbrauch eines großen Babyplanschbeckens später abtrockne.

Dazu verwende ich am liebsten so richtig raue Handtücher, welche nicht mit Weichspüler in Berührung gekommen sind. Wäre es möglich, würde ich mich sogar gerne mit Knäckebrot abtrocknen.

Schade natürlich um das viele verbrauchte Wasser bei so einer Duschorgie. Hier wäre tatsächlich darüber nachzudenken, das wöchentliche Ritual meiner Oma aufzugreifen:

Samstags wurde bei uns immer gebadet und Oma Mina verwendete anschließend das Badewasser, um die weltbeste Kartoffelsuppe daraus herzustellen.

Oder war der Inhalt der Badewanne bei ihr doch eher fürs Blumengießen bestimmt?

Ach egal, Tatsache ist, dass die Energiedebatte relativ zügig beendet werden könnte, wenn wir unser Dusch- und Badewasser tatsächlich zum Kochen weiter verwenden würden.

Mal unter uns Hausfrauen: Der Chinese um die Ecke macht doch nichts anderes, um seine Pekingsuppe herzustellen, da könnten wir ausnahmsweise den Herren Wang und Wong etwas nachahmen.

Zufrieden mit den am späten Vormittag entwickelten Ideen zur Rettung der Erde und der Staatsfinanzen, hüpfe ich Richtung Schlafzimmer und nehme den nach Farben sortierten und Feng-Shui-Richtlinien getrimmten Kleiderschrank ins Visier.

Meine heilige Farbsortierung beinhaltet allerdings auch solche Abwandlungen wie Klamotten in den Versionen tiefschwarz und hellschwarz zu unterscheiden.

Ich checke kurz die geistige To-Do-Liste, was heute noch auf dem Programm steht, um meine Kleiderauswahl darauf abzustimmen.

Fußball-Tipp abgeben für den anstehenden Bundesligaspieltag, Bügeln und später mit den Tennishühnern (einer anderen Spezies der Federvieh Gang) zu unserem Lieblingsitaliener Mario gehen.

Ich entscheide resolut, dass für die ersten beiden Aufgaben Jogginghose und mein Lieblings-Home-Shirt mit der Aufschrift ‚Deutsches Turnfest 1994 Hamburg' genügen.

Praktikabel wäre sowieso, später für den Abendtermin nochmals einen Style-Check durchzuführen, sobald ich mit den Teilnehmerinnen des italienischen Schlemmer-Abend den Dresscode besprochen habe.

„Hm, wieder keine Gelegenheit, eine Sofazerrung zu erleiden", kommt es mir in den Sinn, als mir bewusst wird, dass ich diese Woche keinen einzigen Abend zuhause verbracht habe.

Meine gedanklichen Ausschweifungen zum Wochen-Terminkalender werden durch ein forderndes „Maunz, Maunz" aus dem Treppenhaus unterbrochen.

„Chanel Nr.1", die kleine Katze unserer Hausmitbewohner, macht sich lautstark bemerkbar und schaut mich erwartungsvoll an, als ich sie mit einer leichten Verbeugung in unsere Wohnung herein bitte.

Mein Kooperationsvertrag mit der deutschen

Dosenwurstindustrie ist dem kleinen Fellknäuel hinreichend bekannt, und so lassen wir uns beide eine ordentliche Portion Schinkenwurst schmecken. Meine Ration besteht aus einem dick mit Wurst belegten Brot nebst Gurke und Senf, die vornehme Katzenmadame verzichtet zugunsten eines Wurstnachschlags auf weitere Zutaten.

So gestärkt und mit einer zufrieden schnurrenden Katze auf dem Schoß ist jetzt einfach der perfekte Moment, um dem lieben Gott für mein Leben und die damit verbundenen unbezahlbaren Momente zu danken.

Klar gibt es für alle andere Dinge die Mastercard, aber mir ist trotzdem unendlich wichtig, meiner Dankbarkeit für ein gesundes Dasein und für die tollen Menschen in meinem Umfeld Ausdruck zu geben, und das gelingt mir mit einem Gebet am besten.

Das Gefühl, dass einem immer jemand zuhört, und zwar unabhängig von Öffnungszeiten und ohne vorher bei einer Telefon-Hotline zu landen, ist durch nichts zu ersetzen.

Chanel Nr.1 schaut mich fragend an, als ich ihr mit einem Lächeln im Gesicht sanft das Fell kraule.

„Ich freue mich einfach, du kleine süße Katze, und will es auch gerne zeigen“, flüstere ich in ihr haariges Ohr, welches mich spontan an die Nasenlöcher eines guten Kumpels erinnert.

„Noch mehr Schinkenwurst?“, scheinen mich ihre bernsteinfarbigen Augen zu fragen, was ich leider mit einem „Nix mehr Wurst, sonst kommst du auf die Katzenwaage“, beantworten muss.

„Und von der Leberwurst gibt es auch nichts mehr, sonst hast du wieder ein Piercing am Po, da du gerne die Verpackung mitfrisst und dann den Wurstring nicht auf dem Katzenklo rausgedrückt bekommst“, lache ich dem Kätzchen ins haarige und hungrige Gesicht.

„Du kannst mir aber helfen, die Fußballergebnisse des Bundesliga-Spieltages zu tippen“, raune ich ihr zu und hole den Laptop auf meinen Schoß, während ich das Kätzchen weiterhin auf den Knien balanciere.

„Mist, keine Internet-Verbindung, was könnte da schon wieder los sein?“, frage ich mich irritiert.

„Sorry, kleine Schnurrmaschine, aber wir haben ein technisches Problem, ich muss dich auf das Sofa ablegen“, kläre ich den wütend protestierenden Minitiger auf.

Verzweifelt suche ich nach irgendwelchen falsch gestöpselten Kabeln, von denen ich eh keine Ahnung habe, schaue nach aussagefähigen Meldungen auf dem Desktop, aber es scheint mir keine Lösung in Sicht.

„Ich habe doch extra sämtliche technische Fächer in der zwölften Klasse abgewählt, um meine Abiturnote nicht in Gefahr zu bringen, wie soll ich mich da mit diesen Dingen auskennen?“, seufze ich.

„Zuerst den PC frisch booten“, erinnere ich mich an die erste Weisung, welcher uns der telefonische Helpdesk in der Firma in vergleichbaren Situationen immer gibt.

„Die Festplatte neu aufsetzen“, diese Empfehlung geben sich öfters unsere Männer gegenseitig in Bezug auf uns, ihren geliebten Frauen, wenn wir mal wieder tüchtig über die Stränge geschlagen haben.

Leider hilft beides nicht bei meiner defekten Internetverbindung.

Prompt verspüre ich große Lust, den Laptop über das Balkongeländer zu werfen, wenn mich dabei nicht die Angst begleiten würde, dass ich damit eine der im Bach schwimmenden Enten erschlage.

Stattdessen tauche ich in die Tiefen der Netzwerktechnik meines Notebooks ein, doch Sätze wie „IPv-4-Konnektivität – kein Internetzugriff" oder „Der Computer ist offenbar ordnungsgemäß konfiguriert, jedoch antwortet die Ressource (DNS-Server) nicht", sagen mir genauso viel wie gar nichts.

Mit meinem technischen Verständnis bin ich deshalb ziemlich schnell am Ende, die einzige Idee zu meinem PC-Problem wäre jetzt noch, dass mein Mann Paul unsere W-Lan-Rechnung nicht bezahlt hat.

Seufzend schieße ich einige Screenshots der undefinierbaren Meldungen auf meinem Bildschirm und versende sie als MMS auf das Handy meines Mannes, in der Hoffnung, dass er ausnahmsweise seine Nachrichten abruft.

Während des Sendevorgangs betrachte ich mein Smartphone und reiße die Augen auf:

Es befinden sich 137 Nachrichten bei Whats-Ebbes.

Oh nein, meine Tennishühner haben begonnen, die Kleiderordnung des heutigen Abends zu diskutieren.

Mich wundert es eh, dass sie noch keine Whats-Ebbes-Gruppe für den Event bei Mario gegründet haben. Immerhin handelt es sich hierbei um ein mehrstündiges Ereignis.

„Naja, leider wird's nichts mit meinem Bundesliga-Tipp", rufe ich seufzend Chanel Nr.1 zu, die meine Bemühungen um den PC mit schläfrigen Katzenaugen verfolgt hat.

„Wenn jetzt noch der VfB sein Heimspiel morgen verliert, dann sprenge ich den Laptop bei nächster Gelegenheit in die Luft."

Zustimmendes Miauen mischt sich mit dem Klingeln an der Haustüre.

„Ich bin es, Carlotta, mach auf, ich brauch in großen Mengen Rauchwerkzeuge und Koffein", ruft es durch die Sprechanlage.

„Hi Peri, oh – turnst du heute wieder", lacht mir meine beste Freundin mit Blick auf mein verwaschenes Shirt entgegen. „Außerdem siehst du mit deinen hochgesteckten Haaren aus wie Barberpapa."

„Ich würde mein Auto abholen und vielleicht noch eine kleine Nachbetrachtung unseres gestrigen Törns mit dir durchführen. Und gegen einen Espresso und eine Zigarette hätte ich auch nichts einzuwenden."

„Klar, gute Kombination, ich bin sowieso auf hundertachtzig, weil der Laptop keine Internetverbindung aufbaut", entgegne ich und schalte gleichzeitig die Espressomaschine ein.

„Du siehst übrigens schon wieder vollständig renoviert aus“, lobe ich Carlotta, die – wie immer hinreißend gekleidet und geschminkt – an unserer Küchentheke lehnt.

„Das täuscht ganz schön, ich hatte heute Morgen Startschwierigkeiten wie schon lange nicht mehr. Vor allem leide ich wieder mal an einer seltenen Form von selbst gesteuerter Demenz; ich will mich an bestimmte Dinge der gestrigen Nacht einfach nicht mehr erinnern! Mein Mann meinte, ich würde aus sämtlichen Körperöffnungen stinken und hätte einen Husten, der sich ähnlich anhöre wie sein Uralt-Porsche beim Erwecken aus dem Winterschlaf“, lacht Carlotta und krault dabei Chanel Nr.1 sanft hinter den gespitzten Ohren.

„Aber es hat sich dann tatsächlich kontinuierlich im Laufe des Tages gelegt, und vor einer Stunde konnte ich bereits schon wieder mit Emilia ein Glas Prosecco trinken, als ich mir bei ihr mit dem Faltenbügeleisen die schlimmsten Spuren der gestrigen Nacht aus dem Gesicht entfernen ließ“, berichtet sie und nimmt den Espresso und die Zuckerschale entgegen.

„Balkon?“, blickt mich mein Lieblingshuhn fragend an.

„Selbstverständlich, wir wollen ja noch eine gebräunte Gesichtshaut bekommen“, antworte ich lachend und öffne die Tür zu unserem in eine wunderschöne Mittagssonne getauchten Balkon.

„Ach übrigens, in der Tüte auf dem Barhocker befinden sich auch dein Geldbeutel und deine Lippenstifte sowie dein heiliger Labello – alles frisch gesäubert und desinfiziert. Deine Tasche bekommst du, sobald sie meine Mutter von der Reinigung abgeholt hat", grinst mich Carlotta verlegen an.

„No Problem, ich habe heute Nacht eh deine Reaktionsschnelligkeit bewundert, mit der du dein Missgeschick bewerkstelligt hast. Ich an deiner Stelle, hätte mich vermutlich in Emilias Ausschnitt erbrochen", kichere ich und löffle den Zucker am Tassenboden aus meinem Espresso.

„Ich lese mal im Kaffeesatz – natürlich unter Berücksichtigung der darin enthaltenen Satzstellung: Emilia hat heute schon eine Nachricht von Harry erhalten", doziere ich mit strenger Stimme.

„Richtig, er hat sie heute Morgen gleich bei Fönbook geadded und angefragt, wann wir Hühner wieder auf der Showbühne erscheinen werden."

„Übel, übel, so eine penetrante Wanze. Der könnte wirklich bei ‚Bauer sucht Frau' mitspielen."

„Der aufdringliche Autoverkäufer Harry sucht ein unschuldiges weibliches Fahrzeug – falls möglich Erstzulassung – an welchem er herumschrauben kann. Spätere Gründung eines gemeinsamen Fuhrparks komplett ausgeschlossen", zitiere ich zum Vergnügen von Carlotta aus meinem überquellenden Ideen- und Wortspeicher.

„Sie soll mal schön die Finger von dem Schnarch-Bär lassen, ich habe nichts wirklich Gutes über ihn gehört", bitte ich Carlotta, auf unsere aktuell als Singlehuhn durchs Leben hüpfende Emilia einzuwirken.

„Ja, das habe ich ihr auch bereits gesagt, als ich

vorher zur Gesichtsbehandlung bei ihr war. Jetzt fährt sie nächstes Wochenende sowieso erst mal zur Kosmetikmesse nach Düsseldorf, da wird sie schon auf andere Gedanken kommen."

Der Klingelton meines Smartphone unterbricht unsere kurze Abhandlung über Emilias Liebesleben.

„Hallo Hase, super, dass du dich meldest .... ich wollte zuerst den Publikumsjoker einsetzen, habe mich stattdessen doch für dich als Telefonjoker entschieden .... o.k. keine doofen Witze, sondern gleich zur Sache .... ja, ich bekomme keine Internetverbindung und habe schon alles, aber auch wirklich alles gecheckt, was die Ursache dafür sein kann .... was meinst du damit, dein Handy lädt seit einer Stunde eine MMS von mir? .... äh, ja da habe ich dir ein paar Screenshots geschickt, was der Laptop halt so an Meldungen anzeigt .... und du meinst tatsächlich, das kostet echt ne Stange Geld, wenn ich dir so viele Daten aufs Handy schicke? .... ja, ja, ich weiß, du bist der Spezialist von uns beiden zum Thema IT, das zweifle ich gar nicht an .... den Wireless Schalter wieder von „off" auf „on" stellen meinst du? .... das wäre ja aber zu einfach, das hätte ich doch bemerkt .... schluchz, du hast Recht, der Schalter stand tatsächlich auf „off" .... hammer, jetzt funktioniert auch tatsächlich wieder der Internetzugang .... ja Hase, du bist einfach eine EDV-Konifere, aber dafür kann ich Käsekuchen backen .... liebe dich auch, bis heute Abend, wann kommst du nach Hause? .... ööhh, da bin ich vermutlich bereits mit den Tennisgirls am Start, wir gehen zu

Mario essen, ich habe für dich Semmelknödel aufgetaut, da kannst du für Florian und dich noch eine leckere Pilz-Soße dazu machen, bevor ihr beide euren Winter Trainingsplan besprecht .... jahaaa, in meinem nächsten Leben bleibe ich jeden Abend zuhause, wirst schon sehen, ob dir das dann gefällt, außerdem wollte ich nur nicht euren Bubenabend stören .... nein, ich habe heute nicht schon wieder Ausredentechnik studiert .... L.I.E.B.E D.I.C.H....knutsch."

„Mist, komplett in die ‚Onoff-Falle' am Laptop gestolpert, da hätte ich auch selbst drauf kommen können", grummle ich in Richtung Carlotta, die feixend und dem Kätzchen das Fell kraulend meinem Telefonat gelauscht hat.

„D&G – dumm gelaufen, kann ich dazu nur sagen, somit ist mein mühsam aufgebautes Bild einer EDV-Spezialistin bei meinem Ehemann wieder vollständig in sich zusammengebrochen und ich erhalte PC-User-Zeiten bis auf weiteres nur dann zugeteilt, wenn er zuhause ist", presse ich mit einem kleinen Resignationsanflug im Gesicht zwischen meinen Lippen hervor.

„Brauchst dich nicht zu grämen", erwidert Carlotta. „Mein Mann hat sich vergangene Woche heimlich per Remote auf meinen PC in unserer Firma geschaltet, als ich bei Dress-for-More meine wöchentliche Frustbestellung absetzen wollte und hat mir, statt den von mir angeklickten Schuhen einfach eine Garnitur Dessous in den Warenkorb gelegt. Als das Paket ankam, habe ich nicht nur blöd aus der Wäsche, sondern auch blöd auf die

Wäsche geschaut. Sam hat sich gekringelt vor Lachen und die Story natürlich am gleichen Abend bei seinem Fußball-Stammtisch zum Besten gegeben."

„Ich bin aber bereits in die Racheoffensive gegangen und habe mit dem Autohändler seines Vertrauens gesprochen: Bei der nächsten PKW-Bestellung meines Pferdestärken-Junkies nehme ich heimlich nicht unerheblich Einfluss auf die Wagenfarbe. Vermutlich muss bei Audio in der Lackierwerkstatt eine Sonderschicht eingelegt werden, wenn Sams neuer B8-Kombi zunächst ordnungsgemäß in seiner Wunschfarbe weiß lackiert und anschließend mit abziehbarer Folie in kreisch-pink verschönert wird. Und das, wo Autos bei Sam als männliche Handtaschen betrachtet werden können."

„Coole Idee", staune ich, „und natürlich cooles Auto so ein B8. Meinst du Sam leiht uns den auch einmal aus, wenn wir Hühnerabend haben? Da könnten uns die Bullen lange verfolgen, so schnell fahren deren Murmeln nicht."

„Werde Sam zum Thema Autoverleih mal bei Gelegenheit fragen – he, Germanys next Catmodel, runter vom Tisch", ruft Carlotta der frech umher stolzierenden Katze zu.

„Aber kennst du die neueste Story zum Thema „Rache-am-eigenen-Mann-nehmen?", frage ich sie.

„Rita hat vergangene Woche bei ihrem Herzblatt Clemens entdeckt, dass er heimlich sämtliche James-Sinclair-Hefte, welche sie mühsam über Wochen hinweg in die Altpapierecke der Garage getragen hat, wieder ins Arbeitszimmer hochgebracht und dort in seiner Messie-Ecke platziert hat."

„Dabei hat er Rita und seinem Feng-Shui-Therapeuten geschworen, nur noch Dinge aufzubewahren, die er mindestens einmal pro Jahr nutzt, und da gehören uralte J-S-Hefte definitiv nicht dazu.“

„Jetzt plant sie, eine seiner Magnum Flaschen ‚Red Bitt‘ um ihren kostbaren Inhalt zu erleichtern und damit Rotwein-Kuchen und Soße zuzubereiten. In die Flasche kommt dann anstatt des Weines Balsamico-Essig und sie lässt diese von einem befreundeten Winzer erneut verkorken.“

„Und zu unserem nächsten ‚Nicht-Schmalhans-ist-Küchenmeister-sondern-Prahlhans-ist-Kellermeister-Abend‘ im Freundeskreis darf Clemens dann die Flasche öffnen und dekantieren. Ich bringe vorsichtshalber den Foto mit, um sein entsetztes Weinkenner-Gesicht beim Weinen zu fotografieren“, lache ich, als ich der ebenfalls äußerst amüsierten Carlotta von Ritas Racheplan berichte.

„Oh ja, da fällt mir auch noch eine übelst gemeine Story zum Thema Männer und ihrem geliebten Wein ein, die hat mir Samira erzählt – weißt doch, das sympathische Mädel aus Karlsdorf, deren Hund Barolo heißt,“ kichert Carlotta und zieht Chanel Nr.1 nochmals auf ihren Schoß, um der Katze eine letzte Fellmassage zu gönnen.

„Eine Freundin von Samira wurde von ihrem Ehemann wegen einer jüngeren Frau verlassen (soll es tatsächlich geben). Der Typ ist Weinsammler und besitzt einen absolut hochwertigen Weinkeller, da kostet die Flasche schon mal fünfhundert Klötze aufwärts.“

„An dem Tag, als sie aus dem gemeinsamen Haus ausziehen musste, nimmt sie heimlich einen Großteil seiner teuersten Exemplare aus dem Weinkeller mit, obwohl sie null Ahnung von kostbaren Tropfen hat und sogar Rotwein mit Eiswürfeln trinkt.

In den folgenden Tagen leert sie nun jeweils abends eine Ausfertigung der flüssigen Kostbarkeiten gemeinsam mit einer Freundin und stellt ihm dann die leere Flasche in den Garten. Sie hat die entsetzte Fratze ihres Ex jedes Mal gefilmt, als er heulend wieder ein leeres Fläschchen seines mühsam über Jahre hinweg angesammelten kleinen Vermögens aus der Gartenerde ausgrub. Kannst du dir auf U-Tube ansehen, sie hat das ganze ins Netz gestellt. Der Suchbegriff müsste ‚Wein(e) nicht, kleiner Adam' sein", erzählt mir Carlotta, von Lachattacken geschüttelt.

„Apropos Wein: Geht ihr heute Abend auch zu Mario, ich bin mit meinen Tennismädels dort verabredet?", frage ich sie und räume dabei unsere Espresso-Tassen zusammen.

„Nee, auf gar keinen Fall verlasse ich heute Abend unser Haus. Eigentlich wollte ich noch Laufen gehen und den Alkohol von gestern Nacht rausschwitzen, aber mein persönlicher Schweinehund sitzt mir bereits wieder im Nacken und flüstert mir verschwörerisch zu: Carlotta, bleibe auf dem Sofa und kuschle dich an deinen Mann, schaue Fernsehen und mache dir einen gemütlichen Abend. Ich habe für dich die Einschlafsimulation bereits ordnungsgemäß auf 22:46 Uhr programmiert."

„Dieser verdammte Drecksack von Schweinehund weiß einfach wie er seine Frauchen überzeugen kann“, grinse ich in Richtung Carlotta, als ich die Espresso-Tassen in die Spüle stelle und die Zuckerdose wieder ordentlich auf der Küchentheke platziere.

Herrjemine, was sehen meine altersdioptriengeschwächten Augen: KALKABLAGERUNGEN am Wasserhahn!!

Ganz eine Frau der Tat greife ich zum Essig, um die Flecken unverzüglich zu entfernen. „Peri, meinst du nicht, dass es besser gewesen wäre, dafür nicht den dickflüssigen Balsamico-Essig zu verwenden?“, fragt mich Carlotta mit zweifelndem Blick.

„Da hast du aber so was von Recht! Nun zurück zur heutigen Abendplanung“, entgegne ich und verwische den braun-schmierigen Belag auf dem Wasserhahn zu einem abstrakten Muster.

„Glücklicherweise mag ich keinen Alkohol, sonst könnte ich diese Dauerexzesse nicht durchhalten. Ich habe den Girls eh bereits angekündigt, dass ich lediglich zum Essen zu Mario mitgehe und nicht mehr in die ‚Schneeweißchen-Bar‘ auf einen Abschlussdrink und schon gar nicht mehr in den ‚Glam-Club‘, auch wenn dort heute Achtziger-Party ist“, stelle ich entschlossen fest.

„Außerdem will ich ja die nächsten Tage auf den Flohmarkt gehen und große Geschäfte machen, und da kann ich mir nicht die gesamte Woche Nacht für Nacht um die Ohren schlagen, sonst schlafe ich an unserem Stand ein. Rita geht auch mit, wir wollen doch die James-Sinclair-Hefte von Clemens verscheuern. Rita wird sie morgen früh unter dem Teppich im Arbeitszimmer Schrank rausholen und durch alte ‚Fett-for-Fun-Hefte‘ von ihr ersetzen. Das wird ein Spaß, wenn sie Clemens den Erlös für seine Ex-Comicsammlung präsentiert; da ist gut möglich, dass sie anschließend von ihm mit einem Tag Redeverbot belegt wird.“

„Oh, die Androhung einer Höchststrafe für Rita! Na ja, der Spaß wird es ihr trotzdem wert sein. Ich sollte auch mal wieder dringend mit auf den Flohmarkt gehen, mein Kleiderschrank platzt aus allen Nähten und der meiner Tochter wurde inzwischen auf den Schrank im Gästezimmer erweitert“, stöhnt Carlotta, als sie sich ihre Jacke anzieht und den Autoschlüssel von mir entgegennimmt.

„Ja, unser Nachwuchshuhn Chiara hat eindeutig die Gene ihrer Mutter und ihrer Patentante geerbt, was Shopping-Kondition und Mathenoten anbelangt“, zwinkere ich in Richtung meiner besten Freundin und umarme sie zum Abschied.

„Tschau Carlotta, bis zu unserem Abflug nach London. Genießt euer sympathisch unspektakuläres WE und grüße Chiara, Sam und den Schweinhund von mir“, rufe ich ihr im Treppenhaus noch nach, bevor ich auch Chanel Nr.1 wieder ins Freie befördere.

„Auch für Katzen gilt: Täglich mindestens dreißig Minuten Bewegung an der frischen Luft“, kläre ich den protestierenden Schmusetiger auf.

„Jetzt aber flink die Klamotten für heute Abend bügeln und dann nichts wie ab in die Maske“, mache ich mir selbst Dampf.

Schnell räume ich das restliche Geschirr in die Spülmaschine und stopfe noch kurzfristig meine Flip-Flops mit dazu, um ihnen auch mal wieder eine saubere Sohle zu gönnen.

„Die Klobürste…?“, denke ich einen kurzen Augenblick ernsthaft nach, verwerfe aber den Gedanken schnell wieder, diese ebenfalls in der Spülmaschine einer gründlichen Säuberung zu unterziehen.

Flink hüpfe ich die Treppe ins obere Stockwerk hoch, beschwingt den Refrain von ‚Dancing Queen‘ rückwärts singend.

Abba-Songs sind eh nur erlaubt, wenn frau sich alleine zuhause aufhält.

„Verdammt, ich muss ja noch meine italienischen Pumps putzen für das Abendmahl bei Mario“, unterbreche ich mich selbst in meinen Gesangsdarbietungen. „Jetzt aber Gas geben!“

Beim Einschalten des Bügeleisens sinniere ich über Sinn oder Unsinn einer Bluetooth-Verbindung für dasselbe nach, eine technische Ausstattung, welche garantiert Bügeln für Männer x-trem interessant werden ließe.

Hilft alles nix, bügeln oder gebügelt werden, das ist das Los der Frauen in der heutigen Welt.

Die einen verbringen sieben Jahre in Tibet, die anderen ihr halbes Leben am Bügelbrett.

Hinreißend wäre ja, wenn sich bei uns mal Einbrecher der massiven Bügelberge bemächtigen würden oder zumindest die Tonne mit Dreckwäsche stehlen könnten, aber nein, selbst auf Ganoven ist heutzutage kein wirklicher Verlass mehr.

Eine Stunde und einige energische Restaurationsbemühungen in meinem Gesicht später betrete ich Marios italienisches Restaurant, lautes Stimmengewirr und Gelächter schlägt mir entgegen.

„Peri, wir sitzen hier“, ruft mir Duracell-Bunny, ihr Prosecco-Glas schwenkend, entgegen.

17 Mädels und gefühlte 25 Smartphones bevölkern den Tisch, an welchem bereits vernehmbar Hochstimmung herrscht.

„Schnell eine Spezi für Peri“, schreit Mimi Richtung Theke, „damit sie flink auf dem gleichen Level fährt wie wir.“

„Alter Latz“, ruft Tanita quer über den Tisch, „für die Tatsache, dass Muriel heute Morgen um halb fünf noch Actionfotos von eurer Senioren-Hühnercrew gepostet hat, siehst du bereits wieder richtig klasse aus.“

„He Peri, setzt dich zu uns, wir bieten dir heute das ‚Du‘ an“, giggelt Pauline und schwenkt ihr Glas in bedenklich schnellen Kreisbewegungen um ihren Oberkörper.

Gedankliches Kreischen findet in meinem Kopf statt, die Crew des heutigen Abends scheint sich bereits gut auf Touren gebracht zu haben.

Marios ägyptischer Kellner Faris schleicht sich von hinten an meinen Stuhl heran und drückt mir seine unrasierte und nach Pyramide riechende Wange in mein frisch geschminktes Gesicht.

„Oh, meine angebetete Peri ist wieder da“, säuselt der dunkelhäutige Hilfspharao in mein Ohr, „wann kann ich dich endlich als Hauptfrau in meinen schwäbisch-ägyptischen Harem aufnehmen?"

„He Faris, Finger weg, du weißt doch, dass mir eine Burka nicht steht und außerdem kann ich Männer nicht akzeptieren, die noch deutlich mehr reden als meine Freundinnen", entgegne ich schlagfertig dem anschmiegsamen Kellner.

„Faris, bringe uns endlich den Salat und die Antipasti, wir haben Hunger und müssen ansonsten so viel trinken", tönt Mira aus der gegenüberliegenden Ecke der langen Tafel und gießt sich schwungvoll ein weiteres Glas prickelnder, vergorener Getränke ein.

„Habe ich euch eigentlich von meinem neuen Thermomix erzählt?", schwelgt Leni mit einem verzückten Gesichtsausdruck, als ob sie von einem sensationellen neuen Lover zu berichten wüsste.

„Oh nein, Mädels", kreische ich dazwischen, „keine Stories von leblosen, halbautomatischen Küchenutensilien. Ihr kennt doch meine drei Lebensprinzipien:

Keinen Thermomix anschaffen, sondern immer schön beim Kochen in den Topf schauen, auf dem Flohmarkt nur Ware verkaufen und nix Gebrauchtes mit nach Hause bringen und vor allem nie Mitglied bei Fönbook werden", doziere ich mit einem oberlehrhaften Gesichtsausdruck in die Runde.

„Mit diesen übersichtlichen Grundsätzen bewege ich mich seit fast fünfzig Jahren gefahrenlos und stressfrei durchs Leben", teile ich den entsetzt schauenden Girls mit der Gelassenheit einer lebensgestählten Mid-Agerin mit.

„Peri, du bist unbeirrbar und altmodisch, außerdem könnte man meinen, du hast in den vergangenen Ferien einen Volkshochschul-Philosophie-Kurs besucht“, presst Leni zwischen einer dick mit würziger Tomatensoße bestrichenen Scheibe Pizzabrot hervor. „Aber vermutlich lebst du tatsächlich unbeschwerter als wir. Ich muss jetzt nämlich gleich mal meine Mails und meine Nachrichten auf dem Smartphone checken, damit ich nichts verpasse.“

„Vorsicht die Damen, jetzt gibt es etwas zwischen die Kauleisten“, ruft Faris, zwei üppig beladene Platten in Richtung unseres Tisches balancierend.

Appetitlich angerichteter Salat mit köstlich duftendem, gedünstetem Gemüse, garniert mit kleinen Mozzarella-Kugeln, dunkelroten, saftigen Tomaten und neckisch platzierten Oliven werden in der Mitte unseres Tisches abgestellt.

„Meine kleinen Täubchen, lasst es euch schmecken, was der gute Onkel Faris gebracht hat“, zwitschert der kommunikative Kellner in die Runde, nicht ohne sich eine kurze Berührung von Duracell-Bunnys Arm zu ergaunern.

„So viele Blondinen in einem Raum, das haut selbst den stärksten Ägypter um“, murmelt der leicht überforderte Speisenauslieferer und verschwindet wieder in Marios Küche.

„Yaaam“, rufe ich, „das sieht ja mal wieder überragend aus, was uns Mario hier gezaubert hat“, und beginne meinen Teller strategisch so zu füllen, dass sämtliche Salatbestandteile darauf Platz finden.

„Habt ihr eigentlich den italienischen Loverboy

registriert, der hinten an der Theke sitzt?", fragt Tanita in die schmausende Runde. „Er schaut so interessiert zu uns herüber."

„Ach, das ist nur dieses Pupsgesicht Caramello, er interessiert sich ausschließlich für Dekolletés größer als 75 C. Je länger ich ihn betrachte, desto eher erinnert er mich an eine Tüte mit Gummibärchen, bei der ich auf möglichst viele weiße Bärchen spekuliere, aber leider fast nur rote drin finde", verkünde ich in die kichernde Runde. „Wenn ich persönlich mit so einer Nullnummer zu tun hätte, wäre ich schon lange zur Nonne konvertiert und würde Pfefferminz züchten."

„Wie gut, dass wir unseren Senior-Consultant Peri mit dabei haben", unterstützt mich Marlen in meinen Ausführungen. „Die Typen, welche sie oder ihre Hühnerfreundinnen nicht kennen, existieren gar nicht."

„Kling, Kling" – schon gibt es wieder einen Grund zum Anstoßen und die Mädels erheben ihre Gläser.

„Ein Hoch auf uns, auf das Leben und dass Italien öfters bei der Fußball WM ausscheidet", rufe ich übermütig in die Runde – völlig vergessend, welcher Nationalität unser Wirt und ein Großteil der Gäste angehören.

Glücklicherweise gehen meine unbedachten Worte in dem Klirren der Prosecco-Gläser und dem Gekicher der Mädchen unter.

„Und natürlich auf Inter Mailand und dass sie immer gegen den AC gewinnen werden", rufe ich in Richtung Mario, der sich, die Hände an seiner

Kochschürze abwischend, langsam unserem Tisch nähert.

„Schmeckt es euch? Habt ihr bereits überlegt, was für eine Pasta ihr gerne als Secondo Piatti verspeisen wollt?“, fragt uns der italienische Schlemmerkoch, einen wohlwollenden Blick über die gutaussehende Ansammlung blonder Spezies in seinem Restaurant werfend.

Ohne die Antwort seiner Gäste abzuwarten, kommt sein Vorschlag:

„Tagliatelle mit frischen Garnelen in einer leichten Tomatensoße.“ Das stößt selbstverständlich auf ungeteilte Zustimmung der Tischgesellschaft.

„Und nochmals Prosecco und Wasser bitte, und zwar in der Version reichlich“, ruft Marlen keck vom oberen Tischende in Richtung unseres Kellners Faris, welcher während des Tellerabräumens bereits wieder seine Hände in Lenis blonden Haaren versenkt hat.

„He Faris, Hände weg von deutschen Kulturgütern“, ruft Duracell-Bunny dem eifrigen Ägypter zu, „sonst müssen wir später mal ein ernstes ägyptisches Wörtchen mit dir reden“, dabei zwinkert sie dem Kellner schelmisch zu.

Der Rest ihrer verbalen Drohung geht unter in im selben Moment einsetzender Gitarrenklänge, die sich langsam auf uns zu bewegen.

Marcello, einer von Marios Stammkunden, hat sich die heillos verstimmte und eigentlich zu reinen Dekorationszwecken an der Wand hängende Gitarre geschnappt und schwankt mit beseeltem Gesichtsausdruck und lauthals singend zu unserem

Tisch herüber.

In kurzer Abfolge folgt nun ein Eros-Ramazzotti-Potpourri, das wir in dreizehn verschiedenen Tonlagen begeistert mitsingen und mit einer spontan ins Leben gerufenen Polonaise durch die gesamte Gastwirtschaft tatkräftig unterstützen.

Mario wischt sich mit seiner Schürze hektisch über sein leicht verschwitztes Gesicht. Er scheint mit der Situation, und dass wir unsere Karawane unbeirrt durch seine Küche fortsetzen, etwas überfordert zu sein.

„Belle Donne, attentione, es gibt Hauptspeise“, ruft er den begeistert mitgrölenden Mädels zu und bringt zur Unterstützung seiner eindringlichen Worte die erste Schüssel mit herrlich duftender Pasta an unseren Tisch.

„Noch eine letzte Runde durchs Mädchenklo und dann ab an die Nudelfront!“, rufe ich mit Chefstimme meinen Freundinnen zu und stoppe die inzwischen auf einige andere Gäste erweiterte Polonaise mit der Gestik eines Bahnschaffners.

„Kein Wort zu den Weight Watchers“, flüstere ich Tanita verschwörerisch neben mir zu, als ich mir ungefähr 500 Gramm Pasta auf meinen Teller lade. „Unsere spontane Tanzeinlage hat sicherlich locker Kalorien im dreistelligen Bereich verbrannt.“

„Gib mir bitte Parmesan“ … „Ach ihr müsst das Chili-Öl dazu versuchen“ … „Mhhh, ich könnte mich reinlegen und in der Soße wälzen“ … „Wir essen ja Fisch, der hat fast keine Kalorien“ …

Von fachweiblichem Geschwätz begleitet,

kämpfen wir uns tapfer durch die Nudelberge hindurch, welche Mario aus der Küche gezaubert hat.

Keine Ahnung, wer diese unsinnigen Phrasen verbreitet, dass Frauen lediglich von Salat satt werden können, wir gehören in jedem Fall nicht zu dieser Gattung – basta Pasta!

Geschickt jongliere ich auf meinem Löffel eine größere Menge Tagliatelle, spieße zwei Garnelen auf meine Gabel und schwelge in der Annahme, dass es sich hierbei um Trennkost handelt, wenn ich die Speisen auf unterschiedlichen Besteckteilen meinem Mund zuführe.

„In größter Not kann ich ja immer noch den Hosenknopf öffnen“, beruhige ich mich in Gedanken selbst, als ich mit einer Scheibe Weißbrot die wirklich letzten Reste der fantastischen Soße aus den Tiefen meines Pasta-Tellers wische.

Herrlich, dass wir Pasta auf dem Speisezettel hatten und nicht diese halben Kühe in Form eines Bisteca, welche Mario an die Herrenabteilung am Nachbartisch serviert, denn Nudeln lassen sich im Magen deutlich kleiner zusammenschieben als diese Fleischmonstren.

„Peri, noch eine Spezi oder zur Abwechslung eine Apfelschorle?“, fragt mich Faris während seiner Abräumaktivitäten an unserer entsetzlich zugerichteten Tafel.

„Spezi für Peri und natürlich eine Runde Espresso für die Damen, sowie einen Tee für Tanita“, ruft der ägyptische Servierknecht in die Runde mit einem verschwörerischen Grinsen auf seinem Gesicht.

„Oh ja,“ ruft Duracell-Bunny mit bereits leicht proseccoseliger Stimme, „und selbstverständlich etwas, um die Verdauung der fetten Speisen anzuregen, wir müssen ja wieder Platz für ein klitzekleines, unschuldiges Panna Cotta schaffen.“

Faris stellt die georderten, koffeinhaltigen Heißgetränke vor uns hin, eine wunderbare Crema bedeckt den Espresso.

Tanita erhält vom schelmisch lächelnden Kellner eine Thermoskanne und ein Teeglas serviert.

„Oh Marlen, könntest du mir die Thermoskanne bitte öffnen, ich habe gerade erst meine Hände eingecremt“, zwitschert Tanita mit unschuldigem Blick zu unserer Tenniskameradin, welche sich heute das erste Mal in Marios Restaurant aufhält.

Ich beuge mich zur Seite und krame in meiner Handtasche, damit mich mein spontan einsetzendes Kichern nicht verrät.

Mimi bringt bereits unauffällig ihr Smartphone in Position, um die nun folgende Szene live und in Farbe festzuhalten.

Marlen schraubt die Thermoskanne auf – kreischendes Gelächter begleitet ihren fassungslosen Blick, als ihr aus dem Warmhaltebehälter ein Riesendildo entgegenspringt.

„Ihhhhh, was ist denn das für ein Monsterteil“, schreit Marlen, kann aber ihre Augen nicht von dem lustig hin- und her wackelnden, überdimensionierten Penis aus rosafarbener Kautschukmasse abwenden.

Ihr Gesichtsausdruck erinnert an die unkontrollierte Einnahme von homöopathischen Globuli der

Marke ‚Hystericum‘.

„Nimm ihn in den Mund“, ruft Pauline mit sich vor Lachen überschlagender Stimme vom anderen Ende unseres Tisches.

„Oder gib ihm einen Namen, irgendwas Italienisches natürlich“, begeistert sich Eileen, eifrig mit ihrem Handy Fotos von Marlens entsetztem Gesichtsausdruck schießend.

„Seid ihr blöd“, schmollt diese, das immer noch in Bewegung befindliche Sexspielzeug mit spitzen Fingern in die Mitte des Tisches schiebend.

„Außerdem habe ich mich auf der letzten Dildo-Party bei Mimi bereits reichlich mit Material dieser Art eingedeckt.“

„Auf diesen Schreck nochmals eine Runde Prosecco“, rufe ich Richtung Theke. Unsere aufmerksame Servicecrew hat diese frauentypische Reaktion allerdings bereits erwartet und stellt zügig die nächsten Flaschen vor die gackernde Mädels-Runde hin.

„Oh je, demnächst werden wir wegen groben Unfugs der Lokalität verwiesen“, orakle ich mit gespieltem skeptischem Blick und einem leichten Zwinkern.

„Ummpfh, ich glaube, ich muss meinen Fehlbedienungszähler im Gehirn erst mal zurücksetzen lassen, bevor ich weiter trinke“, jammert Marla mit bereits leicht derangierten Gesichtszügen, greift aber tapfer dennoch zu den frisch angelieferten Gläschen.

„Manchmal muss eine Frau einfach das tun, was eine Frau tun muss!“

Die Stimmung am Tisch ufert mit rasender Geschwindigkeit und zunehmendem Genuss von italienischen Blubbergetränken derart aus, dass bereits erste Opfer gebracht werden müssen – Tanita verabschiedet sich mit gequältem Gesichtsausdruck und breitbeinigem Gang Richtung Damentoilette und Anouschka schnarcht bereits selig und mit einem zufriedenen Grinsen, an die Schulter von Marlen gekuschelt.

Plötzlich kehrt im gesamten Restaurant Ruhe ein und aus den Lautsprechern klingen die ersten Töne von Tom Jones ‚Sexbomb'.

„Mario, Mario – auf die Bühne", jubeln die Gäste, allen voran die komplette Mädels-Mannschaft, die sich kichernd und schwankend flugs auf die Stühle stellen und das Intro des Songs mit begeistertem Klatschen unterstützen.

Aus der Küche kommend, bewegt sich mit gewagten Tanzschritten der Wirt himself in die Mitte des Restaurants, perfekt ausstaffiert mit Lederstring, Lockenperücke und einem kessen Hütchen auf dem Kopf, das Mikrofon gekonnt wie ein Lasso schwingend.

„Sexbomb, Sexbomb, you´re my Sexbomb", kreischt der Damenchor und tanzt – teilweise bereits gefährlich instabil auf den Beinen – auf den Restaurantstühlen.

Mimi lässt es sich nicht nehmen und legt in der Mitte des Restaurants eine nahezu perfekte Tanzperformance aufs Parkett – schade natürlich, dass diese mit einem Sturz in Marios Yucca-Palme endet.

„Ein bisserl Schwund muss sein“, denke ich, die völlig außer Rand und Band geratene Gesellschaft betrachtend.

Gefühlte vier Stunden und siebenundzwanzig Prosecco-Flaschen später fahren wir in einem Minicar Konvoi endlich nach Hause.

Duracell-Bunny trägt den Thermoskannen-Dildo wie eine Trophäe in ihrer Handtasche schwenkend zur Haustüre hinein, als wir sie lautstark und mit „Halte-ihn-in-Ehren-für-schlechte-Zeiten-Rufen“ aus den Taxifenster heraus verabschieden.

Schade allerdings empfinde ich in diesem Moment, dass keine der Mitfahrerinnen ihr nachruft: „Wir telefonieren“, sondern es nur noch heißt:

„Ich schreib dir morgen.“

Eigentlich nervt es mich sogar gehörig, denn mit diesen neumodischen, mit Flatrates unterfütterten Verhaltensweisen nimmt kein Schwein Rücksicht auf die dümpelnden Tee-Aktien in meinem Depot.

„Oh my god“, denke ich, als ich um 4:56 Uhr zuhause ankomme und mit leichten Konditionsschwächen das Treppenhaus hinaufschleiche.

„Jetzt noch schnell die Ergebnisse der Bundesliga-Freitagsspiele checken und dann nichts wie ab ins Bett“, teile ich mir selbst mit, greife zur Fernbedienung und nehme Anlauf, um mit einem eleganten Schwung aufs Sofa zu springen.

„Scheiße, scheiße, scheiße“, sind meine entsetzten Schreie, als ich im Flug bemerke, dass wir gar kein neues Sofakissen angeschafft haben, sondern ich mit dem geballten Gewicht von drei Portionen Tagliatelle in meinem Luxuskörper auf der selig, mitten auf unserem Sofa schlafenden Katze unserer Hausmitbewohner lande…

Auswärtsspiel

„280 Gramm!“, ein hysterisches, achselschweißausbrechendes Zweihundertachtziggramm presst sich mit heftiger Wucht aus meinen panisch verzerrten Mundwinkeln.

„Oma Locke, ist Zweihundertachtzig eine Zwei mit einer Acht und einer Null auf der rechten Seite?“, kommt die wissbegierige Frage meiner fünfjährigen Enkelin Annika, die mit einem Schreibblock und einem Kugelschreiber bewaffnet neben mir auf dem Fußboden sitzt.

„Ja Annika, leider besteht dieses Dreckszweihundertachtzig aus drei einzelnen Zahlen, und zwar nebeneinander geschrieben“, ächze ich unter Aufbietung sämtlicher großmütterlicher Contenance in Richtung meiner eifrigen Assistentin, weitere Schimpfwörter aus erziehungsrechtlichen Gründen vermeidend.

„Schreibe die Zahl einfach unter die 37 anderen Zahlen, welche du dir bereits so fleißig notiert hast“, bitte ich Annika, die eifrig und mit großer Begeisterung das vor ihr liegende Blatt mit akkurat gemalten Zahlen füllt.

Meine Küchenwaage neben mir platziert, stehe ich inmitten von unzähligen Reiseutensilien und sinniere: „Wenn mein Brillenetui so entsetzlich viel wiegt, dann bleibt mir nichts anderes übrig, als die Sonnenbrille in die Haare zu stecken und die Hülle zu Hause zu lassen."

„Oder darauf zu vertrauen, dass es in London während der gesamte Zeit eures Aufenthaltes regnet und die Sonnenbrille samt Etui einfach nicht mitzunehmen", kommt die zwar berechtigte, aber natürlich nicht frauen-kompatible Erwiderung meines Mannes Paul.

Er betrachtet das Wiege-Szenario mit skeptischem Blick und murmelt irgendwas wie: „Naja, wenigstens lernt Annika dabei das Rechnen."

Ich wiege eine Drei-Tages-Ration Shampoo ab und fluche dabei leise vor mich hin als die schmierige Flüssigkeit nicht in die dafür vorgesehene Babylotion-Flasche hinein-, sondern auf den Wohnzimmerboden hinabläuft.

„Blöde Idee von Muriel, lediglich mit Handgepäck zu reisen. Und weitaus blödere Idee von O`Neill-Air, dass sie fürs Gepäck ein Schweinegeld verlangt. Vermutlich werden wir auf dem Rückflug sowieso Über-Handgepäck haben und bezahlen dann nochmals 60 Kröten", brummle ich.

„Oma Locke, ich habe alle Zahlen zusammen gerechnet und auf dem Taschenrechner immer die Plustaste gedrückt. Schau mal was ich jetzt für eine tolle lange Zahl herausbekommen habe", strahlt mich Annika freudig an.

Vorübergehende Schnappatmung setzt bei mir ein.

„Dreizehntausendsiebenhundertvierundachtzig" steht in krakeliger Kinderschrift auf dem Blatt Papier.

Annika strahlt mich an: „Das habe ich doch prima zusammengetippt Oma Locke – warum freust du dich nicht?“

„Äh, doch, ganz toll Annika, Oma muss jetzt nur schnell improvisieren, sonst geht der Koffer auf dem Hinflug nicht mal zu. Ganz zu schweigen vom nicht vorhandenen Platz für Neueinkäufe beim Rückflug.“

Ich verfalle in hektische Betriebsamkeit. Alle Gepäckstücke werden auf den Prüfstand gestellt.

Fön – überflüssig, ganz London ist voller Toaster, da kann ich meine Haare zum Trocknen reinhängen.

Weg damit.

Zum schnelleren Abreagieren zähle ich zweimal bis unendlich.

Vier Unterhosen für ebenso viele Reisetage – too much, Innen- und Außenseite können abwechselnd benutzt werden.

Zwei Unterhosen aussortiert.

Parfum – die Engländer können froh sein, wenn wir uns morgens waschen.

Parfumflasche zurück ins Regal.

Ich sortiere, fluche und ignoriere Annikas traurige Blicke als sie registriert, dass ihre erneute Addition deutlich kürzer ausfallen wird.

Schweißgebadet stelle ich die übriggebliebenen Reiseutensilien in eine Reihe und weise meinen kleinen Rechenschieber an, nochmals alle Zahlen, die sich auf den an den Gepäckstücken klebenden Post-It‘s befinden, zusammenzuzählen.

8563 Gramm – yeah! Die Handgepäck-Erfolgs-Story hat ein Happy End.

„Aber Oma, Mama sagt immer, dass ich jeden Tag eine frische Unterhose anziehen soll. Warum nimmst du nicht genügend davon mit?"

„Annika, das erkläre ich dir ein anderes Mal, aber deine Mama hat mit ihren Erziehungsgrundsätzen absolut recht, die Oma Locke bringt dir auch was Schönes aus London mit", versuche ich mit billigen Tricks meine Enkelin von diesem heiklen Thema wegzulocken.

Ich presse sämtliche Kleidungsstücke und Reisedevotionalien in meinen kleinen Koffer und betrachte zufrieden den darin entstandenen Leerraum. Anschließend atme ich dreimal tief in den Boden und sehe bereits verlockende „Flop-Shop und Tremark-Kassenbons" vor meinem geistigen Auge aufblitzen. Ein Gefühl tiefer Befriedigung macht sich in meinem Magen breit.

Magen?

„Magen – oh Mist, ich benötige ja noch ein Vesper, sonst überlebe ich den Anreisetag nicht", meldet sich mein verfressenes inneres Ich.

„O.k., so ein Brot mit Rührei kann ich ohne weiteres auch am Körper tragen, zur Not klemme ich es unter die Achseln…."

Mit dem überlebenswichtigen Reiseproviant ausgestattet, geht es am nächsten Tag an Bord der Maschine Richtung Shoppingparadies London.

Beim Einchecken unseres wundersam leichten Handgepäcks frägt Muriel sicherheitshalber in die Mädelsrunde, ob alle auch Kreditkarten, Hotel-

Voucher und Pfund mit dabei haben.

„Wieso Pfund?“, fragt Emilia. „Mein Koffer hat komplett sieben Kilo auf die Waage gebracht.“

„Nee, Englische Pfund natürlich“, so die leicht entnervte Erwiderung von Carlotta.

„Aber England liegt doch in Europa. Da kann ich mit Euro bezahlen“, stellt Emilia mit stoischer Gelassenheit fest.

„Oh nein, jetzt ist mir auch wieder klar, warum du die achte Klasse nur durch eine, höchst kreativ von deinem Mathelehrer erfundene Sonderregelung, dass man eine Fünf in Mathe mit einer Zwei in der Schreibmaschinen-AG ausgleichen konnte, bestehen durftest“, kommt die leicht sarkastische Feststellung von Muriel.

„Mädels, keine Diskussionen, ich habe mein Kreditkartenlimit verdoppeln lassen, wir bekommen das Problem mit den fehlenden Pfund schon gelöst. Jetzt aber hurtig an Bord“, versuche ich die kurzfristig gereizte Stimmung wieder zu beruhigen.

Bereits beim Betreten des Flugzeuges wird uns überdeutlich bewusst, dass wir mit einer Billig-Airline am Start sind.

Die Stewardessen entsprechen ganz und gar nicht der landläufigen Vorstellung von dieser Berufsgruppe, Figur und Aussehen entsprechen eher dem Modell ‚vollgeschissener Strumpf‘ – oben herum dick, mittig verloddert und unten wieder stark in die Breite gehend.

Gut, da können wir locker darüber hinweg sehen, wird das Ersparte beim Ticketpreis doch später direkt in doppelter und dreifacher Menge zu den unterschiedlichsten Klamottenläden getragen.

Kaum sitzen wir, will Muriel das tun, was bei ihr pünktlich alle 30 Minuten eintritt: Ihr Bläschen hat sich gemeldet – sie muss zur Toilette.

Laut schimpfend kommt sie einige Minuten später wieder zu unseren Sitzen zurück: „Die wollen tatsächlich Geld für den Toilettenbesuch, da bin ich ja arm, bis wir in London gelandet sind."

„Dann gibt es jetzt halt die nächsten zwei Stunden nix zum Trinken. Wir schmausen meine Eierbrote", rufe ich in die Runde und pule eines der Brote aus einer der vier, sich an meiner Taille befindlichen Gürteltaschen. Außer mir hat natürlich keine der Mädels Hunger.

So bestens gestärkt, vergeht die Zeit wie im (haha) Fluge. Muriel beschäftigt sich eingehend mit Stadtführer und Hot-Spot-Tipps aus sämtlichen In-Zeitschriften. Eifrig macht sie sich Notizen über die Dinge, die wir uns unbedingt ansehen müssen.

Flink kleben wir noch einen Aufkleber ‚Chicks on board' an die Flugzeug Innenscheibe, um uns eventuell überholenden Fliegern gleich zu zeigen, welch kostbare Ware hier transportiert wird.

Carlotta, Emilia und ich unterhalten die mitreisenden Passagiere mit einem dreistimmigen Schnarch-Chor, das Aufblinken des Anschnallzeichens erlöst sie, wir setzen zur Landung an.

Aus den Seitenfenstern sehen wir bereits die Grashalme neben der Landebahn, als wir ein durchdringendes, unangenehmes Geräusch wahrnehmen und im selben Moment ruckartig nach hinten in unsere Sitze gedrückt werden.

„Mama, Maaaama“, kreischt Carlotta neben mir und greift verzweifelt nach meiner Hand.

„Wir stürzen ab!!“, ruft Emilia mit schreckensweit aufgerissenen Augen.

„He Mädels, jetzt mal keine Panik aufkommen lassen“, versuche ich mir Gehör zu verschaffen, was ein schwieriges Unterfangen darstellt, da das gesamte Flugzeuginnere nur noch aus panischen Schreien zu bestehen scheint.

Wir fühlen uns, als ob wir mit Apollo 17 zum Mond starten würden und können Sandra Bullocks Gefühlswelt in ‚Gravity' perfekt nachvollziehen, da sich unsere Körper in einer mehr oder weniger senkrechten Position kopfstehend befinden und ich den abgesplitterten Nagellack meiner Fußnägel in halber Höhe über meinem Kopf betrachten kann.

„Solange wir nach oben fliegen, stürzen wir nicht ab“, kommt die sachverständige Aussage von mir, als ob ich mehrere Semester Luft- und Raumfahrttechnik studiert hätte.

„Oh, mir ist so schlecht …. ich glaube, ich muss …. ich sollte mich ….“, würgt Emilia rechts von mir.

„Nein, die haben hier noch nicht mal Kotztüten an Bord“, kreischt Carlotta. Hektisch sucht sie nach einer Auffangmöglichkeit für Emilias Auswurf, um nicht schon wieder eine Handtasche opfern zu müssen.

Geistesgegenwärtig öffne ich eine meiner Vespertüten, entnehme den Brotinhalt und reiche sie Emilia weiter.

„Igitt riecht das nach Rührei, uuuaaaaaaarg.“

Ich wende mich von dem unwürdigen Anblick neben mir ab und beiße schulterzuckend in das Eier-Brot – bekanntlich ist es schwierig, bei den Engländern etwas Leckeres zum Essen bekommen.

Kurz darauf ist unsere Achterbahnfahrt beendet und das Flugzeug bewegt sich wieder auf Kurs.

„Meine Damen und Herren, ich bitte die ähhh Turbulenzen bei unserem Landeversuch zu entschuldigen, aber es befand sich ein weiteres Flugzeug zu dicht vor uns, und daher mussten wir den Landevorgang abbrechen. Mein Copilot – man hört ein leises Flüstern ‚Wie ist nochmals Ihr Name?' – Herr Grabowski – wird Sie im zweiten Anlauf sicher zur Erde bringen. O`Neill-Air bedankt sich bereits jetzt, dass Sie mit uns geflogen sind und wünscht Ihnen einen angenehmen Aufenthalt in – man hört wieder ein leises Flüstern ‚Wo landen wir?' – in London."

Ich blicke Muriel mit strafendem Blick an und murmle „Das nächste Mal fliegen wir wieder klassisch", streiche Emilia ihre verschwitzten Haare aus dem Gesicht, verschließe ihre gut gefüllte Brechtüte und verstaue diese gekonnt unter dem Sitz, ergreife Carlottas Hand und denke an die tollen neuen Lederleggins, die ich mir morgen bei Flop-Shop kaufen werde.

Wir verlassen zügig das Flughafengebäude – Emilia ist noch blass um ihre Nase – und warten auf den sorgsam von zu Hause aus gebuchten Shutleservice.

Carlotta hat wie so oft den Tagespreis gewonnen und muss sich zur wenig verhohlenen Schadenfreude der restlichen Mädelstruppe vorne neben den indischen Fahrer setzen.

Er klärt sie während der halbstündigen Fahrt zu unserem Hotel über sämtliche seiner in London lebender Verwandten auf und fragt Carlotta unverblümt, ob sie sich vorstellen kann, seinen jüngsten Bruder zu heiraten, damit dieser eine Aufenthaltsgenehmigung in Deutschland bekommt.

Nach jedem zweiten seiner in rasender Geschwindigkeit und in nahezu unverständlichem englisch-indischem Kauderwelsch gesprochenen Sätze, entschlüpft ihm ein sanfter Kurkuma-Rülpser.

Ich halte schon mal prophylaktisch die nächste Vespertüte bereit, denn wenn ich Muriels Gesichtsausdruck richtig deute, steht sie kurz davor, sich in ein original englisches Taxi zu erbrechen.

Gottergeben vespere ich das letzte meiner Eierbrote – dieses Mal aber lediglich, um im Bedarfsfalle wieder mit einer Auffangmöglichkeit für meine magenempfindlichen Freundinnen aufwarten zu können.

Eine kleine, nette Stadtrundfahrt durch London später – und glücklicherweise ohne weitere Unwohlsein-Zwischenfälle meiner Hühnerfreundinnen – checken wir in unserem Cityhotel ein. Natürlich zu viert in einem Doppelzimmer.

Sparen schafft Shopping-Freiräume – das Motto unseres London Aufenthaltes.

Auch Muriels Gesichtszüge entspannen sich merklich, nachdem sie gefühlte zehnmal die Toilette in unserem Badezimmer aufgesucht hat. Sie doziert über die in den nächsten Tagen unbedingt zu besuchenden Sehenswürdigkeiten.

„Peri, Peeeri hörst du überhaupt noch zu", ruft mir unser Kultur-Attaché aufgebracht zu und versucht mich zu wecken, als ich es mir zwischenzeitlich bereits auf einem der Betten gemütlich gemacht habe.

„Das gibt es wirklich gar nicht, entweder isst oder schläft sie", schimpft Muriel und wirft mit einem ihrer London-Shopping-Guides nach mir.

„Man soll seine Fähigkeiten immer analog den eigenen Kernkompetenzen einsetzen", murmle ich schlaftrunken und kuschle mich tiefer in die weichen Decken.

Als ich am nächsten Morgen erwache, beschleicht mich das Gefühl, Teil eines Spionagefilms zu sein, und zwar genau in der Szene, als die Heldin einem mehrstündigen Verhör unterzogen wird.

Meine drei Hühnerfreundinnen sitzen sämtlich mit ihren Schlafanzügen bekleidet auf meinem Bett und starren mich mit erstaunten Augen an.

„Peri, warum musst du nachts nicht auf die Toilette wie jede andere normale Frau auch?", kommt gleich die erste Interviewfrage von Carlotta.

„Und warum um alles in der Welt wachst du morgens genau in der gleichen Position auf, in der du dich abends ins Bett gelegt hast?", folgt sofort die nächste Fragensalve von Muriel.

„Unser Hotel liegt direkt neben einer Feuerwache, die komplette Nacht hörte ich nur Tatütata und konnte noch nicht mal ne halbe Stunde am Stück schlafen, und du schnarchst hier in aller Seelenruhe neun Stunden ohne Unterbrechung", schimpft Emilia.

„Morgen Nacht nehme ich ein Hörbuch mit deinem entsetzlichen Schnarchen auf", schnaubt Carlotta.

„Ach Mädels, macht keinen Stress und lasst mich einfach in meiner Rolle als naturwissenschaftliches Phänomen weiterleben. Wenn ich jetzt noch was Kräftiges zwischen die Zähne bekomme, bin ich fit für unseren ersten London-Tag", erwidere ich mit der Lässigkeit einer mit sich und weitgehend auch mit der Welt zufriedenen Frau.

„Und ja, falls ich es vergessen sollte in mein Testament zu schreiben: Wenn ihr mich mal beerdigt, bitte nicht vor 16:00 Uhr nachmittags, damit ich auch gewiss ausgeschlafen habe."

„Autsch, nicht schon wieder mit dem Reiseführer nach mir werfen."

Eine Stunde und mehrere Rangierunfälle im Badezimmer später, treten wir aus der Hotellobby in den sich mit Nieselregen und leichtem Nebel präsentierenden Londoner Vormittag.

„Wie vorhergesagt! Es regnet", stellt Muriel mit Kennermiene fest.

Sie hat sich seit Tagen mit der Wetter-App von London beschäftigt und wollte die Regenwahrscheinlichkeit durch gutes Zureden auf unter 50 Prozent reduzieren. Leider gehört allerdings DAS WETTER im Allgemeinen und im Besonderen zu der unbezähmbaren Spezies von Naturereignissen.

Wetter-Apps haben irgendwie extrem an Bedeutung gewonnen; früher kam das Wetter morgens und ging abends wieder – das war es.

„Muriel, was steht heute auf unserer To-Do- und To-See-Liste?“, befragen wir unseren, wie immer bestens vorbereiteten, weiblichen Fähnlein Fieselschweif.

„Wir starten in der Oxford Street, kämpfen uns dann langsam über die Regent bis zur Bond Street vor, im Anschluss daran steht Knightsbride auf dem Programm und danach müssen wir unbedingt das wohl beste Sushi-Restaurant von London besuchen, so hat es mir meine perfekt informierte Schwägerin Wilma akribisch notiert“, doziert Muriel aus einem ihrer unzähligen Notizbücher.

„Ähhm, ich habe zuhause online bereits ein wenig prophylaktisches Shopping getätigt“, meldet sich Emilia zögerlich zu Wort. „Daher überlasse ich euch drei gerne die Führung durch die ersten Läden.“

„Selbst schuld, Anfängerfehler“, kommt der knallharte Kommentar von Carlotta, vor deren geistigem Auge sich bereits Einkaufstüte an Einkaufstüte schmiegt.

Drei Stunden später benötigen wir die erste Erholungspause, unsere Kreditkarten sind inzwischen heiß gelaufen und Emilia geht uns erwartungsgemäß zweimal beim Einsteigen in die U-Bahn verloren.

„Erstes Zwischenfazit: In London lässt es sich hervorragend shoppen“, kommt es gepresst hinter mehreren Flop-Shop Tüten aus Muriels Mund.

„Zweites Zwischenfazit: Wir reisen nie und nimmer lediglich mit unserem Handgepäck zurück“, ergänze ich fachkundig Muriels Aussage und wische mir die fettigen Rückstände unserer Fish & Chips-Zwischenmahlzeit aus den Mundwinkeln.

„Und abschließendes Fazit: Wir sind Frauen, die alles tragen können, vorrangig Einkaufstüten“, ergänzt Carlotta.

„Vergangene Woche hat mir Rita auch eine lustige Story zum Thema Shopping erzählt“, beginne ich zu berichten, den Blick zufrieden auf unsere ersten siebzehn Tüten geheftet.

„Sie war in der Mittagspause mal eben im ‚Doppelpunkt Shop‘, um zu sehen, was an neuer Ware angeliefert wurde. Da traf sie Nele, eine Kollegin von der Spaßbank, welche ebenfalls einige Kleiderbügel Richtung Umkleidekabine trug.

„Nele“, sagte Rita zu ihr, „das Etuikleid auf dem Bügel sieht toll aus. Das Kostüm, das du gerade anprobierst, würde ich nicht unbedingt nehmen. Die Farben passen ganz und gar nicht zu dir.“

„Öhh, das ist jetzt aber blöd“, antwortet Nele, „das Kostüm habe ich bereits vor sechs Wochen gekauft und trage es schon den ganzen Tag im Büro.“

„Piep, es gibt eine Route, welche drei Minuten schneller ist“, imitiert Emilia unter Lachen einen bekannten Werbespot. „In solchen Momenten wäre die Variante, sich in Luft auflösen zu können, einfach perfekt.“

„Apropos in Luft auflösen! Wo sind meine ganzen Fettstäbe hingekommen?“, lamentiere ich und tunke den letzten Rest Fischsoße mit meinen Fingerspitzen auf.

„Sag mal Peri, wann hast du eigentlich mal keinen Hunger und außerdem riechst du nach Eau de Croquet nach diesem Fish & Chips-Massaker“, stellt Muriel irritiert und angewidert fest, distinguiert einen winzigen Schluck von ihrem dreipfundneunzig teuren Ingwerwasser trinkend.

„Ich kann nix dafür, bin als Kind mit drei Jahren in einen Leberwursttopf gefallen“, erwidere ich schlagfertig.

„Wir wollen doch aber später noch in das tolle Sushi-Restaurant am anderen Ende von London gehen“, ereifert sich Muriel und betrachtet kopfschüttelnd, wie ich noch ein paar Pommes von Carlottas Teller stibitze.

„Muss das mit den Bonsai-Goldfischen auf Backpapier wirklich sein?“, mosert jetzt auch Emilia. „Mir wäre so ne fettige Pizza als Abendessen auch lieber.“

„Nix da, ich habe für heute noch einen genauen Plan, was wir gesehen und probiert haben müssen. Außerdem wollen wir noch in den parfümgeschwängerten Klamottenshop von ‚Apfelkrumbel & Fisch‘, um für den werten Sohn Herrn Gerkowitsch einen stylishen Hoodie zu erstehen“, doziert Muriel mit strengem Blick in unsere Runde.

„Au ja, bei ‚Apfelkrumbel & Fisch‘ könnte sich auch mal gelegentlich so ein Kleidungslegastheniker wie unser Ironman Florian mit neuer Ware eindecken. Dank täglichem Training hat er eine extrem leckere Figur. Nur ein etwas peppigeres Kleiderstyling fehlt ihm. Im Bayerntrikot auf Partys aufzutauchen macht kein Mädel schwach“, bringt es Carlotta auf den Punkt.

„Also, dann Tüten aufnehmen und abmarschbereit halten“, ordert Muriel resolut an. „Ich muss jetzt aber zuerst noch auf…“

„Die Toilette“, schreien wir drei andere Hühner wie auf Kommando im Chor und kringeln uns vor Lachen über die angeborene Inkontinenz Muriels.

Immer schön zu zweit marschieren wir Richtung Mädchenklo. Der Rest von uns wird zum Tütenbewachen zurück gelassen.

„Kaum, dass die Öl-Milliardäre aus Schottland dem Vereinigten Königreich die kalte Schulter zeigen und England von der Ölpipeline nehmen wollen, führen die Briten Wucherpreise für Toilettenbesuche ein“, mosere ich.

Das Schild über dem Ladies-Restroom weist eine Gebühr von lächerlichen zwei Pfund für die Nutzung von vermutlich ziemlich bepissten Klobrillen aus. Ergänzend dazu, muss trotz der exorbitant überzogenen Nutzungsgebühren mit fehlendem Toilettenpapier gerechnet werden. Um diesen Missstand nicht zu meinen Ungunsten ausfallen zu lassen, gruschdle ich während der Wartezeit in dem lediglich spärlich beleuchteten Gang in meiner Handtasche nach einer Packung feuchtem Toilettenpapier.

Meine Hände umschließen das Gefundene und ich betrete hoch erhobenen Hauptes das mir zugewiesene Toilettenabteil.

Die dürftige Beleuchtungssituation empfinde ich eher als hilfreich zur Abwendung einer Ekelattacke, wobei mich bereits alleine der Geruch in meiner

Kabine erschaudern lässt.

Sämtlichen Behauptungen zum Trotz: Auch Frauenkot muss nicht zwingend nach Rosen duften.

Schnell verrichte ich mein dringendes Bedürfnis, ignoriere die triefend nasse, auf dem Boden liegende Klopapierrolle und verwende stattdessen innerlich triumphierend mein mitgebrachtes hygienisches Papiermaterial.

Ich konzentriere mich, damit ich nicht versehentlich zuerst die Toilettenspülung betätige, bevor ich meine Hosen hochziehe. Hierbei die falsche Reihenfolge zu wählen löst meistens ungeduldiges Klopfen und Rufen aus der Warteschlange vor der Türe aus.

Mit strammen Schritten entfliehe ich dem unwürdigen Szenario und hüpfe befreit die Stufen zum Café empor.

Ein leichtes Brennen in meinem Unterleib lässt mich zusammen zucken.

„Habe ich mir innerhalb so kurzer Zeit eine Blasenentzündung zugezogen?“

Aber die Schmerzen scheinen mehr äußerlich als innerlich zu sein, daher verwerfe ich die Erstdiagnose.

Strahlender Sonnenschein empfängt mich, als ich zu den wartenden Girls und den unzähligen Einkaufstüten zurückkehre.

„Muriel und ich verschwinden auch noch schnell auf die Toilette“, ruft mir Carlotta zu, während sie bereits beim Hinabsteigen der Stufen ihren klemmenden Reißverschluss zu öffnen versucht.

„Ah, dann kann ich noch schnell meine Sonnenbrille putzen, wenn uns die englische Sonne, dieses seltene Phänomen, die Ehre erweist“, bringe ich zwischen zusammengepressten Lippen vor.

„Mist, das brennt ja wie Feuer zwischen meinen Schenkeln. Ganz ruhig atmen und an irgendeine komplizierte Stellung beim Sex denken“, versuche ich mich selbst zu beruhigen.

Ich stöbere in den Tiefen meiner Handtasche und ziehe das vermeintliche Briefchen mit den lösungsmittelgetränkten Brillenputztüchern hervor.

„Hilfe, Hiiiiiiiiilfe“, stoße ich ein gedankliches Kreischen aus und starre das Päckchen mit dem sorgsam verpackten, feuchten Toilettenpapier in meiner verkrampften Hand an.

„Aua, jetzt weiß ich, woher das eklige Brennen an meinen Schamlippen stammt“, murmle ich leise vor mich hin, presse meine Beine zusammen und spiele Gutemiene.

Schlappmachen gilt nicht. Muriel treibt uns nach ihrer Rückkehr von der Toilette zur Eile an, da wir noch vier Shops auf unserer Must-Have-Seen-Liste haben und pünktlich zum Abendessen in dem IN-Sushi-Restaurant sein müssen.

Die nächsten beiden Stunden halten mich meine wiedererlangte, schmerzfreie Unterleibsatmosphäre sowie meine angeborene, natürliche Furcht vor allzu frühem Reichtum davon ab, zu wenig Geld auszugeben.

Doch dann kommt es zu einigen unliebsamen Zwischenfällen.

Beim schwedischen Textilunternehmen unseres Vertrauens bekomme ich einen Tobsuchtsanfall, da entweder Herr Hannes oder Frau Maurice mal wieder die Nähte bei Kleidergröße 42 zu eng gesetzt haben und ich pfeffere das zauberhafte Blümchenkleid entnervt in die Ecke der Umkleidekabine.

Eine Erklärung könnte natürlich auch noch sein, dass radikale Terroristen am Start waren und die Knöpfe auf Höhe meines Busens gesprengt haben.

Fakt ist, das schöne Stück passt mir nicht und ich liege bereits mit zwei Einkaufstüten hinter den restlichen Shopping-Maniacs zurück.

Andere Teilnehmer unserer Reisegruppe zeigen wiederum erste Ermüdungserscheinungen.

In einem unbeobachteten Moment raunt mir Emilia zu: „Peri, ich verspreche, dass du mich an der Hand halten darfst, damit ich nicht wieder verloren gehe, aber könntest du dich bitte dafür einsetzen, dass wir den restlichen Weg zu diesem blöden Sushi-Tempel mit der U-Bahn fahren können, ich bin hundemüde."

Carlotta hingegen lässt sich im Nobelkaufhaus inmitten der Kosmetikabteilung auf den Boden fallen und flüstert mit erstickter Stimme: „Ich habe Schaftschmerzen von meinen Schuhen an den Beinen und blute vermutlich bereits aus mehreren offenen Ödemen. Muriel, dürfen wir eine Pause einlegen?"

„Nix da", kommt der scharfe Befehl unseres Drill-Instructors, „das hättet ihr euch vorher überlegen sollen. Wir haben noch ein straffes Programm auf der Agenda."

„Dann lass mich wenigstens bequemere Schuhe kaufen, ansonsten müsst ihr mich die restlichen

Tage im Rollstuhl durch London schieben“, bettelt Carlotta, den Tränen nahe.

„Schuhkauf kann genehmigt werden, aber nur wenn wir danach unsere Schlagzahl der zu besuchenden Sehenswürdigkeiten erhöhen, ansonsten geraten wir bereits an unserem ersten Tag in Zeitverzug. Ich kann mir ja dann wieder zu Hause die hämischen Kommentare meiner Schwägerin anhören, dass wir nicht belastbar wären und so weiter“, bellt Muriel in die erschöpfte Runde.

Der Schuhkauf für die arme Carlotta wird natürlich unverzüglich erledigt, meine beste Freundin erlebt dadurch ein kleines Konditionsrevival.

Erstaunlich, was neue Schuhe bei uns Mädels immer wieder für spontane Wunderheilungen verursachen können….

Eine Stunde und das Abhaken von weiteren wichtigen drei Sehenswürdigkeiten auf Muriels Kontrollblock später, kommt es dann doch noch zur Meuterei innerhalb der Reisegruppe.

„Können wir nicht zum Hotel zurückfahren und dort in der Nähe zu einem netten Thai gehen?“, stellt Emilia den offiziellen Antrag.

„Genau, ich schließe mich der Petition von Emilia vollumfänglich an“, flehe ich, versteckt hinter meinen Einkaufstüten.

„Ich habe sowieso keinen Bock auf gegrilltes Seepferdchen in Algenmatsch, den Sushi-Scheiß kannst du alleine vespern“, argumentiere ich etwas unqualifiziert in Richtung unseres Guides.

Carlotta ist wieder die Pragmatischste unter uns. Sie legt sich mitten auf der Oxford Street auf den

Bürgersteig und richtet ihre Worte klar und deutlich an uns, an ihre langjährigen Freundinnen:

„Macht es mit mir wie im Krieg und lasst mich einfach liegen. Zieht weiter auf eurem vorbestimmten Weg, mich werden irgendwann die wilden Tiere holen."

Hilfsbereite Briten eilen Carlotta zur Hilfe, bieten ihr zur Stärkung Wasser, Tee und Gebäck an.

Irritiert blickt sie die höflichkeitsfanatischen Engländer an, murmelt ein „Thank you so much" und verwandelt sich wieder in die Frau der Tat, wie wir sie alle seit Jahren kennen.

Aufstehen, Straßenstaub abschütteln, Kajal erneuern und mit ihrem rechten Bein (die Hände sind mit Einkaufstaschen belegt) ein Taxi heranwinken.

„Alle einsteigen, ich bezahle die Fahrt zu diesem verfickten Sushi-Gedöns, damit Muriel ihr letztes Tageshäkchen setzen kann. Keine Diskussion."

Nach einer halbstündigen Fahrt, dieses Mal mit einem pakistanischen Taxifahrer, erreichen wir endlich das japanische Restaurant „Sushi for Mushi".

„Ich hätte unterwegs eine Thrombose simuliert, wenn wir nicht gefahren wären", flüstert mir Emilia verschwörerisch zu.

„Und ich schlecke jetzt gleich den Handlauf der Rolltreppe ab, wenn wir jetzt nicht sofort etwas zum Trinken bekommen", raune ich mit ernster Miene zurück.

„Alles austeigen und vor dem Restaurant postieren", ordnet Muriel resolut an.

„Would you mind to take a picture of us?“, spricht sie einen der Wartenden vor dem Restaurant an.

„Hajo, des mach i gern fier eich“, entgegnet der Angesprochene im tiefsten Schwäbisch.

„Hend ihr au die ‚Fid for Fann‘ glese so wie mei Fra und miessed jezedle so en neimodische japonische Quadsch esse ge?“

Nachdem das Beweisfoto mit dem Mushi-Slogan im Hintergrund geschossen ist, holt Carlotta zum finalen Schlag gegen unsere Reiseleitung aus: „Ähm Muriel, wäre es eine Idee, wenn du dich in die Warteschlange fürs Sushi einreihst und wir drei anderen derweil zum Italiener um die Ecke gehen? Ich mag mir jetzt ehrlich gesagt ne fette Pizza reinziehen und ein paar Scheibchen Mozzarella auf meine offenen Beine legen.“

„Yippeeeeh“, jubele ich innerlich und sehe massive Lasagnen und üppige Riga-Tonis vor meinem geistigen Auge und an meinen Magenwänden vorbei schweben. Ein Vitello Tornado und eine Latte Matschiato werden ebenfalls ihren umhegten Platz in meinen Eingeweiden finden.

„Hald amole, do geh i glei mid“, schwäbeld es aus der Sushi-Warteschlange heraus.

„Mei Frau soll grad mid eirer Freindin uff des Fischgebebbe warde un i begleid eich derweilschd zum Idaljener.“

Der aktuellen Debatte über die deutsche Asylpolitik folgend, gewähren wir dem sprachlich versierten Mitschwaben ein Bleiberecht in unserer Runde und ziehen von dannen, besser gesagt um die Ecke zum heutigen Italiener unseres Vertrauens namens „DiGiorgio“.

„Egal wie sie aktuell Fußball spielen und dass sie ihre Staatsfinanzen nicht im Griff haben, aber das beste Essen kommt definitiv von unseren italienischen Kumpeln“, lobt Carlotta unsere basisdemokratisch getroffene Restaurantentscheidung.

Ihre ödimierten Beine lagern derweil, lediglich bestrumpft und der übeltäterischen Schuhe entledigt, auf einem kissenbepackten Stuhl.

Unser italienisch-albanisch-serbisch sprechender Kellner namens Stefano ist bereits Carlottas Charme erlegen und verbindet ihre Unterschenkel mit Salatgurkenbandagen.

„Hm, schmeckt das lecker“, presse ich zwischen mehreren Bissen Cannelloni hervor. „Das kann beim japanischen Fischzerstückler nebenan bestimmt nicht so munden.“

„Peri, kannst du eigentlich zuerst essen und dann sprechen?“, rügt mich Emilia mit strafendem Blick.

„Sorry, aber ich habe das Schmatzen und das Schwitzen von meinem Vater geerbt, das Schnarchen hingegen von meiner Mutter. Ihr könnt mir aufgrund dieser genetischen Handicaps keine Vorwürfe machen“, antworte ich gut gelaunt.

„Mal was ganz anderes, warum quatscht mich eigentlich jeder Taxifahrer auf diesem Planeten an und will, dass ich einen seiner Brüder heirate?“, fragt die gurkenbandagierte Carlotta in die Runde.

„Stimmt, das ist a kind of mysterious“, entgegnet Emilia mit ernsthaftem Blick.

„Vor allem nach deinen Erfahrungen bei unserem letzten Wellness-Aufenthalt im Bayrischen Wald, als Bernd der Masseur jedem von uns seine Lebensgeschichte erzählt hat und du die Einzige warst, die während der Massage in Ruhe vor sich hinschlummern konnte."

„Awer mädle, dess isch doch ganz klahr", bringt sich unser schwäbischer Mitesser in die Diskussion mit ein.

Gebannt starren wir alle unseren neuen Kumpel Horschd an, was er als Erklärung zum Besten geben wird. Ich nutze derweil die Gelegenheit und stibitze Emilia zwei Oliven von ihrer Pizza, was mir einen strafenden Blick ihrerseits einbringt.

„Hajo, der Bernd isch hald ä Oinzelkindle un had gar koine Brieder", gibt unser Essenskumpel zum Besten und lacht eine Ladung ölige Salatblätter quer über den Tisch in Carlottas Teller.

„Ich war`s dieses Mal nicht", stelle ich in Richtung meiner irritiert blickenden Freundin fest und nutze die allgemeine Verwirrung und das Gelächter am Tisch schamlos aus, indem ich mir auch von Horschds Saltimbocca ein kleines Probierstück abschneide.

„Ich habe das beste Essen gewählt", triumphiere ich innerlich und öffne heimlich die beiden oberen Knöpfe meiner Jeans, um meinen Bauchspeckimplantaten den Weg in die – zumindest kurzfristige – Freiheit zu gewähren.

„Oh, drüben am Eingang stehen Muriel und deine Frau", sage ich zu unserem inzwischen perfekt integrierten Essensbegleiter Horschd.

„Gell Beadde, mir bleiwe awer schon no ä bissle do, i heb uff der Schbeisekard noch ä Diramiesuh enddeckt, des will i ubedingd no esse“, begrüßt Horschd seine vielleicht nicht unbedingt bessere, aber definitiv deutlich schlankere Hälfte.

„Ja, glaube ich es denn“, schimpft Beate, ihren Schwäbischen-Alb-Dialekt tunlichst vermeidend, „kaum lasse ich dich mal eine halbe Stunde unbeaufsichtigt, drückst du dir wieder die Kohlehydrate im Zehnerpack zwischen die Backen.“

„Beate, komm setz dich zu uns, wir haben einen fabulösen Amarone am Start, der beamt dich innerhalb von zehn Minuten in die Stratosphäre“, findet Carlotta besänftigende Worte für die aufgebrachte Ehegattin unseres neuen Kumpels.

Sie winkt ihren persönlichen Gastro-Sklaven Stefano heran, der flink jeweils, sowohl für die sauer blickende Beadde als auch für unsere deutlich besser gelaunte Hühnerkameradin Muriel, eine reichliche Ration Rotwein eingießt und anschließend mit verzücktem Blick und ergebenem Gebaren Carlottas Beinverbände erneuert.

„Ich sage euch, das waren die besten Sushi, die ich seit Jahren gegessen habe, so frisch und so appetitlich zubereitet“, schwärmt Muriel mit begeistertem Blick.

„Ich habe natürlich sofort Fotos gemacht und in sämtlichen Medien hochgeladen, nicht dass die anderen zuhause denken, wir hätten die Hot-Spots von London nicht gefunden“, stellt sie mit einem zufriedenen Ausdruck in ihrem wie immer perfekt geschminkten Gesicht fest und nimmt einen tiefen

Schluck aus dem Weinglas.

„Puh, das wäre geschafft“, denke ich und klatsche Emilia heimlich unter dem Tisch ab. „Unser Stadt-Sherpa hat zuhause etwas zu berichten, wir können also ganz relaxed den Rest des Abends mit Essen und Trinken verbringen.“

Beadde scheint diesen tiefenentspannten Zustand noch nicht erreicht zu haben, denn sie herrscht Horschd harsch an und weist ihn auf seine himmelschreienden Cholesterinwerte hin, als er sich mit Stefano über die Lieferung einer doppelten Portion Tiramisu einigt.

„Zickenalarm“, deute ich Carlotta in unserer hühnereigenen Gebärdensprache an und sie reagiert sofort, in dem sie der bisher lediglich flachentspannten Schwäbischen Älblerin noch eine gehörige Ladung Amarone eingießt.

„Ey Horschd, bist du eigentlich VfB-Fan?“, frage ich unseren neuen Best Man.

„Achtzehnhunderdreiundneunzig, he,he“, grölt Horschd mit einem verzücktem Ausdruck in seinem mascarponeverschmierten Gesicht und pustet dabei eine gehörige Ladung Kakao von der Oberfläche seines Desserts in den Ausschnitt seiner Gattin.

Ich zwinkere meinen inzwischen gut angeheiterten Freundinnen verschwörerisch zu und setze mich lässig mit Horschd an einen der Nachbartische, um in Ruhe darüber zu diskutieren, ob der Stuttgarter Trainer nun besser Ulreich oder Kirschbaum ins Tor unserer Lieblings-Mannschaft stellen soll.

Muriel, Emilia und Carlotta kümmern sich derweil aufopferungsvoll darum, s`Beadde mittels vergorener, italienischer Getränke in einen Zustand der völligen Schwerelosigkeit zu überführen. Ein Experiment, das innerhalb kürzester Zeit als erfolgreich abgeschlossen verbucht werden konnte.

Wie auf Bestellung gesellen sich sowohl der Kellner Stefano als auch der Koch Enzo zu den Mädels und ermutigen diese, sich im Genuss der rotweinhaltigen Rauschmittel keinen Zwang aufzuerlegen.

Es endet like ever – gleiche Hauptdarsteller, geänderte Location.

Das Lokal ist zwischenzeitlich geschlossen, Carlotta liegt mit sorgfältig verbundenen Beinen bequem auf einer Ladung Tischwäsche gebettet und wird liebevoll umsorgt von ihrem neuen, süd-osteuropäischen Kumpel Stefano.

Emilia sitzt mit dem Pasta-Künstler Enzo auf den Treppen, welche ins obere Stockwerk des Restaurants führen, lässt sich ergeben mit Weintrauben füttern und von der Fingerfertigkeit eines versierten Tagliatelle-Produzenten überzeugen.

Weintraube um Weintraube verschwindet in Emilias Ausschnitt und wird von Enzo mit Hände, Zunge und mit ….– ich will eigentlich gar nicht mehr hinsehen –…. wieder herausgezaubert.

„Kopfkino aus“, befehle ich mir selbst energisch.

Beadde und Muriel debattieren derweil angeregt über Low-Carb und sonstige unnötigen Erfindungen. Horschd und ich haben nach ausufernden Diskussionen unsere VfB-Wunschelf, nebst Auswechselbank, auf die Tischdecke vor uns gezeichnet und beginnen nun einen kleinen Streit unter Fußballkumpels über das geeignete Wappen unseres Lieblingsvereins.

Irgendwann stößt noch die etwas irritiert blickende indische Putzfrau Nala dazu, die wir sofort nach ihrem Eintreffen dazu auffordern, uns bei der Vernichtung von DiGiorgios übel vergorenem Traubensaft behilflich zu sein.

Ich wusste bis dahin gar nicht, dass Inderinnen neben dem Sari auch das Rotweintrinken erfunden haben, aber Nala belehrt uns innerhalb kürzester Zeit eines Besseren.

Flink rechne ich gedanklich die potentiellen Absatzmengen unseres dorfeigenen Weinberges auf dem indischen Subkontinent hoch, verwerfe diese neuerliche Geschäftsidee aber schnell wieder, da vermutlich lediglich eine oder maximal zwei indische Großfamilien mit dem Ertrag der wenigen Rebstöcke mit schwäbischem Rebensaft versorgt werden könnten.

Soccer-King Horschd nimmt derweil einen tiefen Schluck aus seinem Weinglas, und eben dieser Tropfen Amarone bringt meinen neuen, fassähnlichen Kumpanen just zum Überlaufen. Er kickt sich damit so was von ins Abseits und leitet parallel dazu seine klassische Selbstauswechslung ein.

Horschds Augen verdrehen sich gleichzeitig über den linken, als auch über den rechten Außenflügel seiner weiterhin mit einem seligen Lächeln geschmückten Gesichtszüge. Seine Grimassen-Performance beendet er mit einem finalen –allerdings lediglich indirekten – Freistoß, in dem sein Kopf mit einem lauten Krachen auf der Tischplatte einschlägt.

Seine speckige Wange schmiegt sich harmonisch in die Aufzeichnungen der Vierer-Abwehrkette unserer Schwabenelf auf dem ehemals blütenweißen Tischtuch und er schaltet in den sofortigen Rausch-Schnarch-Rhythmus eines weinselig Schlafenden.

Eigentlich ein friedlicher Anblick, wenn ihm nicht bei jedem Schnarch-Vorgang etwas Speichel aus dem rechten Mundwinkel schwappen würde.

Unwürdig, diese Betrachtung fortzuführen.

Und doch, es ergeht einem ähnlich wie beim Anblick einer überfahrenen Katze: Es sieht komplett ekelhaft aus, aber man kann den Blick nicht davon abwenden.

S`Beadde scheint an solche Komplettausfälle ihres Gatten gewöhnt zu sein, denn sie unterbricht lediglich kurz ihre Ausführungen zum Thema „Yoga für Hamster und Zwergkaninchen“, mit welchen sie selbst unsere homöopathische höchstgebildete Freundin Muriel noch überraschen konnte und diese damit völlig in ihren Bann gezogen hat.

Ein Blick auf Horschd von ihrer Seite aus, ein wissendes „Wäre es mal wieder soweit“ und weiter geht es mit ihren Abhandlungen über die muskelschonende Bewegungslehre bei Kleintieren.

Ich verlasse den, inzwischen durch Gewichts- und Gesichtsverlagerungen auf der Tischdecke mit weiteren Defensivpositionen unserer VfB-Wunschmannschaft im Gesicht verzierten Horschdi und geselle mich in die Vital- und Gesundheitsecke von

Muriel und ihrer neuen Freundin.

„Peri, stelle dir mal vor, Beadde ist international anerkannte Heilpraktikerin für Wellensittiche und hat einen Hochschulabschluss als Katzenpsychologin“, schwärmt Muriel mit verzücktem Gesichtsausdruck.

„Oh nicht schlecht, dann kann sie gerne mal bei mir zuhause vorbei kommen, wenn sie eh einen Patienten in der Nähe zu behandeln hat. Ich kenne da eine Katze, welche seit einem kleinen Missgeschick meinerseits unter einem starken Post-Chaiselonguen-Trauma leidet“, entgegne ich.

„Apropos traumatische Zustände: Sollen wir eigentlich demnächst den Rückweg zu unserem Hotel antreten, bevor die indische Reinigungsbeauftragte den kostbaren Amarone in ihren Putzeimer kippt und Emilia von Enzo einen gesungenen Heiratsantrag erhält?“, frage ich die beiden.

„Au ja“, murmelt Carlotta schlaftrunken aus der Rehabilitationsabteilung.

„Stefano hat mich so vorzüglich verarztet, dass ich mir vorstellen kann, es sogar ohne Gehilfen bis zum Taxi zu schaffen.“

„Nun denn, dann rufe ich mal einen Großraumtransporter, damit wir alle inklusive Schnarchbär Horschd, in Richtung unserer Hotelbetten transportiert werden“, übernehme ich die strategische Leitung.

„Muriel, Emilia, Carlotta und Beadde, bitte zusammenräumen und sich langsam von diversen Italienern verabschieden. Wir treten den geordneten Rückzug an. Für den Abtransport von Horschd sollten wir warten, bis der Taxifahrer da ist und den beiden Jungs beim Hinaustragen des Haufens Elend behilflich ist. Von Häufchen kann ja hier nicht die Rede sein", gebe ich klare und gleichzeitig strukturiert-improvisierte Anweisungen.

Kurze Zeit und einige Anstrengungen später, sitzen endlich alle Teilnehmer dieses leckeren und unterhaltsamen japanisch-italienischen Abends in einem englischen Taxi, unsere Dutzende Einkaufstüten geschmackvoll um uns drapiert.

„Soll ich prophylaktisch eine der Tüten leer räumen und neben Horschd parat stellen?", frage ich Beadde.

„Nein, nicht nötig. Alles was mein Gatte jemals an Essen oder Trinken zu sich genommen hat, will er auch nie mehr wieder hergeben. Leider ….", seufzt unsere One-Night-Stand-Freundin mit Blick auf ihren sabbernden, schnarchenden und gesichtsverschmierten Ehegatten.

„Oh ja, man kann nicht immer einen Hauptpreis mit nach Hause bringen", murmelt Emilia bevor sie sich an Muriels Schulter schmiegt und sanft entschlummert.

Die Winzigkeit von viereinhalb Stunden geordneten Schlafes später steht eine bestens gelaunte und vor Tatendrang berstende Muriel in unserem Hühnerhotelstall und versucht, die restlichen drei Murmeltiere zum Leben zu erwecken.

„Mist", stelle ich noch ziemlich schlaftrunken fest, als ich an meinem, lediglich mit einem alten T-Shirt bekleideten Körper entlang blicke. „Schlank im Schlaf hat heute Nacht bei mir wieder mal nicht funktioniert."

„Aua, aua", kommt die, – ebenfalls nur in sehr leisen Tönen – gesprochene Erwiderung von Carlottas Bettseite. „Aua, aua, kennt jemand einen willigen Masochisten, welcher bereit wäre, heute Morgen meine Kopfschmerzen zu adoptieren?"

„Psst, nicht so laut", jammert Emilia unter ihrer Bettdecke hervor.

„Ich fühle mich wie ein Barrique-Rotwein und würde gerne für weitere sechs Jahre im Fass ruhen."

„Nichts da", kommt die resolute Ansprache von Muriel. „Wir haben heute weitere zwölf Highlights auf unserer Agenda. Today it`s cultural day."

„Deine Kultur kannst du dir hinter die Ohren schieben", brummle ich und schlurfe ins Bad.

„Hat eigentlich schon jede der Damen unseren Schuhaltar wahrgenommen, den ich bereits heute Morgen in aller Früh so wunderhübsch drapiert habe?", quasselt Muriel mit unerträglich guter Laune in die verschlafene Runde.

Dreizehn Paar gestern frisch erworbener Schuhe plus Carlottas Schaftschmerzen verursachende Übeltäter stehen liebreizend geordnet und gestapelt auf unserer Kommode, innenarchitektonisch eine klare Bereicherung des ansonsten eher pragmatisch eingerichteten Hotelzimmers.

„Oh yes, that's nice", ruft Carlotta mit gespielter Begeisterung, eine von Emilias unzähligen, im Raum verstreuten Unterhosen und sonstige Kleidungstücke mit ihren Fußzehen aufklaubend.

„Oh my God, mein Haar ist voll Drama heute

Morgen, so kann ich unmöglich zur Audienz bei der Queen", jammert Emilia aus unserer Nasszelle.

„Wir gehen nur zu ihrem Palast, Lizzy hat heute andere Themen auf ihrer Agenda. Daher kannst du dir die Haare zusammenbinden oder unter einer Mütze verstecken. Hauptsache ihr seid in einer halben Stunde abmarschbereit", ordnet Oberst Muriel mit strenger Stimme an.

„Was steht denn today alles auf unserem Sight-Seeing-Programm?", frage ich, signalisiere damit geheucheltes Interesse und strecke mein cremeverschmiertes Gesicht aus der Tür des Raumes – formerly known as Badezimmer – in dem sich nun allerdings Tiegel, Flaschen, elektrische Zahndildos sowie Tuben und Döschen in unkoordinierten Viererformationen türmen.

„Mensch Peri, schmier dir doch deine Anti-Aging-Creme auch noch gleich aufs Butterbrot oder verwende sie, um deine Backformen einzufetten", ruft mir Carlotta lachend entgegen und kriecht parallel dazu unter unser Bett, um ihre, auf mysteriöse Art und Weise am vergangenen Abend abhanden gekommene Contenance wieder zu finden.

„Jetzt aber ein bisschen mehr Disziplin, meine Damen", mahnt uns Muriel zur Eile.

„Und zu deiner Frage Peri, ich habe für uns heute eine wunderbare Kombination aus verschiedensten Sehenswürdigkeiten, Museen, Palästen und Kirchen zusammengestellt, sodass wir einen komprimierten aber trotzdem umfassenden Einblick in mehrere Jahrhunderte britischer Geschichte erhalten werden."

Emilias Grimasse als Antwort auf diese erschreckende Ansage ignoriert Muriel geflissentlich.

„Und nur damit es allen Beteiligten des heutigen Tages klar ist: Es werden maximal zwei Toilettenpausen toleriert, zum Essen gehen wir in ein vietnamesisches Restaurant und alle – mit Betonung auf alle – ziehen sich bequeme Schuhe an."

„Autsch", raunt mir Carlotta zu, während sie ihr Morgenpipi verrichtet und sich dabei gleichzeitig die Zähne putzt, „die letzte Anordnung galt ganz klar mir. Bitte erinnere mich daran, falls wir nach der siebten Besichtigung einem Kultur-Trauma nahe sind, in meiner Handtasche befinden sich K.O.-Tropfen. Die träufeln wir dann Muriel in einem unbeobachteten Moment in ihr stilles Wasser."

Ziemlich genau siebenunddreissigkommafünf Minuten später stehen wir gedressed und mit praktischem Handtaschen-Katheder ausgerüstet vor dem Eingang unseres Hotels, bereit, mit der Kulturministerin unseres Vertrauens London at it`s best zu erleben.

Eine Unendlichkeit später, vor irgendeiner großen Uhr, haben wir more or less bereits die Schnauze voll vom British-Culture-Club, welchen Muriel unverdrossen äußerst engagiert anleitet.

„Eigentlich könnte ich mich jetzt in den Park gegenüber legen und einfach eine Runde abratzen", flüstert mir Emilia ins Ohr.

„Hä, was meinst du", erwidere ich und ziehe die Klarsichtfolie von meiner Ohrmuschel, die ich mir prophylaktisch heute Morgen angebracht habe.

„Peri, wie geil, du kannst das natürlich auch unerkannt unter deinem Wuschelkopf tragen, hast so die gesamte Zeit deine selige Ruhe gehabt und musstest dir nicht stundenlang die Ausführungen unserer Fremdenführerin anhören“, kommen die anerkennende Worte meiner Freundin.

„Mir würde sowieso genügen, wenn wir mit so einem Doppeldecker-Bus unterwegs wären und komplett entspannt sämtliche Sehenswürdigkeiten an uns vorbei getragen werden würden. Bei dem Pisswetter hier muss man doch eh keine größeren walks on the wild side unternehmen“, grummle ich vor mich hin.

„Ja, aber das ist halt nicht individuell genug für Muriel und ich muss sagen, Carlotta strebt auch ganz schön rum. Sie hofft wohl auf eine gute Note in Mitarbeit, wenn sie dauernd diese pseudo-interessierten Fragen stellt", lästert Emilia mit leiser Stimme.

„So, gesamte Reisegruppe kehrt marsch, wir besuchen jetzt Madame Tusneldas Gruselkabinett“, ordnet Muriel mit resoluter Stimme an.

„Aber dann gehen wir was essen, mir hängt mein Magen in den Kniekehlen“, getraue ich mir mit leicht devoter Stimme vorzubringen.

„Falsch Peri, es ist nicht dein Magen, welcher in den Kniekehlen hängt, sondern dein Busen und ja, wir gehen zum Essen, aber heute in der Version gesund und kein italienisches Käse-Pasta-Massaker.

Ich habe für uns Plätze im beliebten, vietnamesischen Restaurant „Hui-Bui-Sui“ reservieren lassen, ein absolut angesagter Hotspot für alle IN-People“, kommt die klare Message von unserem leader of the gang.

„Also gut, dann nichts wie ab in das Tussi-Kabinett und im Schweinsgalopp durchgerannt. Mein Zahnfleisch ist ebenso ausgetrocknet wie meine Scheidenflora, ich benötige dringend etwas zwischen die Backenzähne“, ergebe ich mich, mit Ausblick auf etwas Essbares, dem Sightseeing-Schicksal willig.

Emilia stuppst mich an und zeigt mir eine SMS ihres Pasta-Verehrers Enzo, in welcher er schreibt: „Amore Emilia, isch kann heudde kaum Spaggedi kochen, weil du mich gehst nischd mehr aus dem Kopf. Und dein Popo sei soo scheen…“

Ich flüstere ihr zu: „Ey, was hat der Typ mit deinem Hintern?“

„Pschd, nicht so laut, damit Muriel uns nicht hört. Enzo hat mir gestern Abend erzählt, dass er Facharzt für Gesäßchirugie werden will und mein Hinterteil prädestiniert sei für fachärztliche Studien. Ist er nicht süß?“, raunt mir Emilia mit vernebeltem Blick zu.

Augenverdrehen meinerseits.

Räuspern ebenfalls meinerseits.

Innerliches Kopfschütteln.

„Was ist jetzt, können wir uns endlich Richtung der grauenvollen Tusnelda-Sammlung bewegen, jede Sekunde Wartezeit verbrennt unnötige Kalorien in meinem geschundenen Körper und ihr wollt ja nicht ernsthaft, dass ich als Skelet aus Great Britain zurückkehre?“, lenke ich die Aufmerksamkeit weg von Emilias Po-Paranoiden-Pasta-Performer.

Muriel zückt ihr Smartphone und programmiert

den kürzesten Weg ins Kabinett des Grauens ein. Wir ergeben uns dem Schicksal und trotten hinter ihr her.

Eine halbe Stunde später habe ich das konkret-miese Gefühl, wir laufen im Kreis herum.

„Muriel?“, beginne ich zaghaft meine Ansprache.

„Peri, wir gehen noch nicht zum Essen!“, kommt es im harsch-murielschen Ton zurück.

„Nein, das meinte ich gar nicht, aber denkst du nicht auch, wir sollten die altmodische Frage App verwenden und uns komplett klassisch den Weg zur Tusnelda erfragen? Ich denke, dass wir hier bereits dreimal vorbeigelaufen sind.“

„Hhhm, laut meinem Navi sind es immer noch fünf Kilometer, bis wir dort sind“, antwortet eine weiterhin techniküberzeugte Muriel.

„Ich unterstütze uneingeschränkt den Antrag von Peri und frage jetzt einfach den nächstbesten Londoner, der Brite im Allgemeinen ist doch als höflich und hilfsbereit bekannt“, grätscht Carlotta tatkräftig in meinen Vorschlag mit ein.

„Außerdem tun mir bereits wieder die Beine weh, dieses Mal aber die Fußsohlen. Ich glaube, mir hat jemand Reißzwecke in die Socken eingenäht“, murmelt sie und strebt dem unmittelbar neben ihr stehenden Englishman entgegen.

Kurze Verhandlung between him and her, kreischender Aufschrei ihrerseits, mitleidiger Blick seinerseits, Rückkehr von Carlotta zur Hühnergruppe mit grimmigem Gesichtsausdruck.

Sie grummelt: „Wir stehen genau vor dem Gruselkabinett und ich habe mich mit meiner Frage nach dem kürzesten Weg grandios blamiert. „Direkt durch die Tür!“, war seine fachmännische Auskunft.

„Na ja, wenigstens hat er nicht versucht, dich mit seinem jüngeren Bruder zu verkuppeln“, lacht Muriel und schreitet, unsere Reservierungstickets lässig in der Hand schwenkend, an der gesamten Warteschlange vorbei Richtung Eingang.

„Hossa, jetzt heißt es aber Abbitte zu tun und unsere Reiseführerin auch mal zu loben für die vorausschauende Buchung der Eintrittskarten“, raune ich dem Hühnergesindel zu.

„Ja, wir lobpreisen sie dafür später und huldigen ihr“, lacht Emilia und hüpft unserer Anführerin hinterher.

Tapfer gruseln wir uns durch die erste Abteilung der berühmtesten britischen Massenmörder, bei Jack the Ripper müssen wir allerdings den ersten unfreiwilligen Boxenstopp vornehmen.

„Saperlott, irgendwas stimmt nicht mit meinen Fußsohlen“, jammert Carlotta und lehnt sich gegen den ausgeweideten Torso von Jack‘s drittem Opfer.

„Dann ziehe halt mal deine Schluppen aus und wir untersuchen die Misere“, ordnet Emilia resolut an.

„Äh Peri, ich habe übrigens heute Morgen ein paar von deinen Socken, welche deine Mama immer für dich strickt, aus deinem Koffer entwendet. Ich dachte mit denen komme ich schuhtechnisch besser durch den Tag als gestern“, gesteht Carlotta, während sie sich ihrer Fußbekleidung entledigt.

„Eeeecht, ich hatte gar nicht gedacht, dass ich überschüssige Kleidungsstücke dabei habe. Aber kein Problem. Nun by the way: Deine Fußsohlen sehen ja aus, als ob sie durch die Getreidemühle getrieben wurden, Stufe ‚extragrob'", erschaudere ich beim Anblick von Carlottas geschundenen Felgen.

„Igitt, was kommt denn da alles aus den Socken heraus?", kreischt Muriel, als sie die Corpus Delicti einer näheren Untersuchung unterzieht und kräftig ausschüttelt.

„Ach herrje, da fällt mir ein, dass ich eine Notration Haferflockenkekse in meinen Koffer gepackt habe und aus Platzgründen diese wohl in die Strümpfe steckte", gestehe ich gespielt entsetzt und versuche mich halbwegs empathisch zu zeigen.

„Da können wir uns ja noch ein leckeres Müsli zubereiten. Hat zufällig jemand einen halben Liter Frischmilch in der Handtasche?", kommentiert Emilia ironisch das Szenario und hängt in aller Seelenruhe meine wunderschön kuscheligen Socken über Jacks Schlachtermesser.

Der nur wenige Meter von uns entfernt stehende Aufseher scheint ‚not amused' zu sein von unserer Aktion und wirft einen tadelnden Blick zu uns herüber.

Deshalb bilden wir zügig einen Kreis um unsere angeschlagene Freundin und basteln ihr aus Papiertaschentücher und Heftpflaster kleidsame Ersatzsocken, besprühen Carlotta zur Regeneration mit einigen Spritzern koreanischem Heilwasser aus Muriels unerschöpflichen Beständen und stellen unser fußlahmes Huhn wieder auf ihre malträtierten Beine.

„Kommt, wir erledigen den Rest der Gruselausstellung im Hochgeschwindigkeitsmodus, damit Carlotta bald – mal wieder – ihre Vorderläufe hochlegen kann“, ordne ich chefmäßig an und nehme dem blutrünstigen Jack wieder die kurzfristig überlassenen Socken ab.

Die nächste halbe Stunde schleichen wir durch mehrere Jahrhunderte übelster, britischer Kriminalgeschichte, halten uns kichernd die abgeschnittenen Köpfe von – Schäfer… äh König – Heinrichs bedauernswerter Ehefrauen vors Gesicht und erstellen eine grandiose Serie von lecker gruseligen Selfies, die Muriel mehr oder weniger zeitgleich ins Netz stellt.

Beim Erreichen der letzten Abteilung, welche von Würgern, Schlitzern und Kannibalen nur so wimmelt, fällt die sowieso lediglich schummrige Beleuchtung aus.

Ohrenbetäubendes Kreischen erklingt aus dutzenden Kehlen, schaurig unterlegt von der betont düsteren Musik und einer flüsternden Stimme, die verdächtig nach Emilia klingt.

„Peri, darf ich deine Hand halten, ich habe Angst.“

„Gute Idee“, erwidert Carlotta an meiner Stelle und wir ergreifen uns alle vier an den Händen und schauen, dass wir den Ort des Grauens schnellstens verlassen.

Ich bilde das hintere Ende unserer Menschenkette und spüre auf einmal, wie sich eine verschwitzte

Hand in meine linke, freie Handfläche schiebt.

„Häh, haben wir uns vermehrt?“, ist mein erster Gedanke, nachdem ich beim Durchzählen der vor mir befindlichen Mädels auf die logische Anzahl von drei Personen komme.

An Stelle der erwarteten Menschenfresser-Abordnung blicke ich allerdings beim Umdrehen in mehrere, schlitzäugige Gesichter. Leider sind meine japanischen Sprachkenntnisse mehr als dürftig. Ich deute das Tsching-Tschang-Tschung hinter mir aber als eine Art Entschuldigung für das Szenario, dass sich eine, doch recht stattliche, japanische Abordnung an unsere Fersen geheftet hat und diszipliniert mit uns gemeinsam, Hand in Hand, durch die restlichen hundert Meter des verdunkelten Schreckenskabinetts marschiert.

Wieder in der beruhigenden Helligkeit des Foyers angekommen, ernten wir für unser erfolgreiches Herausführen der japanischen Angsthasen eine äußerst synchrone Verneigungsperformance derselben.

Im Zuge der deutsch-japanischen Völkerverständigung versuche ich mich selbstverständlich als Japankennerin zu zeigen und binde flink meine Haare zu einem Dutt, welchen ich mit zwei gekreuzten Kugelschreibern in Geisha-Art schmücke.

„Sag mal Peri, hast du eigentlich komplett den Plan verlegt“, raunt mir Carlotta zu, sich allerdings ebenfalls fleißig synchron mit mir verneigend und ihr freundlichstes Lächeln aufsetzend.

„Meine Oma hat immer gesagt, bei Japsen musst du aufpassen und immer freundlich zurücklächeln, sonst hast du ein Messer im Rücken. Und du hast ja soeben gesehen, wie es den Opfern vom Ripper ergangen ist, da hilft danach kein Facelift mehr“, raune ich meiner Freundin zu.

Zügig lassen wir unsere schmaläugigen, asiatischen Kameraden einige Fotos von uns erstellen und ziehen uns dann aber langsam und geordnet aus Madame Tusneldas Kabinett zurück, bevor wir noch intensiver Freundschaft schließen.

Rückwärts und mit weiterhin tiefen Verbeugungen entschwinden wir durch die Eingangstüre, ernten von den davor wartenden Touristen natürlich irritierte Blicke, vor allem meine kunstvoll aufgetürmte Haare inklusive den darin versteckten „Installationsfachbetrieb Rümstelbach-Kulis“ sorgen für Verwunderung.

„Uff, das wäre geschafft. Können wir uns jetzt bei Speis und Trank von diesem anstrengenden Vormittag erholen?“, bitten wir unsere Stadtführerin.

„Yes, indeed, wir marschieren direkt ins vietnamesische Restaurant, unsere Tischreservierung ist in zehn Minuten fällig. Daher bitte Beeilung – auch die Dame mit den malträtierten Füßen.“

Heimliches Abklatschen hinter Muriels Rücken und ergebenes Hinterhertrotten.

„Schon wieder Schlitzaugen“, flüstere ich Carlotta zu, als wir einige Minuten später den vietnamesischen Fresstempel betreten.

„Grad egal, Hauptsache was zum Schnabulieren“, entgegnet das hinkende Huhn neben mir.

Beim Betrachten der Speisekarte wandern meine

Augen zügig weg von den Nudelgerichten hin zu der Steakabteilung.

„Fleiiiiisch“, flüstert mir gierig mein Magenmegaphon zu.

Zufrieden setze ich meine Bestellung bei unserem Chefkellner Gan-Thung Tien ab. Carlotta legt derweil ihre nach schwäbischer Bondage-Technik mit Papiertaschentüchern verbundenen Beine auf einem Restaurantstuhl ab. Emilia hat sich bereits mit den Gästen am Nachbartisch angefreundet und trinkt mit ihnen einen vietnamesischen Schlangenschnaps zur Begrüßung, während Muriel noch verzückt aus der reichhaltigen Speiseauswahl zitiert.

Als unser Essen serviert wird, beginne ich, meinem großen Hunger geschuldet, sofort mit der Vernichtung desselben.

Nach den ersten beiden Bissen blicke ich meine Freundinnen irritiert an und presse flüsternd zwischen meine halbgeschlossenen Lippen hervor: „Mein Steak ist verdorben, es schmeckt fischig und ist innen noch ziemlich roh. War ja klar, dass die Asiaten kein gutes Fleisch zubereiten können.“

„Aber Peri, das ist doch….“, beginnt mir Carlotta zu erklären, während sie parallel dazu ihre glitschigen Reisnudeln kunstvoll auf dem Löffel drapiert.

„Da beschwere ich mich gleich bei Herrn Tien, für den gesalzenen Preis erwarte ich schon was Anderes“, beginne ich mich in Rage zu reden.

„Peri, hör mir mal zu….“, versucht nun auch Muriel mich von meiner Beschwerde abzuhalten.

„Nix da, Herr Tien, Herr Ober, kommen Sie mal

bitte schnell hierher“, rufe ich dem emsig hin und her flitzenden Servicechef zu.

Ich ignoriere die Proteste von Carlotta und Muriel, sowie die zur Restaurantdecke verdrehten Augen von Emilia und beginne meinen Reklamationsschwall gegenüber Herr Tien:

„This steak smells like fish and it’s raw inside, please bring me a new one”, gebe ich mit resolutem Ton an unseren Ober weiter.

Mitleidige Blicke treffen mein vor Erregung hochrotes Gesicht. Ein Kugelschreiber fällt aus meinem Haar-Dutt und landet in Carlottas Suppe.

Der Kellner beginnt mir zu erklären: „It should taste like fish, otherwise the cook has made a mistake. You already ordered a tuna steak.”

„Blamage“ leuchtet knallrot und in Großbuchstaben auf meiner Stirn. Ich fühle mich, als ob ich mit Fischgräten ausgepeitscht werde.

Bye, bye London. Ich schaufle wortlos das Thunfischsteak in mich hinein und verkrieche mich für den Rest des Tages in mein innerstes Ich.

Die verbleibenden Stunden erbringen keine weiteren Aufregungen, Carlottas Sockenkauf stellt das einzige Shopping-Highlight dar, da jedes der Hühner das Kreditkartenlimit bereits more than ausgereizt hat.

Beim Kofferpacken für den Heimflug versuchen mich meine Reisekameradinnen wieder etwas aufzuheitern, indem sie mir ihre getragenen Slips vor die Nase halten und im Chor singen:

„It smells like fish.“

Doofes Gesindel.

Am Flughafen angekommen, erwägt Carlotta die Möglichkeit, alle Koffer unseres Handgepäcks zu wiegen, um unliebsame Überraschungen beim Einchecken zu vermeiden, was wir aber aufgrund der verlangten Wiegegebühr von drei Pfund je Koffer bei einem Barvermögen von lediglich noch etwas mehr als zwei Pfund als überflüssig erachten.

„Alle verfügbaren Kleidungsstücke werden am Körper getragen, Unterwäsche, welche nicht mehr unbedingt benötigt wird, sollte vernichtet werden. Pullover können als Schalersatz um den Hals gebunden werden und die Koffer sollten lediglich unsere Schuhbestände enthalten“, kommt die durchdachte Anweisung von Muriel.

Hocherhobenen Hauptes marschieren wir zum Check-In-Counter. Angesichts der sich in mehrfachen Lagen an unseren Körpern befindlichen Kleidungsstücke kommen wir bereits nach wenigen Schritten gehörig ins Schwitzen.

„Hoffentlich müssen wir nicht selbst auf die Waage, denn das geht schief“, flüstert mir Emilia unter lautem Japsen zu.

„Immer lächeln, auch wenn deine beiden übereinander getragenen Designer-Jeans bereits tiefe Verletzungen im Oberschenkelinnenseitenbereich hinterlassen haben“, flüstere ich zurück.

Das Unvermeidliche tritt ein. Carlotta wird mitsamt Koffer von einer grimmig schauenden Aufseherin der Fluglinie aus der Warteschlange gebeten und verschwindet mit ihr zum Schafott in Form einer überdimensionierten Waage.

„Mist, was tun wir jetzt?“, frage ich Emilia mit

piepsiger Stimme.

„Lächeln und unauffällig weiterlaufen. Wenn sie kapieren, dass wir alle derselben Shopping-Sekte angehören, sind wir ebenso fällig“, erhalte ich als unmissverständliche Handlungsanweisung.

Wir sehen Carlotta aus der Entfernung lautstark mit der Kontrollzicke diskutieren, kurze Zeit später ihre Kreditkarte aus dem Geldbeutel ziehen und diese mit einem ergebenen Gesichtsausdruck weiterreichen.

„Ignorieren und weitergehen“, raunt Muriel Emilia und mir mit zusammengepressten Zähnen zu.

Hocherhobenen Hauptes und mit der lässigen Eleganz eines 7,8 Kilogramm leichten Handgepäcks passieren wir unbeachtet den Check-in-Bereich.

Kurz darauf stößt Carlotta mit einem grimmigen Gesichtsausdruck wieder zu uns.

„Dieser weibliche Gefängnisaufseher hat mir doch tatsächlich 25 Pfund für läppische 2,8 Kilogramm Übergepäck abgeknöpft, ich könnte heulen. Als ich sie ironisch fragte, wie viel dann wohl mein körperliches Übergewicht von mindestens zwölf Kilo kosten würde, hat sie nach einer Gebührentabelle gegriffen. In dem Moment habe ich mich doch dann lieber vom Acker gemacht.“

Kurze Zeit später sitzen eine frustrierte Carlotta und drei erleichterte Mitreisende in den unbequemen Sitzen unseres Heimatfliegers.

„Für diesen Wucheraufschlag beim Handgepäck verstecke ich jetzt meine verkästen Socken unter dem Sitz, und zwar so, dass diese in den nächsten sechs Monaten nicht gefunden werden. Hier wird ja eh nie durchgeputzt“, brummelt Carlottchen und schreitet unverzüglich zur Tat.

„Gute Idee! Und ich habe im Außenfach meines Koffers noch ein Brot mit Rührei vom Hinflug gefunden. Das werde ich jetzt so in die Innenverkleidung der Flugzeugkabine hineinverschwinden lassen, dass es frühestens beim Verschrotten dieses Dreckfliegers wieder entdeckt wird“, unterstütze ich die Rachegelüste meiner besten Freundin.

„Dann opfere ich mein letztes Kleingeld und verschwinde für eine Weile in die Bordtoilette“, sinniert Emilia. „Meine Blase ist so gut gefüllt, dass ich den Halsabschneidern der Airline für mindestens 28 Pfund das Klo verpinkeln werde!“

„Halt“, werfe ich ein, „bevor wir zur Tat schreiten. Hat jemand von euch O`Neill-Aktien in seinem Depot? Nicht dass wir bei unseren Verwüstungen einen Börsenabsturz der Firma provozieren und dadurch weiteren finanziellen Schaden erleiden.“

Allgemeines Kopfschütteln der chicks from hell.

Muriel will bei unserem Rachefeldzug natürlich ebenfalls nicht außen vor bleiben und stöbert in ihrer Reiseapotheke.

„Ah, ich habe gefunden, was ich gesucht habe. S‘Beadde hat mir gegen die Winterdepressionen unseres Katers Frieder ein totsicheres homöopathisches Mittel mitgegeben. Das soll allerdings so widerlich stinken, als ob man ein halbes Pfund Butter während des Hochsommers im Auto liegen hat lassen, also genau das Passende, um hier noch ein bisschen Rabatz zu veranstalten. Kurz vor der Landung werde ich das Gebräu in den Fußboden unter unseren Sitzen einmassieren und dann nichts wie raus aus dem Flieger."

Zufrieden mit der Welt und unseren verwegenen Ideen chillen wir während des restlichen Fluges, betrachten kichernd diverse Fotos auf Muriels Smartphone: Enzo beim Versenken der Weintrauben in Emilias Halsausschnitt, Horschd mit dem herrlich verzierten Gesicht beim Schnarchen. Wir fühlen uns einfach schubidu.

Die Landung funktioniert reibungslos, kein Wunder, denn dieses Mal ist Flugkapitänin Gerlinde Geißenkamp am Steuer, wie wir der Durchsage entnehmen können.

„Schaut mal, sogar einwandfrei rückwärts eingeparkt hat uns die Gerlinde, da könnten sich die beiden Eumel vom Hinflug mal ein Beispiel nehmen", stellt Carlotta sachkundig beim Blick aus dem Fenster fest.

„So Mädels, jetzt gilt es zügig zusammenpacken und dann nichts wie raus aus der Maschine. Ich träufle dann unverzüglich Beaddes stinkende Antidepressiva-Tinktur großzügig auf den Boden", befiehlt Muriel mit geschäftiger Stimme.

Wir verlassen unauffällig pfeifend den Schauplatz unserer klitzekleinen Verwüstungsorgie und schlendern zum Parkhaus des Flughafens.

Das übliche Prozedere setzt ein.

„Wer hat das Parkticket? Wo ist mein Autoschlüssel? Und vor allem, wo haben wir unser Auto abgestellt?"

„87 G, linke Seite“, zitiere ich aus meinem Notizbuch, einen zufriedenen Blick in die staunende Hühnerrunde werfend.

„Wow Peri, du bist einfach der geborene Reisefuchs“, kommt der anerkennende Kommentar von Carlotta.

„Wenn wir jetzt noch diesen verflixten Autoschlüssel finden wüüüüüüüüüüürden – verdammt Mädels, schaut mal zum Flugfeld hinüber“, kreischt Emilia.

Eine Stichflamme schießt aus einem der hinteren Kabinenfenster unserer soeben verlassenen Maschine hervor, gefolgt von einer lauten Explosion.

„Also mein Eier-Brot war das nicht, das kann ich schwören“, stelle ich mit stoischer Gelassenheit fest, während ich den Inhalt von Emilias Reisekoffer systematisch auf dem Parkplatzboden verteile.

„Und meine Socken haben zwar bestialisch gestunken, aber als hochexplosiv würde ich sie ebenfalls nicht einstufen“, beteuert Carlotta und beginnt eine Leibesvisitation bei Emilia vorzunehmen.

„Hhhhm, eigentlich dachte ich, dass ich das richtige Fläschchen auf dem Fußboden des Fliegers ausgegossen habe. Aber wenn ich mir die Wirkung so aus der Ferne betrachte, könnte es natürlich auch sein, dass ich in der Hektik Beaddes Mittel gegen Pubertätsakne bei Goldfischen erwischt habe. Dass dies eine solch durchschlagende Wirkung hat, hätte ich mir nicht träumen lassen.“

Der Rest ihrer Worte geht im Signalton der herannahenden Flughafenfeuerwehr unter.

„Ich habe den Schlüssel gefunden“, jubiliere ich in die Runde und ziehe Emilias Autoschlüssel aus einem ihrer Schuhe hervor.

„Dann melde ich mal dem Headquarter, dass unsere London-Mission erfolgreich beendet ist und wir uns auf den Heimweg zu Mann und Kindern machen“, stellt Carlotta fallabschließend fest.

„Unsere Einkäufe bunkern wir wie besprochen zuerst bei Muriels Mutter und holen uns dann step by step die neuen Klamotten bei ihr ab“, gibt Emilia noch eine letzte, sehr wichtige Order aus.

Wir winken noch ein letztes Mal zum leicht lädierten Flugzeug hinüber und steigen anschließend mit zufriedenen Mienen ins Auto ein.

Reisende Frauen sind einzig, aber nicht artig!!

Firmenspiel

„Peri aufstehen, Peeeeeeri, bewege endlich deinen Luxuskörper aus dem Bett“, ruft mein Ehemann Paul mit zunehmender Ungeduld in seiner Stimme aus der Küche in unser Schlafzimmer hinein.

„Verflixter Käse! Tage, welche mit Aufstehen beginnen, gehören sofort aus dem Programm genommen“, fluche ich leise vor mich hin.

„Noch fünf Minuten ins Kissen kuscheln“, brabble ich mit bittender Stimme und schmiege mich an mein Kuscheltier. Doch leider habe ich die Rechnung ohne Paul gemacht.

„Raus jetzt aus den Federn und zwar ohne schuldhaftes Zögern, sonst setzt es was“, bekomme ich als klare Anweisung meines Zeitmanagers mitgeteilt, welcher mir gleichzeitig Bettdecke und Schmusetier entzieht.

Ich trotte mit ergebener Miene und intensivem, dreieinhalbfachen Gähnen Richtung Badezimmer, meine Unterhose mit den Füßen aus dem Weg kickend.

Frühaufsteher-Rabatt gibt es heute wieder mal nicht für mich.

Brummelnd nehme ich Witterung für die Route unter unsere Dusche auf, verteile großzügig Shampoo unter meinen Achseln und reibe meine Haare mit Ganzkörperpeeling ein – für mich ein Horror, vor neun Uhr morgens mit der Körperreinigung zu beginnen.

Glücklicherweise bereite ich abends bereits meine gesamte Kleidung für den nächsten Arbeitstag vor, sonst wäre vorprogrammiert, dass ich mit Hausschuhen und der Unterwäsche des Vortages ins Büro marschieren würde.

Meine esoterischer angehauchten Freundinnen richten sogar ihren Tagesablauf darauf aus, wie faltenfrei sich die Seidenstrumpfhose morgens anziehen lässt. Ich dagegen bin bereits froh, wenn ich mir nicht versehentlich an den rechten Fuß Pumps und ans linke Bein Stiefel anziehe.

Endlich bin ich startbereit. Der Blick auf die Uhr zeigt mir, dass mein Bus in weniger als zwei Minuten an der Haltestelle eintreffen wird.

Schnell noch meine Vesperdose – farblich abgestimmt auf meine Schuhe – eingepackt und Parfum korrespondierend in der Farbe meiner heutigen Handtasche aufgelegt und dann aber nichts wie losgeflitzt.

Natürlich bin ich noch mehr als zweihundert Meter von der Haltestelle entfernt, als der Bus bereits einfährt.

Ich starte los und habe das Gefühl, nicht wirklich die perfekten Schuhe für einen Sprint Marke ‚Jugend trainiert für Olympia‘ an den Füßen zu haben.

Der Busfahrer grinst mir süffisant entgegen, als ich mit einem leichten Muskelfaserriss und laut nach Luft japsend in sein Gefährt einsteige.

„Na Peri, wieder mal zu spät aufgestanden heute Morgen“, begrüßt mich der Chauffeur meiner Großraumlimousine.

„Arschgeige“, brummle ich leise vor mich hin, als ich mich in die hintere Reihe verziehe.

Interessiert blickt mir ein jugendlicher Smartphone-User nach, als ich mit Handtasche, Büro-Korb und Vesperbeutel bewaffnet versuche, mich in einen freien Sitz zu zwängen.

„Cool“, denke ich bei mir, „der Typ ist locker 25 Jahre jünger als ich und schaut mir nach, vielleicht ist der Tag heute doch noch zu retten.“

Als ich mich drei Haltestellen weiter endlich häuslich eingerichtet habe, ist mir klar, warum sowohl das Grinsen des Busfahrers heute besonders intensiv ausgefallen ist als auch, warum ich den interessierten Blick des Frischlings auf mich zog:

Meine Bluse steht sperrangelweit offen und enthüllt einen gnadenlosen Blick auf meinen unattraktiven Bauch-weg-und-Brust-kleiner-aussehen-lassen-BH.

„Verflucht Kacke, da hat die Klamottenkontrolle heute Morgen wieder null funktioniert. Blamage Nummer eins somit bereits erfolgreich absolviert.“

Nach und nach steigen die üblichen Mitreisenden der morgendlichen Busfahrt ein: Seniorengangs, verkleidet als Wandertruppe – in Wirklichkeit auf dem direkten Weg zur nächsten Besenwirtschaft –, ein Schwung Kindergartenkinder, die mit sichtlich genervten und überforderten Vorpraktikantinnen einen Ausflug zur städtischen Müllverbrennungsanlage unternehmen und weitere armselige Gestalten, welche sich wie ich auf den Weg ins Büro machen.

Laute Gesänge der Kiga-Kids über „Marius, den cleveren Müllmann und Bernie, den bezaubernden Biomüllwurm“ lassen die Fahrt wie im Flug vergehen. Unrhythmisches Klatschen der Rentnergang begleitet diese Performance, ein Schnapsfläschlein kreist bei den Greisen in der Runde.

„Bitte lieber Gott, lass uns in keinen längeren Stau geraten, ansonsten muss ich den Bus kapern und ein Gesangsverbot aussprechen“, bete ich inbrünstig.

Aber außer mir scheint niemand die Darbietungen zu registrieren, da die sonstigen Fahrgäste intravenös mit Kopfhörern an ihren Smartphones angedockt sind.

Also versuche ich mein Glück mit „Progressiver Muskelentspannung nach Hänsel & Gretel“ und meditiere lautlos mehrere Mantras vor mich hin, um meine Gehörgänge von den schrecklichen Gesängen leerzuräumen.

Gelangweilt betrachte ich dabei die am Busfenster vorbeiziehende Landschaft, eben passieren wir den Stellplatz einer Prostituierten am Waldesrand, welche seit vielen Jahren hier ihren Arbeitstag verbringt.

„Hat sie den besseren Job als ich?“, beginne ich zu überlegen.

„Sie genießt freie Zeiteinteilung, hat viel Bewegung, kein elektronisches Zeiterfassungssystem, Rückenbeschwerden vom vielen Sitzen entfallen ebenso und sie muss sich nicht nach dem ausbeuterischen Tarifvertrag des Öffentlichen Dienstes entlohnen lassen."

Nach reiflicher Überlegung verwerfe ich allerdings den Gedanken wieder, eine Umschulung ins horizontale Gewerbe anzustoßen, da mir noch rechtzeitig die betriebliche Altersvorsorge als großer Pluspunkt meines Bankerlebens einfällt.

Kurze Zeit später stehe ich vor der Eingangstüre des großen Spaßbank-Gebäudes, versuche mein Glück mit der Zutrittskontrolle und bemerke erst beim dritten, vergeblichen Anlauf, dass ich statt meiner Einlasskarte permanent die Payback-Karte meines Mannes zum Öffnen der Türe einzusetzen versuche. Blamage Nummer zwei somit ebenfalls bereits unter Dach und Fach gebracht.

Schade auch, dass man nicht einfach mal morgens zur Arbeit gehen kann und feststellen darf, dass sich diese über Nacht ins Ausland abgesetzt hat.

Ich hüpfe in einem gekonnten Vier-Schritt-Rhythmus die Treppe zu unserer Büroetage hoch, um sowohl meinen Kreislauf, als auch meinen inneren Schweinhund – Abteilung Arbeitsmotivation – in Schwung zu bringen. Kollege Terry begrüßt mich mit freudigem Winken und wir starten unser übliches Morgenritual, das gemeinsame Absingen unseres Motivationssongs „Vom Aufgang der Sonne bis zu ihrem Niedergang", inklusive ausschweifender, eurythmischer Armbewegungen.

Schwungvoll stelle ich meine diversen Taschen auf dem Schreibtisch ab und versuche, meinen PC gleich beim ersten Versuch erfolgreich zu starten. Dank meines genialen Passwortes ‚Schuhe01' gelingt mir dies auch ohne schuldhaftes Zögern.

Ungeduldiger Anruf, Kollegin Gigi ist in der Leitung.

Sie ist übrigens der Ansicht, dass ein später Arbeitsbeginn einen sofort im Minus starten lässt, ich wiederum halte viel von der Regel, sich vormittags nicht vollständig konditionell zu verausgaben, um gegen später am Tag nochmals richtig Gas geben zu können.

Außerdem plane ich in nächster Zeit keine chirurgische Ohrverlängerung und achte deshalb penibel darauf, dass mir die Arbeit nicht sofort morgens über die Ohren wächst.

„Peri, kannst du Herrn Forspringer übernehmen, er möchte sich nach dem Stand seiner Finanzierungsanfrage erkundigen; oder musst du zuerst in dein Leberwurstbrot beißen, bevor du einsatzfähig bist?"

Gigi erhält von mir ein virtuelles Zunge-heraus-Strecken durch den Telefonhörer und ich übernehme schwungvoll das Kundengespräch.

Eigentlich will Herr Forspringer mehr mit mir den Zustand seiner gescheiterten Ehe diskutieren, als den Fortschritt seiner Immobilienfinanzierung durchzusprechen.

Parallel zu seinem Gejammer über das Treiben von Frau Forspringer beginne ich, meine Mails zu checken und heuchle durch regelmäßiges „Ja, da liegen sie richtig ...." und „Meinen sie wirklich? ....Aha, interessant ...." ungeteilte Aufmerksamkeit.

Lautlos beginne ich, sämtliche fünf Strophen von „Ich gehe mit meiner Laterne ….“ zu summen, um nicht gleich beim ersten Kundentelefonat meines Arbeitstages dem Wahnsinn zu verfallen.

„Wissen Sie, Frau Boretsch“, textet der Vorausspringer mich zu, „wissen Sie, ich hatte dreizehn Jahre lang guten Sex, jetzt verlässt mich meine Frau wegen eines anderen Mannes und ich darf mich um unser Haus und die Aufteilung des Vermögens kümmern. Ist das nicht undankbar?“

„Brenne auf mein Licht, brenne auf mein Licht, nur du meine liebe Laterne nicht“, summt es beruhigend in meinem Kopf.

„Bestimmt kommt jetzt gleich noch die Prostata-Jammerei“, denke ich paralysiert und beginne, Frau Forspringer langsam zu verstehen, warum sie sich vom Acker gemacht, beziehungsweise aus dem Haus geschlichen hat.

„Hören Sie Herr Nachhüpfer, ich habe ebenfalls seit über fünfzehn Jahren guten Sex, daher kann ich Sie in Teilbereichen Ihres Berichtes gut verstehen. Aber jetzt kommen wir doch besser wieder zu den Basics Ihrer Immobilienfinanzierung zurück. An welche Kreditlaufzeit haben Sie gedacht?“

Terrys Kopf erscheint in meiner Bürotür. Auf seiner Stirn klebt ein Zettel mit „F wie Vorspringer?“

Als Antwort fletsche ich die Zähne und versuche wie mein Lieblingsicon bei Whats-Ebbes auszusehen. Terry gibt mir dafür ein beidseitiges ‚Daumenhoch‘ und winkt verheißungsvoll mit einer Zigarette, um mir damit das Signal zum Beenden des Telefonates zu geben.

„Also Herr Forspringer, ich fasse nochmals zusammen: Wir finanzieren Ihnen die Hausübernahme von Ihrer verlotterten Exfrau mit einem Kreditvolumen von einhundertdreiundsiebzigtausend Euro, wegen Ihrer Prostataprobleme vereinbaren Sie nächste Woche einen Termin beim Urologen, der Zinssatz für die Finanzierung liegt bei 1,34% für die nächsten zehn Jahre und ich schaue mich mal im Kreise meiner Kolleginnen um, ob sich eine passende neue Partnerin für Sie darunter befinden könnte. Ich wünsche Ihnen auch einen angenehmen Tag und bereite Ihre Verträge entsprechend vor. Ja, und über die Finanzierung des Einbaus eines Darkroom im Keller Ihres Anwesens unterhalten wir uns beim nächsten Gespräch."

„Alter Latz", murmle ich beim Auflegen des Telefonhörers, „das stand aber in keinem Ausbildungsplan, dass man sich als Banker mit solchen Nachteulen herumschlagen muss."

„Verdammt auch, warum muss ich mich in meiner Funktion als Empathie-Beauftragte der Firma immer um diese Grenzfälle menschlichen Halbschwachsinns kümmern?"

Mehrfaches innerliches und äußerliches Kopfschütteln – dann wende ich mich wieder meinen Mails zu.

Die Controlling-Abteilung schreibt mir, dass ich den Zinssatz für eine Finanzierung in isländischen Rupien um 0,000153% falsch kalkuliert hätte und sie deshalb eine Rüge des Bankenaufsichtsverbandes an mich weitergeben müsste.

Fühle mich gerügt.

Controller waren es vermutlich auch, die die Zahl Pi erfunden haben, da sie garantiert kurz nach der Geburt eine frühkindliche Nachkomma-Neigung in die Wiege gelegt bekommen haben.

Ich vermeide daher näheren Kontakt mit diesen Nullen-Fetischisten, da sie meiner Meinung nach allermaximalst lauwarm durchs Leben gehen.

Klick – weg mit der unwichtigen Mail.

Eine Nachricht allerdings weckt mein Interesse. Ich beginne meine Vesperdose zu öffnen und das Geschriebene parallel zum Verspeisen meines Bierschinken-Brotes zu lesen.

Vanessa Hühnerbein, die Assistentin des Direktors für Hausfrauenkredite schreibt:

„Hallo an alle! Habe einen Rock auf der Toilette gefunden. Vermisst diesen jemand, oder kennt jemand jemanden, der eventuell einen Rock vermissen könnte?

;-)))

Oder ist jemandem etwas aufgefallen?

Entsprechende Hinweise bitte an mich Ich bewahre das Fundstück so lange auf."

„Terry, hast du irgendeine Kollegin, nur mit der Unterhose bekleidet herumlaufen sehen?", rufe ich ins Nachbarbüro.

„Äh ne, wäre mir aufgefallen. Aber Hedwig Weißbrot war heute bereits wieder fünfmal auf der Toilette, davon einmal dick machen", meldet es sich von nebenan.

„Allright, dann weiß ich Bescheid, dass ich die

nächsten drei Stunden bei Bedarf die Herrentoilette benutze", kommt meine sofortige Antwort.

Gut, dass Terry seinen Schreibtisch so platziert hat, dass er unser Damenabort genau im Blickfeld hat. Das hat mich bereits mehrere Male vor Ohnmachtsanfälle bewahrt, wenn unsere Kollegin zuvor die Räumlichkeiten aufs übelste entweiht hat.

„Ach und Perry, könntest du mir später behilflich sein, ein Fax zu senden Ich habe eine Vorlage im Querformat und unserer Fax erkennt nur Längsformat", kommt verschämt die Anfrage aus dem Nachbarbüro.

„Oh nein, da ist Terry nicht in einen Fettnapf, sondern mit beiden Beinen in eine komplette intellektuelle Fettpfanne getreten", denke ich kopfschüttelnd.

„Klar, mache ich", rufe ich dennoch kollegial zurück.

Mein Handy piepst.

Neue Nachricht von Carlotta: „Peri, schau mal, wie ich heute Morgen in die Firma gegangen bin!"

Das Bild zeigt Carlottas Füße in zwei verschiedenen, schwarzen Ballerinaschuhen.

Klare Anzeichen von Schuh-Alzheimer!!

„Ich bin total overworked und habe Unterhandtasche. Können wir nicht demnächst wieder auf Reisen gehen? Ach, und erstellst du noch die Abrechnung unseres London-Aufenthaltes, bevor ich die Kohle wieder für andere Dinge ausgebe?"

Schnell beantworte ich die Message meiner besten Freundin und schildere ihr meinen Blusen-Busen-Fauxpas von heute Morgen, damit sie halbwegs beruhigt ist und nicht das Gefühl hat, alleine auf dem Planet der Hasenhirne unterwegs zu sein.

Anschließend sende ich an mich selbst eine E-Mail zur Erinnerung mit dem Text „Excel Tabelle London Abrechnung erstellen.“

Eigentlich schreibe ich mir lieber Erinnerungszettel, aber auf meinem Blogspot ‚Zettele.de‘ sind bereits so viele Reminder gepostet, dass ich den letzten Eintrag ‚Blogspot dringend durchwischen‘ nicht mehr finde….

„Peri, ich gehe kurz in den 7. Stock zur Personalabteilung, ich will meine Personalakte einsehen“, teilt mir Terry door-to-door mit.

„Ach Terry-Baby, das kannst du dir sparen, Personalakten sind in etwa so spannend wie die Apotheken-Rundschau, aber wenn du unbedingt meinst.“

„Pieps, mit dieser Auskunft belasten wir ihr Kundenkonto mit drei Euro neunundfünfzig“, rufe ich noch kichernd meinem Lieblingskollegen nach.

Zurück in die Niederungen des Bankenalltags.

Die Geldwäschedatei wartet darauf, von mir bearbeitet zu werden.

Ich frage mich, warum man sich beruflich mit Geldwäsche beschäftigen muss, wenn doch bereits zuhause die Wäscheberge nicht in den Griff zu bekommen sind.

Egal, was muss, das muss.

Kaum begonnen, werde ich jäh in meinem Arbeitseifer unterbrochen.

Unser Chef entert schwungvoll mein Büro und beginnt ungefragt, seine Themen bei mir abzuladen.

„Halt, halt", denke ich verzweifelt, „nicht immer alles bei mir deponieren."

Kann er nicht die Probleme dort lassen, wo sie eigentlich sind – nämlich in seinem Gehirn?

„Ach ja, Frau Boretsch, die Berechnung für Steuerberater Grießbrei & Partner zur Finanzierung der Schafsgasanlage sollten Sie heute auch noch fertigstellen und falls Ihnen zufällig einfällt, wo ich meinen Hausschlüssel und die Zutrittskarte zur Tiefgarage abgelegt habe, wäre ich Ihnen sehr zu Dank verpflichtet", textet er mich zu.

Hausschlüssel-Amnesie – sollte wohl zwischen meinem Chef und Emilia eine genetische Verbindung bestehen?

Mist, vermutlich hat er vergangene Woche wieder das dreitägige Seminar „Suchen ohne Finden" absolviert.

„Herr Hasenstuhl", versuche ich mir zwischen seinen Wortschwallen Gehör zu verschaffen, „Herr Hasenstuhl, wegen ihrer Zutrittskarte hat sich Frl. Maserbrot vom Foyer gemeldet. Sie haben die Karte versehentlich in einen der Geldautomaten geschoben und dort vergessen. Sie (die Karte, nicht das Frl. Maserbrot) kommt mit der Hauspost. Ihren Hausschlüssel haben wir auf die hausinterne Fahndungsliste für vermisste Gegenstände setzen lassen. Sobald sich etwas findet, werden Sie durch Herrn Pumpernickel vom Hausmeisterservice selbstverständlich verständigt. Ach, und noch etwas, Herr Hasenstuhl, ich würde spontan gerne eine englische Woche einlegen und nur zwei Tage arbeiten. Wäre dies möglich?"

„Ja, ja, das geht schon, aber wie gesagt, dass mit den Schafen muss heute noch raus und sagen Sie bitte Herrn Heinrich, dass morgen der freiwillige Erste-Hilfe-Kurs stattfindet. Er soll es sich in seinem Kalender eintragen. Wenn ich jetzt noch den verdammten Schlüssel finden könnte. Ich muss doch heute Nachmittag meinen neuen Geschäftswagen abholen", brummelt ein sichtlich überforderter Chef vor sich hin, als er glücklicherweise mein Büro ebenso überstürzt wieder verlässt, wie er es betreten hat.

Siebenmaliges tiefes Durchatmen in meinem Brustkorb – Vorsicht Peri, denke an deine Blusenknöpfe.

„Ausgerechnet Herwig Heinrich soll Erste-Hilfe leisten!", schießt es mir durch den Kopf.

Der Kollege mit einem Mundgeruch, der an einen Bio-Bauernhof erinnert. Ein Mann, der sich lediglich mit Kristallsteinen deodoriert und ausreichende Körperpflege aus vermeintlich religiösen Gründen ablehnt.

„Bitte lieber Gott, lasse mich während seiner Amtszeit als hausinterner Sanitäter nie das Bewusstsein verlieren, um einer Wiederbelebung durch diesen Hornhaut- und Zahnbelag verseuchten Kollegen trefflich aus dem Wege zu gehen", bete ich kurz, aber inbrünstig.

Herwig ist dazu noch so verstrahlt, dass er monatelang die Plastikpalme in seinem Büro gegossen hat und sich im Kollegenkreis für seinen grünen Daumen brüstete.

Von Heinrich aber jetzt wieder zu den Schafen.

Gottergeben mache ich mich an die Berechnung der Pupsanlage und kalkuliere, wie viele Abgase der Wolle-Gassprudler benötigt werden, um den break-even einer rentablen Geldanlage zu erreichen.

„Sollte ich dem Bundesfinanzminister mal einen Tipp geben, wie hirnrissig das Gesetz für erneuerbare Energien ist und dass nach Wind und Wasser nun Tierabgase zur Stromerzeugung der große Renner sind, und das alles nur, weil auf irgendwelchen Subventionskonten noch Taler rumdümpeln, die dringend unters Volk gebracht werden müssen?“

Aber nein, mein Gehirnkommando gibt mir für solche weitergehende Überlegungen eine klare Order:

„Peri, nicht so viel nachdenken, auch weniger vordenken und vor allem keinesfalls mitdenken, dann kommst du stressfrei durchs Arbeitsleben.“

Die ersten Renditehochrechnungen sind soeben mühsam erstellt, da fällt ein größerer Schatten auf meinen Bildschirm. Beim Hochblicken entdecke ich Herrn Lieblein, den Leiter des Back-Office für Unnötiges, der an meiner Bürotür vorbeitänzelt.

Ich wende meinen Blick schnell wieder den Zahlenkolonen auf meinem PC zu, um nicht von einer spontanen Augen-Übelkeit erfasst zu werden.

Denn Herr Lieblein presst seine überdimensionierte Figur immer in dermaßen enge Nadelstreifenanzüge, dass sich auf seinem Po wahre Nadelbahnen tummeln und man beim Betrachten lautlos einen Countdown herunterzählt, wann es hier wohl zu einer Stoffexplosion kommen wird.

Ich winke ihm freundlich zu und vertiefe mich wieder in die Schafsmultiplikationen.

Zur gedanklichen Ablenkung beiße ich in das, heute Morgen liebevoll zubereitete Brötchen mit Schwartenmagen inklusive einem geradezu künstlerisch darauf verteilten Senfteppich.

Doch leider verfolgt mich das überdimensionierte, liebleinsche Hinterteil weiter in meinen Kopfbildern. Was noch schlimmer ist, es gesellt sich in meiner Phantasie zusätzlich Kollegin Rosenstocks üppig ausgelegte Karosserie hinzu.

Florentine Rosenstock wäre im Barock eindeutig ein gefragtes Model gewesen. In ihrem Arbeitszimmer thront sie auf einem doppelt verstärkten Bürostuhl.

Böse, sehr böse Zungen behaupten, dass Florentine in ihrer Jugend beim Ablegen ihrer Fahrtenschwimmerprüfung den Bademeister per Arschbombe ins Schwimmbecken ins nasse Jenseits befördert hat.

Hätte die Schwimmprüfung im offenen Meer stattgefunden, wären beim Auftreffen von Florentines Hinterteil auf der Wasseroberfläche den Sardellen vermutlich die Kiemen geplatzt.

Hmmm, Sardellenpaste wäre auch mal ein netter Belag für mein Vesperbrötchen, und mit diesen leckeren Gedanken bin ich bereits komplett wieder im flow.

Ich zähle die Schafe für das Steuersparmodell der Herren Grießbrei zusammen, kalkuliere den korrekten Finanzierungszinssatz, drucke alles aus und male ein kleines Lämmchen auf den Aktendeckel, bevor ich es meinem Chef in sein Postfach lege.

Kurzer Check, was an diesem Nachmittag in meinem Kalender steht, mit gleichzeitigem Verspeisen des restlichen Schwartenmagens.

„Oh Mist, nach müd kommt blöd – bei mir kommen heute nach Schafen um 16:30 Uhr die Inder."

Das kann ja heiter werden.

Indische Finanzierungsinteressenten haben die entsetzliche Angewohnheit, beim Thematisieren der Zinshöhe für Immobilienkredite in Tränen auszubrechen und den Bankangestellten zu verfluchen. Hier gilt es, von meiner Seite äußerst sensibel zu Werke zu gehen.

Zur Terminvorbereitung werde ich zunächst im Indernetz nachsehen, wie ich die Familie Basmati aufs Höflichste tatsächlich von der Berechnung eines Entgeltes für die Kreditvergabe überzeugen kann, ohne dass ich nach hinduistischem Ritual als Maultasche wiedergeboren werde.

Zur Stärkung und zur optimalen Vorbereitung für diese wahrhaft anstrengende Aufgabe, werde ich zunächst einmal meine wohlverdiente Mittagspause einläuten. Kurzer Anruf bei Freundin und Kollegin Anne-Suse, tätig in der Abteilung für Empathie und Kongruenz.

Wir verabreden uns für kurz nach 14:00 Uhr beim Thai, um mich dort schon mal in die richtige, asiatisch geprägte Stimmung für die anstehenden Aufgaben zu bringen.

Ein schneller Blick auf die Uhr – ein vorheriger Toilettengang ist zeitlich absolut noch unterzubringen.

Ich befinde mich bereits auf dem Weg zur Mitarbeitertoilette der weiblichen Angestellten, als mich Terrys morgendliche Seuchenwarnung wieder daran erinnert, diese heute besser nicht aufzusuchen.

Schnelle Kehrtwendung und die Herrentoilette angesteuert.

Ich öffne die Tür und stoße ein erschrecktes Jaulen aus:

Kollege Urs Rübli steht am Pissoir und wendet sein Gesicht mit entsetztem Blick in meine Richtung.

„Bitte lasse ihn jetzt nicht mit seinem gesamten Körper eine 180-Grad-Drehung vollführen“, bitte ich den heiligen Hakle, den Schutzheiligen aller Klobesucher.

Meine Gebete werden erhöht, Urs beendet in Ruhe seine Tätigkeit und murmelt in seinem gemächlichen Schweizer Dialekt: „Jöö Tschoudigung Frauli Boretsch, i bin ö siech, do hau i vergesse des Schiesshuesli zu schliesse, äuä hau i deför mi Büezdierle t`zue gschberrd.“

Ist mir egal, ob seine Bürotür verschlossen oder in die Luft gesprengt ist, er soll mich jedenfalls nicht in so prekäre Situationen bringen. Nicht auszudenken, wenn mich sein – vermutlich nach Käsefondue duftender – Urinstrahl getroffen hätte.

Mit der Behäbigkeit sämtlicher mir bekannten Eidgenossen wäscht sich Ursli seine Hände, verwendet FÜNF Papierhandtücher zum Abtrocknen (ich nehme mir vor, für diese Verschwendung nachher sofort Meldung beim Controlling zu machen) und marschiert zu seinem Büro, dessen Tür selbstverständlich ordnungsgemäß verschlossen ist.

„Die spinnen, die Schweizer“, stelle ich mal wieder fest, als ich endlich ungestört meinen Toilettenbesuch absolvieren kann.

„Zweimal den scharf gebratenen Kürbis in Currysauce und auf meine Treuekarte noch zusätzlich für uns beide die Wan-Tan“, bestellt Anne-Suse kurz darauf beim Thai. Parallel dazu erzählt sie mir die neuesten Schreckenstories ihrer Kollegin Pamela, die wohl den gesamten Vormittag erfolgreich damit beschäftigt war, ihr den Verstand zu rauben.

„Und dann hat Pamela auch noch versucht, meine Ablage neu zu sortieren“, blubbert Anne-Suse, während sie unsere Speisen-Abholzettel in Empfang nimmt.

„Oh je Höchststrafe, da hat es Pam aber ganz schön verkackt bei dir. Du bist ja als Ordnungsministerin bekannt, heftest doch sogar deine Einkaufszettel vom Supermarkt alphabetisch ab“, necke ich meine Freundin, was mir einen unsanften Rippenboxer von ihr einbringt.

„Aber auf Pamelas Grabstein wird dafür nicht nur ihr Name und das Geburtsdatum aufgeführt sein, sondern auch die Anzahl ihrer geleisteten Überstunden“, erwidert Anne-Suse mit einem klitzekleinen Hauch von Ironie in der Stimme.

„Wierunfienfizg Vorspeise“, ruft es aus der offenen Küche der kochenden Thaimädels heraus.

Wir prüfen zügig, ob wir damit gemeint sind, legen aber enttäuscht unsere im Siebziger Zahlenraum angesiedelten Bons wieder zur Seite.

„Wiiiiiiiiiiiiiiiiiierunfienziiiiiieg“, kommt nochmals der inzwischen eine Oktave höher und eindringlicher angesiedelte Aufruf, schnell springt vom Nachbartisch jemand auf und schleicht mit demütigem Gesichtsausdruck zum Tresen.

„Die Thais darf man nicht ärgern, sonst werfen sie mit Glasnudeln nach einem“, flüstere ich Anne-Suse leise zu.

Inzwischen hat sich allerdings die Stimmung in der Garküche wieder nachhaltig gebessert und die Köchinnen sind zu einem lauten Gesang übergegangen, der entfernt an: „Mein Vatel wal ein Wandelsmann…“ erinnert.

„Heute habe ich Unterricht bei den Auszubildenden des dritten Lehrjahres gehalten“, erzählt A-S etwas undeutlich zwischen zwei Kürbisstücken unseres inzwischen erhaltenen Currys. „Wir haben uns des Themas „Nachlassabwicklung“ angenommen. Meiner Meinung nach verstirbt niemand früher, nur weil er ein Testament erstellt. Ich habe die Azubis dann gebeten, zu beziffern, was sie von ihren Vermögenswerten in einem möglichen Testament auflisten würden. Kannst du dir vorstellen, dass bis auf eine alle ihr Smartphone an die erste Stelle der Vermögensaufstellung gesetzt haben?“

„Schau dich mal um, Anne-Suse, dann wundert dich das nicht. Kein Mensch unterhält sich mehr mit dem anderen, alle fingern nur noch an ihren App-O-Maten rum“, entgegne ich und versuche dabei mühsam, einen Hustenanfall aufgrund akuter Chili-Vergiftung zu vermeiden.

„Verdammt ist das scharf, das zieht einem ja die Socken aus“, fluche ich, was mich natürlich trotzdem nicht davon abhält, die Reste der leckeren Soße aus meinem Teller mit den Fingern aufzuwischen.

„He Peri, hast du heute dein Vesper zuhause vergessen oder warum nimmst du sogar die Hände zum Essen?“, ruft Kollege Klemens lachend vom Nachbartisch herüber.

„Määäh, sei du mal ganz still, Klemens“, erwidere ich schlagfertig.

„Der Geschirraufbau vor dir sieht original danach aus, dass du dir soeben eine holländische Platte gegönnt hast!“

„Holländische Platte?“, fragt mich Anne-Suse flüsternd und mit irritiertem Blick.

„Ja klar, ‚van allem‘ ist Klemens' Devise beim Essen“, entgegne ich mit einem Hauch von Sarkasmus in meiner Stimme.

„Wow, das war jetzt aber auch mal wieder gut. Der Kürbis vollführt zwar in meinem Magen noch einige buddhistische Tempeltänze, aber ich habe heute Nachmittag eh nur noch Sachbearbeitung auf der Agenda“, stellt Anne-Suse mit einem zufriedenen Blick auf unsere blitzblank leergeschleckten Teller fest.

„Hast du es gut, zu mir kommt Familie Basmati wegen der Finanzierung eines Vierfamilienhauses, inklusive Sanierung nach neuesten energetischen Standards. Da kann ich mir wieder den Mund fusselig reden, dass eine Bank vom Zinsertrag lebt und es nach deutscher Gesetzgebung nicht verboten ist, für das Verleihen von Krediten einen Gegenwert zu fordern. Hoffentlich bringen sie heute nicht wieder ihre zahnlose Großmutter mit. Die hat mich bei ihrem letzten Termin verflucht und sich für eine Herabsetzung meiner Person in die Kaste der Feldhamster ausgesprochen.“

„Du musst ihnen einfach den Spruch deiner Schwester sagen, dass Schuldenfreiheit kein angestrebter Zustand sein sollte, denn schuldenfrei bedeutet alt zu sein“, stellt Anne-Suse sehr treffsicher fest, während sie langsam ihr Gepäck aufnimmt.

„Kein Wunder, dass du im Personalbereich arbeitest, das war jetzt wieder eine absolut praxisnahe Empfehlung. Ich werde die Anwendung gleich später testen und beim nächsten Stuhlkreis vom Ergebnis berichten“, lästere ich liebevoll und drücke Anne-Suse nochmals fest an mich, bevor sie wieder Richtung Abteilung für Rück- und Fortbildung startet.

Schnell noch einen Espresso beim Italiener auf dem Weg zurück ins Büro getrunken und die Hälfte davon dank eines Rest-Chili-Hustenanfalls über meine Bluse geleert, dann kehrt auch meine Person zurück zu den Niederungen des Bankerlebens.

Kollege Terry ist ebenfalls wieder am Wirken, zwei türkische Kunden mit messerscharf rasierten Kunstbärten sitzen in seinem Beratungszimmer.

Ob ich es will oder nicht, ich muss Terrys Gespräch mit seinen Kunden über die Beantragung eines Existenzgründungszuschusses wenigstens für einige Momente lauschen.

Mesut: „Ey Alder, will isch eröffnen eine Handyschob mit viel bling-bling und beste Beraddung. Und du gibst mir dafier staatlich Förderkredite, hat mein Kumpel bei anderer Bank über Straße drieben auch bekommen."

Terry: „Herr Özdemir, wir haben Ihre eingereichten Unterlagen sehr sorgfältig geprüft und sind zu der Ansicht gekommen, dass wir die von Ihnen geplante Neugründung eines Ladens für den Vertrieb von Handys mit einem von Ihnen gewünschten benötigten Fremdkapitaleinsatz von 75.000 Euro leider nicht finanzieren können. Da es sich hier um den insgesamt siebenundzwanzigsten Handy Shop in der Innenstadt Pupsheims handeln würde, sehen wir eine gewisse Marktübersättigung in diesem Bereich. Dazu kommt, dass Sie den Businessplan – sagen wir mal so – etwas sehr phantasiereich gestaltet haben und bei der Kapitaldienstberechnung eine gewisse Lässigkeit an den Tag legten, was wir leider nicht durch die Bereitstellung von Kreditmitteln mittragen können."

Mesut: „Alder, mach mal kein Stress. Habe ich mit Schdeuerberadder alles durchgerechned, in zwei Jahr verdienen wir viel Geld mit Eyfon und eure Scheißbank will uns dafier keine Kredit geben, hä? Habisch gemachd ecktra Schufa geputzt saubber und Schdrafzeddel bezahld, alles prima."

Terry: „Herr Özdemir, gehen wir doch einfach mal einige Zahlen ihrer Berechnung durch. Für die Anschaffung zweier PKW der Ess-Klasse kalkulieren Sie bereits über 80 % der benötigten Geldmittel ein. Es stellt sich hier die Frage, ob ein solches Invest notwendig ist und dem eigentlichen Geschäftszweck dient."

Adnan: „Herr Derry, was glaubsch du eigenddlich, wir kaufen deidsche Audos und du wilsch uns kein Geld dafier geben? Hä? Sin wir Geschäftsfierer und brauche gute Audo. Machen wir Leasing, koschded dann nix und Finanzamt bezahldd uns die Audos."

Terry (inzwischen etwas ungeduldig): „Herr Caliskan, auch eine Leasingfinanzierung generiert Kosten, welche in die Rentabilitätsvorschau mit eingerechnet werden müssen. Sie dürfen mir glauben, dass wir täglich Anfragen in vergleichbarer Ausgestaltung erhalten und diese leider auch abschlägig beantworten müssen. Gerne dürfen Sie Ihre uns freundlicherweise überlassenen Unterlagen wieder mitnehmen und Ihr Glück bei einem anderen Finanzierungsinstitut versuchen. Dazu kommt, dass die Schufa-Auskunft von Ihnen beiden einen – sagen wir mal – leicht überdimensionierten Umfang aufweist und es um ihr persönliches Rating nicht zum Besten bestellt ist. Daher bedanke ich mich sehr herzlich für Ihre Anfrage und wünsche Ihnen weiter persönlich und geschäftlich nur das Beste."

Mesut: „Grosser Meischder, dann schreibe wir Anddrag nochmal neu und wolle Dönerlade aufmache, kenne wir dann Kredit mache?"

Jetzt ist der Moment gekommen, bei dem ich Terry von seinen penetranten Kunden befreien sollte, bevor es bei dem armen Kerl zu einer dauerhaften Schädigung seiner Gehörgänge kommt.

Ich rufe ins Nachbarbüro: „Herr Buchmacher, Sie sollen zügig zu Ihrem Vorgesetzten kommen. Darf ich Bescheid geben, dass sie unverzüglich dort eintreffen?"

Der Trick wirkt, die Herren Adnan und Mesut raffen, zwar unter Protest und einigen Flüchen, ihre Unterlagen zusammen, entschwinden dann aber glücklicherweise aus Terrys Büro, nicht ohne ihn allerdings nochmals darauf hingewiesen zu haben, dass er und diese blöde Bank einen großen Fehler begangen und vermutlich soeben künftige Millionäre für immer aus ihrem Kundenkreis verloren haben.

„Damit musst du nun alleine zurechtkommen, Terry, dass du die Nachwuchs-V.I.P. unserer Private-Banking-Abteilung vergrault hast", teile ich lachend meinem Kollegen mit, der immer noch kopfschüttelnd an seinem Schreibtisch sitzt.

„Ey Alder, dann gehen wir jetzt erstmals konkret krass eine Zigarette rauchen, damit du deine Fassung nach dem netten Gespräch eben wieder erlangst", ermuntere ich Terry, das soeben Erlebte doch recht schnell wieder zu vergessen.

„Und nächstes Mal nimmst du Frau Weiß-allesbesser aus der Personalabteilung als Coach mit zu einem Gespräch mit ähnlichen Kundenwünschen, dann hat sie gleich mal einen Einblick in das wirkliche Leben eines Geschäftskunden-Beraters. Vielleicht überarbeitet sie doch nochmals den Seminarleitfaden für die schreckliche Schulung „Das wertschätzende Nein im Kreditgespräch unter Beachtung aller Basisvariablen", schieße ich sofort noch eine gute Idee hinterher.

„Nun ja“, seufzt Terry, „eigentlich wäre ich ja auch mal bestechlich, aber keiner meiner Kunden kann sich das leisten. Solchen Dumpfsuppen-Typen würde ich ganz gerne eine vierwöchige Blasenentzündung mit anschließender Antibiotika-Allergie an den Hals, äh an den Unterleib schicken.“

Auf dem Weg zur Zigarettenpause kommt uns Paula, die Assistentin unseres Chefs entgegen. An ihrer nach innen verdrehten Augenstellung erkenne ich sofort, dass sie leicht genervt ist.

„Peri, du hast doch eine Freundin, welche ebenfalls immer ihre Haus- und Autoschlüssel sucht. Kannst du mir mal erzählen, wo sie diese bisher gefunden hat? Mich treibt Herr Hasenstuhl mit seiner Schlüssel-Vergesslichkeit noch komplett in den Wahnsinn“, bittet mich Paula verzweifelt um Mithilfe.

„Im Kühlschrank neben dem Butterfach, in der Schminktasche, im Kopfkissenüberzug des Bettes ihrer jüngsten Tochter, auf dem Spaghetti-Glas im Vorratsraum, im Wäschetrockner, beim feuchten Toilettenpapier in dessen Kunststoffbehälter“, zähle ich die best-of-Verstecke von Emilia bei deren Schlüsselverlusten auf.

„Oh nein, dann kann ich mich ja am besten gleich mit dem Schlüsseldienst in Verbindung setzen und auf Vorrat zehn Schlüssel herstellen lassen. Es gibt es ja praktisch keine Stelle im Haus, an der nicht ein passendes Versteck dafür wäre. Und seine Zutrittskarte lasse ich auch gleich klonen, die fehlt ihm ja ebenfalls jeden zweiten Tag“, fasst Paula resigniert die weitere Vorgehensweise zusammen.

„Die nächste Anfrage zur Existenzgründung eines Schlüsselservice finanzierst du in jedem Fall, Terry, ich genehmige es“, gebe ich schmunzelnd meinem Lieblingskollegen die Order und wir entschwinden in den Raucherbereich.

Frisch gestärkt und mit hohem Tatendrang kehren wir wieder in unsere Bürowelt zurück. Ich verziehe mich zur Mailbearbeitung hinter meinen Schreibtisch und bereite das anstehende Gespräch mit meinen indischen Kunden vor.

Kurz bin ich versucht, mir meinen Schal dekorativ um den Kopf zu schlingen und ein Kastenzeichen auf die Stirn zu malen, bremse mich aber in meinen Anflug von übertriebener Kundenorientierung wieder aus.

Meine Mails enthalten die üblichen Inhalte: Lieblingskunde Andre´ Kot beantragt schon wieder, eine Sondertilgung durchführen zu dürfen. Irgendwann sollte ich ihm erklären, dass Sondertilger in die gleiche Kategorie wie Unterhosenbügler und Hasenstreichler einsortiert werden.

Assistentin Paula ruft an und fragt, ob ich in meinem Büro eine Vereinsgründung oder ein Gottesdienst abzuhalten plane, da auf mich sieben Kunden warten würden, die allesamt wie die Könige aus dem Morgenland gekleidet seien.

Familie Basmati ist da.

Wir stellen in Zweierreihen Sitzgelegenheiten in meinem zwar nicht kleinen, aber auf solche Massenansammlungen nicht ausgerichteten Büro auf. Danach dauert es ungefähr dreiundzwanzig Minuten, bis ich mit sämtlichen Teilnehmern unseres inder-kulturellen Finanzierungstermins bekannt gemacht bin.

Sie sind alle so aufgeregt, dass ich kurz überlege, ob ich den Kunden erklären soll, dass es sich lediglich um den Erwerb und die Finanzierung einer Immobilie und nicht eines Atomkraftwerkes handelt.

Aber diesen Gedanken verwerfe ich schnell wieder. Wer weiß, ob meine Scherze in der indischen Mythologie ihren korrekten Platz finden.

Stattdessen beschließe ich, blondes Vertrauen in meine Fähigkeiten als Bankberaterin zu haben und wir die heilige Kuh schon vom Eis bekommen werden.

Der Informationsaustausch und die Kostenzusammenstellung für das angedachte neue Zuhause des Familienclans erfolgt problemlos und zügig, ich wage mich tatsächlich – aufgrund des bis dahin reibungslosen Verlaufs unseres Finanzierungsgesprächs – verhältnismäßig schnell in Richtung Kreditkosten vor.

Oma Basmati verzieht bereits weinerlich ihr weitgehend zahnloses Gesicht, Papa Manjit beginnt zu beten, lediglich Töchterlein Indra daddelt von allem ungerührt weiter auf ihrem Handy.

Gekonnt ziehe ich meinen größten Trumpf aus dem Ärmel, den Zinssatz der Kreditanstalt für Immerwiederaufbau, einsetzbar bei energetischen Sanierungen.

Theatralisch mache ich eine Sprechpause und haue dann siegessicher die Zinshöhe von 0,75 %

bei einer zehnjährigen Zinsbindung heraus.

Es herrscht kurze Stille.

Mama Basmati verschluckt sich an ihrem Mineralwasser, Sohn Ganesh fällt auf die Knie, Manjit beginnt einen mehrstimmigen, dravidischen Lobpreisgesang anzustimmen und Oma Jaswinder wirft Rosenblätter aus ihrer Handtasche in die Luft.

Das Entzünden von bengalischen Feuern muss ich, mit Hinweis auf die Brandmelder an der Zimmerdecke, leider verbieten.

Die älteste Tochter Rajani wird angewiesen, sofort einen Wasserbottich zu füllen und Schwager Sudhir zieht mir bereits meine Stiefel aus, um eine traditionelle Fußwaschung durchzuführen.

Aus den Augenwinkeln sehe ich das völlig fassungslose Gesicht von Terry in meiner Bürotür und ich zeige ihm kurz mit einem breiten Grinsen das Siegeszeichen.

So sieht Kundebegeisterung aus, junger Mann!

Mit frisch gewaschenen Füßen, jeder einzelne Zeh mit Lavendelöl einbalsamiert, drucke ich die einzelnen Anträge aus und lasse vorsichtshalber noch einen größeren Bausparvertrag von Familienoberhaupt Manjit unterzeichnen, falls der Erwerb des Taj Mahals bei Familie Basmati irgendwann in naher Zukunft anstehen sollte. Denn dort ist sicherlich ein gehöriger Renovierungsstau vorhanden.

Für Mai kommenden Jahres werden mein Mann und ich zur Hochzeit der mittleren Tochter Suri nach Zentralindien eingeladen. Ich verspreche, daran teilzunehmen und mich bis dahin nur noch mit Sandelholz-Seife zu waschen, dies soll wohl dem Brautpaar Glück bringen.

Unter tiefen Verbeugungen hüben wie drüben verabschieden sich Basmatis nach rund zwei Stunden von mir und ich tanze wie der bescheuerte Glückspilz aus der Dreck-24-Werbung, der beim billigsten Stromanbieter gelandet ist, durch mein Büro.

Schnell stanze ich noch mit dem Locher einige Konfetti aus und mische sie mit den umherliegenden Rosenblättern.

Kollegin Gigi kommt just in dem Augenblick in mein Arbeitszimmer, als ich die Rosenblätter von Oma Jaswinder samt meiner Faschingskonfetti nochmals durch die Luft wirbeln lasse.

„Yeah Peri, da hattest du ja einen echten Homerun. Vermutlich konntest du auch noch ein fettes Bausparbuch verkaufen und bist jetzt wieder Spitzenreiterin in unserer internen Rankingliste“, orakelt Gigi, während sie irritiert auf die Fußbadewanne neben meinem Schreibtisch blickt.

„Ich soll dir von Herrn Hasenohr ausrichten, dass er seinen Hausschlüssel wiedergefunden hat, er lag in der Besteckschublade unserer Mitarbeiterküche – only heaven knows, warum ausgerechnet darin – und seinen neuen Geschäftswagen hat er heute Nachmittag bereits auch abgeholt. Leider ist er damit im Kreisverkehr in die verkehrte Richtung gefahren und hat dank eines entgegenkommenden Fahrzeugs sein neues Firmenmobil erheblich umgestaltet. Sein Tag war somit nicht ganz so erfolgreich wie deiner. Bei mir war übrigens heute Arabella Kalauerfrau, um ihre Ausschüttung aus der Firma anzulegen. Schlappe drei Milliönchen bekommt dieses Botox-Monument jährlich überwiesen. Damit sind die nächsten Schönheitsoperationen so gut wie gebucht. Ihrem aktuellen Loverboy habe ich für morgen einen Termin bei dir eingetragen. Er möchte sich gerne eine Eigentumswohnung kaufen und Miss Botox meinte, diese solle er selbst finanzieren, sie benötige ihre Kohle für Restaurierungen am eigenen Körper."

„Okidoki", murmle ich abwesend, während ich am Bildschirm die Börsenschlusskurse betrachte.

„Hast du eigentlich auch noch Aktien oder Optionsscheine von der Schuh-Wunderland-AG?", frage ich Gigi.

„Den Wert habe ich seit einigen Tagen auf meiner Watchlist und er war heute der absolute Outperformer mit einem Tagesplus von über dreiundzwanzig Prozent."

„Öh ne, habe ich nicht mehr im Depot, aber dafür habe ich seit der heutigen Mittagspause sieben neue Paar Winterstiefel."

Sprach`s und verschwindet in einer Wolke aus Neid und Bewunderung aus meinem Büro.

Na ja, dafür habe ich frisch gewaschene und einbalsamierte Füße, ist ja auch was wert.

Bevor ich mich mit meinem allerletzten Vesperbrot von heute Morgen stärke und die weiterhin noch anstehenden Mails bearbeite, sause ich schnell zur Damentoilette. Das Fußbad von Familie Basmati löste erhöhten Harndrang bei mir aus.

Beim Öffnen der Toilettentür schlägt mir eine Überdosis Raumspray, Duftnote „Grüner Farn im

Mittagswind“, entgegen. Dies riecht definitiv besser als Hedwig Weißbrots morgendliche Stinkorgie.

Während ich auf der Toilettenschüssel throne, lasse ich mangels passender Lese-Materialien meinen Blick schweifen und entdecke neben dem Abfalleimer eine weiß-blaue Aluverpackung.

„Q-Test – die sichere Erstdiagnose für Ihren Kinderwunsch“, entziffere ich mühsam.

Schreck lass nach, hat doch hier auf der Bürotoilette tatsächlich eine der Kolleginnen einen Schwangerschaftstest durchgeführt, wie herrlich ominös ist das denn.

Sofort scanne ich gedanklich die figürlichen Veränderungen aller weiblichen Teammitglieder, aber außer mir selbst fällt mir niemand ein, dessen Bauch verräterisch gerundet wäre.

Beim Blick in den Abfalleimer entdecke ich den Teststreifen. Aus hygienischen Gründen widerstehe ich allerdings der ersten Versuchung, ihn herauszunehmen und auf die Farbe des Ergebnisses zu schauen. Kann ich mich doch glücklicherweise noch rechtzeitig dunkel entsinnen, dass zur Durchführung des Testes eine Urinprobe notwendig ist.

Gedankenverloren zupfe ich Unterhose und Strumpfhose in Form, formuliere im Geiste bereits die Glückwünsche an alle Kolleginnen im gebärfähigen Alter. Möglichst leise verlasse ich die Toilette, da in der angrenzenden Kundenhalle bereits die Gäste für den in Kürze stattfindenden Vortrag von Herrn Notariatsdirektor Schnitzbrot eintreffen.

Das Thema „Intelligentes Enterben bei überschaubarer Vermögensgröße unter Berücksichtigung der Planetensysteme“ scheint eine große Schar Interessenten anzuziehen, denn sowohl Frau Hinz als auch Herr Kunz werden von mir unter den Teilnehmern gesichtet.

Es entzieht sich meiner Kenntnis, ob die Teilnehmer des heutigen Vortrages wissen, dass sie beim Versuch ihr gesamtes Vermögen mit in den Sarg zu nehmen, ein Problem bekommen könnten, da im Himmel noch keine Euroumstellung stattgefunden hat.

Dabei ist es nach Peng-Shui immens wichtig, sich nicht nur regelmäßig von überflüssigen Dingen zu trennen, sondern auch ganz besonders Geld in Sinnvolleres zu konvertieren, z.B.in Schuhe oder Handtaschen, um glücklich zu bleiben.

Ich zum Beispiel plane nach meinem Ableben – wenn ich endgültig stiften gegangen bin – sowieso eine Stiftung für alleinstehende Schuhe zu gründen.

Doch zunächst will ich lediglich noch kurz meinen Schreibtisch aufräumen, um mich dann vom Acker zu machen, aber die unzähligen Wassergläser und Kaffeetassen der Familie Basmati stehen in schrecklicher Unordnung auf der Tischplatte. Seufzend packe ich alles auf ein Tablett und trete den Weg quer durch die Kundenhalle in Richtung Mitarbeiterküche an.

Freundliches Grüßen nach links zu Schulleiter Mäusestengel, ein höfliches Kopfnicken nach rechts zu Elvira Brosämle, der Vorsitzenden des innerstädtischen Verschönerungsvereins, versuche ich, möglichst schnell mit meiner Ladung schmutzigem Geschirr in die Küche zu gelangen.

Hinter mir höre ich flinke Schritte und es ruft: „Frau Boretsch, warten Sie."

„Wollen die mich heute Abend als Co-Moderatorin engagieren?", ist mein erster Gedanke, doch es ist Clementine Knochensäge von der Eventabteilung, welche hinter mir her flitzt.

„Frau Boretsch, bitte bleiben Sie stehen. Sie haben die komplette Rückseite Ihres Rockes in Ihre Strumpfhose eingewickelt und laufen mehr oder weniger unten ohne durch die Gegend", japst Clementine.

„Klirr, Schepper", Gläser und Tassen fallen zusammen mit dem Tablett auf den Marmorboden der Schalterhalle. Wer bisher noch nichts von meinem Auftritt mitbekommen hat, ist spätestens jetzt auf mich aufmerksam geworden.

Blamage Nummer unendlich somit ebenfalls erfolgreich absolviert.

Der heutige Tag fühlt sich im Nachgang etwas – sagen wir mal – gebraucht an.

Von/Über Siegertypen

Gesiegt. Ursprünglich sollte dieses Mittelwort dem geneigten Leser Einblick vermitteln in die Welt im Leben zweier Fussballenthusiasten, die sich im Jahre anno 2013 auf dem Landwege dazu aufgemacht haben, das erste Deutsch-Deutsche-Finale der UEFA-Champions-League in London zu besuchen. Wenn man so will ein Abtauchen der Dauer von 48 Stunden aus der Zivilisation in eine Art Parallelwelt beginnend mit der Abfahrt des Busses und endend mit der triumphalen Rückkehr nach einem historischen Sieg des einfach besseren Teams. Aber Fußball wird überbewertet. Interessiert kaum jemand. Aber – da ja auch der Beinahe-Abstieg eines baden-württembergischen Landeshauptstadtclubs Verewigung im Rahmen dieses Erstlingswerks gefunden hat – soll richtiger fußballerischer Erfolg zumindest nicht vollkommen in diesem Mittelwort unerwähnt bleiben.

Aber nun genug von dem Thema Fußball. Wenden wir uns nun sinnvollen und aktuellen Themen zu, um dieses Mittelwort mit Kontext zu füllen. Ist ein VfB-Trikot mit nun durchgehendem Brustring nicht eigentlich ein Trikot, welches einen durchgehenden Brust-Rücken-Ring hat? Duden online liefert bei der Eingabe des Suchbegriffs Brustring genau einen Treffer: Prothorax (erster Brustring der Insekten). Rückenring kennt Duden (noch) nicht.

Hmh. Duden online gibt bei der Eingabe ‚Mittelwort' die Erläuterungen ‚Substantiv', ‚Neutrum' oder ‚Partizip' aus. Letzteres im Akkusativ Singular ‚das Partizip', im Plural ‚die Partizipien'. Das nur so nebenbei erwähnt.

Und: Beispiel für ein Partizip in der Zeitform Perfekt: Gesiegt.

Freundschaftsspiel

Es kribbelt wieder.

Kein Kribbeln wie beim Verliebt sein oder bei eingeschlafenen Beinen, sondern dieses Kribbeln, wie vor der mündlichen Abiturprüfung.

Könnte zu schaffen sein, könnte aber auch tüchtig in die Hose gehen.

Wir sind auf dem Weg zum Heimspiel des VfB Stuttgart gegen Werder Bremen.

Eigentlich dürfte sich daraus wieder ein klarer Sieg gegen die grün-weißen Heringe entwickeln, aber die Schwaben spielen in dieser Saison so wenig konstant, dass ich mir demnächst neue Fingernägel implantieren lassen muss, so aufgeregt bin ich jeden zweiten Samstag.

Fan-Schal um den Hals, mein Mann Paul mit dem Heimtrikot überm Anorak, VfB Strickmütze auf dem Kopf.

Eigentlich sieht`s schlicht scheiße aus, aber ohne diese Devotionalien geht`s gar nicht, um im Stadion sofort als eingefleischter Fan erkannt zu werden.

Schnell lasse ich noch mein Großhirn im häuslichen Kleiderschrank zurück, denn dieses dürfte mir beim heutigen Event eher im Weg stehen als nützlich zu sein.

Aktuelle und von mir während des Anziehvorgangs erneut angestrengte Überlegungen, die Vereinsfarben der Stuttgarter endlich durch taupe oder grau, also das neue Schwarz, zu ersetzen, zerstreut Paul mit bereits leichter Ungeduld. Wie immer sind wir etwas zu spät dran oder wie wir häufig zu sagen pflegen: Wir benötigen die Nähe zum Ereignis.

Aber Rot-Weiß steht mir einfach nicht. Werde demnächst den Vereinsvorstand anschreiben, um das gravierende Problem zu erörtern.

„Ja mein Gott, Paul, ich bin ja sofort startklar."

Zumal ich auch noch zusätzlich Mitglied einer Partei bin, deren Vereinsfarben ebenfalls aus Rot in sämtlichen Farbschattierungen bestehen. Na ja, mit dieser Doppelmitgliedschaft bin ich ja Kummer gewöhnt.

Auf der Autofahrt zur Landeshauptstadt grölen wir uns schon mal ein wenig ein: „1893 hei, hei" und „Auf geht`s Jungs aus Cannstatt", um später sämtliche Gesänge fehlerfrei mitsingen zu können.

Vor uns auf der Autobahn fährt ein Riesenkombi, mit der Aufschrift auf seiner Heckklappe: „Vorsicht, Schlittenhunde an Bord"

Nicht „Matteo und Julika an Bord", sondern einfach „Schlittenhunde."

Paul und ich grübeln, was dies für den nachfolgenden PKW bedeuten soll?

Keine Schinkenwurst an die Stoßstange hängen?

Keine toten Katzen auf der Motorhaube platzieren?

„Paul", rufe ich panisch, „bitte fahre nicht zu dicht auf den Schlittenhund-Transporter auf."

„Ich habe Angst, dass wir die kostbare Fracht

verängstigen oder noch schlimmer, beim Bremsen unter die Stoßstange des Kombis geraten könnten."

Kürzlich erst ist nämlich Kollegin Dorothea wegen Unaufmerksamkeit unterm Müllauto gelandet, ein Trauma, das nicht so lässig zu verarbeiten erscheint und mir permanent in vergleichbaren Situationen im Kopf herumspukt.

Na gut, Doro ging im Vergleich zu uns zu Fuß und saß nicht im Auto, aber man weiß ja nie.

Die restliche Fahrt zur S-Bahn-Haltestelle diskutieren Paul und ich über das mögliche Ergebnis des heutigen Spieles und stellen erneut wieder fest, dass der VfB-Fan als solcher eigentlich vergleichbar mit einem Esel ist.

Denn der Esel ist praktisch der Quittenbaum innerhalb der Tierwelt – gesellschaftlich leider deutlich verkannt.

Wir fühlen uns etwas als Minderheit unter den Sportbegeisterten. Umringt von erfolgsverwöhnten Bayern-Fans, Triple-Sieger und Champions-League-Teilnehmern, aber es gilt: Einmal Fan, immer Fan!

VfB – ein Leben lang.

In der S-Bahn sitzen selbstverständlich überwiegend verkappte Bundestrainer. Jeder weiß ein besseres Rezept, um den heutigen Spieltag erfolgreich zu absolvieren.

Da ich mehrere Semester Besserwisserei studiert habe und eigentlich eine glänzende Karriere als Moderatorin des kontemporären Sportstudios erleben hätte können, mische ich tüchtig in der Diskussion mit.

Die Mannschaftsaufstellung wird zwischen Haltestelle Schwabstraße und Bad Cannstatt ungefähr fünfmal neu aufgesetzt, bis alle im Abteil einigermaßen damit einverstanden sind.

Die wahren Fans steigen in Cannstatt aus, sofort gut zu erkennen an den furchtbar hässlich gestalteten Kutten aus Jeans mit unzähligen Abnähern darauf.

Dass da aber zuhause auch niemand Veto einlegt und eine Kleiderordnung ausgibt, bevor die Jungs sich auf den Weg ins Stadion machen.

Kopfschütteln von der Geschmacksbeauftragten.

Das „Commando Cannstatt“ ist bereits stark vertreten, eine Gruppierung die nicht mit „Pegida“ oder sonstigen geistigen Verwirrungen im Zusammenhang steht, sondern die traditionellen Fans aus dem Schwabenländle zusammenführt.

Das Getränk des Tages ist Stuttgarter Hausbräu. Eigentlich hält nahezu jeder der Stadionbesucher auf dem Weg zur Arena eine Flasche-to-go in der Hand.

Natürlich ist Alkohol auch in solchen Momenten keine Lösung, aber klar ein gesellschaftlicher Zugewinn.

Diejenigen unter den Zuschauern, die die S-Bahn erst an der Haltestelle Neckarpark verlassen, outen sich als Teilzeit-Fans und nehmen später ihre Sitzplätze auf der langweiligen Haupttribüne ein. Das ist ähnlich wie alkoholfreies Bier zu trinken – theoretisch möglich, schmeckt aber nicht.

Auf dem Weg zum Stadion betrachte ich mir die Gebäude in Bad Cannstatt genauer und muss feststellen, dass eine Karriere als Kassiererin im „Brutto-Supermarkt“ oder als Dönerfachverkäuferin auch keine verlockende Alternative darstellt. Da halte ich den Job als Flaschensammlerin neben dem Stadion für wirtschaftlich deutlich lohnender.

Flink mal den Pfanderlös der bereits in überdimensionierten Einkaufswägen sauber aufgestapelten leeren Flaschen hochgerechnet, komme ich auf mindestens eine halbe Handtasche als Gegenwert.

Ehegatte Paul registriert leider sofort meine gedanklichen Überlegungen zu neuen geschäftlichen Erfolgsgeschichten und schreitet unverzüglich ein.

„Nein Peri, du stellst dich beim nächsten Heimspiel nicht hier auf und machst den großen Reibach, es genügt wenn du an den spielfreien Tagen dein Unwesen auf dem Flohmarkt treibst.“

He knows me so well……

Paul ist eh der Meinung, dass er mit mir das kleinste aller Übel geheiratet hat, was bei einer Körpergröße knapp über Pygmäen-Standard auch tatsächlich korrekt ist.

Beim Betreten des Stadions verstärkt sich bei mir das Kribbeln – allerdings jenes, das mich veranlasst die Frauentoilette aufzusuchen, während Paul bereits den direkten Weg zu unseren Sitzplätzen einschlägt.

Bei der Präsentation der heutigen Mannschaftsaufstellung durch den Stadionsprecher anwesend zu sein, ist eine Pflicht für ihn.

Ich allerdings muss jetzt einfach mal für kleine Liberos.

Was ein Skandal, selbst im Fußballstadion bildet

sich inzwischen eine Warteschlange vor dem Mädchenklo. Das waren noch Zeiten als es hier ein Alleinstellungsmerkmal für versprengte, weibliche Fans gab.

Interessiert betrachte ich während meiner unfreiwilligen Überbrückungszeit die hereinströmenden Massen.

Oh ja, die coolen, die richtigen, die tollen Typen, die ihren Stehplatz seit dutzenden von Jahren im A-Block innehaben, kommen soeben durch die Tore des Stadions, bewaffnet mit allerhand Musikinstrumenten wie Trommeln und Trompeten.

Der Obertrommler unter ihnen wie immer im – brrrr – Kurzarmshirt, das trotz vorwinterlicher Temperaturen allerdings bereits jetzt schon so verschwitzt ist, dass sich bei ihm eine Micky-Maus-ähnliche Figur auf der Vorderseite abzeichnet.

Ich rücke langsam mit der Schlange vorwärts, so dass ich sowohl den Gesprächen der vor mir wartenden Mädels als auch den Kommentaren derer, die die Toilettenkabinen bereits wieder verlassen, perfekt lauschen kann.

Beatrix mit der Nummer 23 auf ihrem Trikot vom Fanclub „Schwabenfrösche“ kommt kichernd in den Waschraum und verkündet mehr oder weniger in die komplette Runde der wartenden, pinkelwilligen Frauen, dass sie soeben ihre Slip-Einlage mit dem Klebestreifen nach oben in ihre Unterhose eingelegt hat und diese ungeschickte Tat ein furchtbares Massaker an ihren Schamhaaren anrichtete.

Ich will es eigentlich gar nicht so genau wissen, aber wenn Beatrix so mitteilungsbedürftig ist und dann auch noch über einen unrasierten Intimbereich verfügt, schließe ich mich dem allgemeinen Gruppenbedauern zu ihrem Missgeschick an.

Aus einer der hinteren Kabinen tritt die fette Bärbel von den „Red-White-Supporters-Maisenbach-Zainen" in den Gang.

Sie trägt ihre Alters-Cellulite an den Oberarmen, farblich dezent abgesetzt, aber gleichzeitig auch perfekt abgestimmt auf ihre rot-weiß-gestreifte Kleidung.

Ihrem Aussehen nach versenkte sich zusätzlich im Laufe der Jahre auch der eine oder andere Foulelfmeter in ihrem grobschlächtigen Gesicht.

Sie ruft, nein sie schreit eher und dank ihres massiven Resonanzkörpers kann auch hinter der hintersten Klobürste noch alles deutlich verstanden werden, was sie ihrer Kumpanin in der Nebenkabine und der Welt mitzuteilen hat:

„Magda, mach hin mit deinem Geschäft. Ich rufe schon mal in Zuffenhausen in der Kläranlage an und gebe Bescheid, dass demnächst ein Baumstamm angeschwemmt wird."

Mit lautstarkem Grölen untermalt Bärbel ihre Ausführungen.

Yipeeh, juble ich innerlich, Damentoilette und gute Manieren waren gestern.

Vor mir beginnt ein weiblicher Balakow – hallo, wie veraltet ist denn so ein Aufdruck auf dem Heimtrikot – eine erregte Diskussion mit Gretel von den „Neckargrätschen Affalterbach", wie gemein es doch sei, dass die Herren beim Pipi machen im Stehen direkt auf die EnBw-Tribüne schauen dürfen und wir Mädels wieder klar benachteiligt werden.

He Girls, ich sage nur „Zuschauerzahlen beim Frauenfußball“, dann wäre das Thema Zweiklassengesellschaft beim Rasensport bereits abschließend besprochen.

Weibliche Kicker sind nach Ansicht meines Kumpels Florian lediglich ein unhaltbarer Zustand und keine Sportlerinnen. Der Typ hat keine Ahnung von Fußball und schon gar nicht von Frauen!

Ergänzend dazu behauptet er regelmäßig, dass im Frauenfußball eine Spielabsage eher nicht wegen Unbespielbarkeit des Platzes erfolgt, sondern weil die Schiedsrichterinnen nicht das Passende zum Anziehen gefunden haben.

Idiot!!

Endlich bin ich an der Reihe und betrete schnell die Toilettenkabine. Ich benötige nur unwesentlich länger als die Formel-1-Fahrer beim Tankstopp, um mich aus Anorak, Kapuzenshirt und Strumpfhose zu schälen und versuche nach Beenden meines Geschäftsbesorgungsvorgangs (§ 611 Toilettengesetzbuch), auch alles wieder in der richtigen Reihenfolge anzuziehen.

Schnell noch die Nase geputzt und dabei – verfluchte Hühnerkacke – versehentlich mein Nasen-Piercing in die Toilettenschüssel geschnäuzt, dieses mit Todesverachtung und spitzen Fingern wieder herausgefischt und lässig zurück in den Nasenflügel gesteckt.

Als ich endlich wieder aus den Toilettenkatakomben herauskomme, beendet der Stadionsprecher soeben seine Ansage zur heutigen Besetzung auf der Reservebank.

Ein unangenehmer Geruch breitet sich in meinen Nasennebenhöhlen aus, was einen klitzekleinen Ekelanfall verursacht, mich aber trotzdem nicht vom Verspüren eines massiven Hungergefühls abhalten kann.

Flink einen Blick zu den Imbiss-Ständen werfend und die ungefähre Wartezeit hochrechnend komme ich zu dem Ergebnis, dass es zeitlich noch prima für den Erwerb einer Stadionwurst ausreicht.

Ausgestattet mit einer fetttriefenden Bratwurst, garniert mit reichlich Senf und Ketchup, das mir natürlich bereits in Zweierbahnen auf meine Jacke tropft, gehe ich zum Eingang unseres Sitzplatz-Blocks.

42 A – 8 – 11 sind leider nicht die Maße meines Gehirnvolumens, sondern die Koordinaten unserer Dauerkarte in der Cannstatter Kurve, eine Zahlenkombination, das ich mir ungefähr hundertmal besser merken kann, als jede PIN meiner Bankkarten.

Ich beeile mich, trotz Wurst-Handicap, möglichst schnell die Treppen hochzusteigen, um mir nicht den Unmut meiner Sitznachbarn zuzuziehen.

Das Betreten der Arena nach Einlauf der Mannschaften steht für Unkenntnis und Anfängerfehler, dies will ich mir natürlich nicht nachsagen lassen.

Ich grüße freundlich die bereits Sitzenden und klatsche die eine oder andere Hand ab, bevor ich endlich meinen Platz einnehmen kann. Die Senf-Ketchup-Spur hat inzwischen die Dimension einer mittleren Bundesstraße auf meiner Jacke angenommen.

Karle aus Bietigheim sitzt links neben mir, er ist bereits wieder vor dem Anpfiff mit Dietmar aus Waiblingen erregt am Diskutieren.

Irgendwie sieht das bei beiden immer so aus, als ob sie sich in den nächsten Minuten ihre Bierbecher über den Kopf schlagen, eigentlich geht es aber nur um die Mittelstürmerposition für das heutige Spiel.

Ich begrüße Heinz und Manfred rechts neben Paul und mir. Das Austauschen der üblichen Anfeuerungsthesen wie „Heute packen wir die Fischköpfe“ und „Ein Heimsieg liegt in der Luft“ hilft uns über die innerliche Anspannung hinweg.

Als ich mich gerade hingesetzt habe, Bratwurst, Stadionzeitung und Fan-Schal ordentlich um mich drapiert, darf bereits wieder aufgestanden werden.

Aber nicht, um die einlaufenden Mannschaften zu begrüßen, sondern weil Heimo im Anmarsch ist.

Heimo sitzt in unserer Reihe, glücklicherweise aber ganz außen, denn Heimo verwendet Pro-Mundgeruch-Spray und Schwitz-Deo. Beides fängst du unmittelbar in einer Riesendosis ein, wenn sich Heimo an dir vorbei zu seinem Sitzplatz drängt.

Dazu schaut er mit seinem rechten Auge in die linke Hosentasche, was extrem irritiert, eventuell aber auch mühsam antrainiert sein könnte, um den Gesamtüberblick zu behalten.

Paul lacht bereits, denn er weiß, dass Heimo sich immer zu gerne ausgerechnet mir um den Hals wirft und mich mit seinen fauligen Schneidezähnen angrinst.

Eigentlich dachte ich bis zur vergangenen Bundesliga-Saison, dass Heimo garantiert ein Single-Dasein fristet, aber als er mir von seiner Alten zuhause berichtete, die unglücklicherweise Fan vom Karlsruher SC ist, wurde ich eines besseren belehrt.

Das mit dem KSC muss eine frühkindliche Störung sein. Unter dieser leidet unser Schwiegersohn leider ebenso und es scheint auch nicht behandelbar zu sein.

Bei Heimos Frau muss es sich zusätzlich um eine genetische Sensation handeln, dass ihr Geruchssinn so nachhaltig derangiert ist. Anders lässt sich das Zusammenleben mit ihm nicht erklären.

Ach herrlich, einen Samstagnachmittag im Fußball-Stadion zu verbringen ist ähnlich wie Kino, nur mit einem deutlich höheren Eintrittspreis.

Daneben schützt es vor übertriebenem Eifer bei der Hausarbeit. Wir wohnen auf einem Dorf, in dem sich die Nachbarn samstagnachmittags in einen Rausch fegen.

Unsere direkte Nachbarin beispielsweise putzt täglich ihre Fenster und Frau Schawutzke quer über die Straße pflegt jeden zweiten Tag ihren Heizraum auszusaugen.

Da verbrösle ich samstags doch lieber die Soccer-Arena, ist mir auch relativ schnuppe, wer nachher den Rasen und die Ränge absaugt.

Ob wohl der Greenkeeper dieselbe Strategie fährt wie ich zuhause?

Beim Putzen teile ich mir die zu säubernde Fläche immer in vier (schnell nachgerechnet – ja stimmt) Quadrate ein, die nacheinander abgearbeitet werden. So verschaffe ich mir nachhaltig ein tiefes Erfolgserlebnis.

Meine Hausfrauengedanken werden jäh durch den Einmarsch der Mannschaften unterbrochen. Ein gellendes Pfeifkonzert begleitet die Bremer, die als Erste den Platz betreten.

Flink noch den letzten Rest meiner Bratwurst in den Backentaschen versenkt und aufgestanden, um unserem Team zuzujubeln.

Die ersten leeren Bierbecher fliegen von der oberen Tribüne auf die unteren Ränge, gefolgt von zu Fliegern gefalteten Stadionzeitschriften. Berauschend, diese niederen Emotionen.

Ich fahnde in meiner Hosentasche nach einem Stück Zahnseide, um die versprengten Brötchenreste aus meinen Schneidezähnen zu entfernen, leider bleibt meine Suche erfolglos.

Improvisation ist gefragt, daher reiße ich eine rot-weißen Franse aus meinem VfB-Schal und beginne, mich hinter Pauls Schulter versteckend, die unangenehmen Speisereste aus den Zahnzwischenräumen zu entfernen.

Fast hätte ich es geschafft, allerdings kommt nun der Stuttgarter Torwart auf den Platz und alle Zuschauer inklusiv Paul reißen ihre Arme hoch und rufen „Ulle, Ulle!“

Meine schwäbische Zahnseiden-Version reißt ab und mir hängt noch ein langer weißer Strickfaden aus dem linken Mundwinkel, als ob ich ein Wels mit einseitiger Gesichtsbartel wäre.

Paul dreht sich zu mir um und schüttelt nur fassungslos den Kopf. Ich zucke mit den Schultern und verstecke schnell den Restfaden in meinem Mundraum, bevor die Blamage weiter voranschreitet.

Endlich Anpfiff! Sofort beginnen das Trommeln und die Gesänge auf den Rängen.

Die erste Entscheidung des Schiedsrichters gegen die Schwaben wird lautstark und wüst beschimpft. Selbstverständlich packe ich ebenfalls sofort das gesamte Sortiment meines verbalen Fäkalienlexikons aus, was mir einen irritierten Blick der vor mir sitzenden, gelangweilten blickenden Zuschauerin einbringt.

Diese Tussi scheint ein klassischer Fall von „Ich begleite meinen Freund heute mal ins Stadion, obwohl ich weder von Fußball eine Ahnung noch Bock auf zwei Stunden Arschabfrieren habe“ zu sein.

Der erste Angriff der Bremer wird eben von jener Sumpfdotterblume vor mir von einem gellenden Quieken begleitet.

Sie fragt ihren Freund, ob zu Spielbeginn gleich alle Mannschaften auf den Platz kommen oder ob diese erst nach und nach einlaufen.

Klar, die Hälfte der Mannschaft sitzt noch bei Kaffee und Kuchen in der Kabine, kreisch!

Es drängt sich wirklich die Vermutung auf, dass er sie lediglich mit ins Stadion genommen hat, damit sie zuhause nicht das Wasser anbrennen lässt oder den Hamster versehentlich zu Lasagne verarbeitet.

Sofort wünsche ich mir, dass ich ihr beim nächsten, unqualifizierten Ton aus ihrem perfekt geschminkten Mündchen die Stimmbänder herausschneiden könnte.

In Ermangelung eines mitgeführten Taschenmessers, würde ich ihr diese alternativ auch herausreißen.

Mit jedem weiteren, schwachsinnigen Kommentar ihrerseits steigere ich mich in meiner Gedankenwelt in einen wahren Rausch hinein.

Jetzt eine noch bessere Idee: Ich zaubere ihr einen sofortigen Durchfall an den Hals, äh in die Hose.

Kaum gewünscht, schon steht das Quieke-Ferkel vor uns auf, natürlich genau in dem Moment, als ein Stuttgarter Stürmer in aussichtsreicher Position Richtung Tor flankt.

„Dumme Nuss", denke ich, „hoffentlich bleibst du recht lange auf dem Mädchenklo."

Das Spiel auf dem Rasen ist bereits in der Anfangsphase extrem hektisch, man merkt es beiden Mannschaften an, dass es um den Nichtabstieg geht.

Kreuz und quer erfolgen die Rufe aus den Rängen, sämtliche Phrasendrescher haben heute wieder Ausgang erhalten.

Hinter mir spüre ich einen leichten Druck auf meiner Strickmütze. Beim Herumdrehen grinst mich Volkhardt aus Niederzuzlingen an, der einen Heidenspaß dabei hat, mir seinen Bierbecher auf dem Kopf abzustellen.

„Mensch Peri, du hast wirklich die perfekten Maße für eine Frau. Mein Bier passt wie angegossen auf deinen Dickschädel."

Einfach nett, wie sich im Stadion Freundschaften anbahnen, die über eine Halbwertszeit von exakt 90 Minuten plus Nachspielzeit verfügen und anschließend wieder für zwei Wochen in der Versenkung verschwinden.

Ich klopfe Volkhardt freundschaftlich auf den Schenkel und wische mir dabei heimlich die letzten Reste des Senf-Desasters von meinen Händen an seiner Hose ab.

„Der Typ ist so hohl wie 3 Meter Feldweg“, murmle ich nicht hörbar vor mich hin und grinse kumpelhaft zurück.

Habe ich bereits erwähnt, dass man unter Fußballbegeisterten mit einem durchschnittlichen Grundschulabschluss intellektuell nicht überfordert ist?

Die Bremer Mannschaft bekommt einen Freistoß zugesprochen, der nach Ansicht der Stuttgarter Fans komplett ungerechtfertigt ist, was ein gellendes Pfeifkonzert von der Tribüne nach sich zieht.

Inklusive selbstverständlich wüster Schmähgesänge auf den Schiedsrichter und dessen angeborene Blindheit.

Ich wünsche dem Unparteiischen sämtliche Geschlechtskrankheiten an den Hals, ohne dass er jemals Sex gehabt habe.

Diesen Satz habe ich unwahrscheinlich laut ausgesprochen, mehrere erstaunte Gesichter, allen voran das meines Ehemannes, blicken mich an.

„Respekt, Peri“, kommt der Kommentar von Dietmar, „du bist aber heute auf Krawall gebürstet, da rücke ich doch besser ein Stück von dir weg.“

Aber egal, was sich auf dem Rasen abspielt, Heimo hat jetzt Durst.

Auf Bier.

Am besten er kauft sich gleich drei Becher auf einmal, damit wir für den Rest der ersten Halbzeit unsere Ruhe haben.

Gesamte Reihe aufstehen, diesem natürlichen Drang im Kampf gegen die Dehydrierung wollen wir selbstverständlich nicht im Wege stehen – was aber wiederum glücklicherweise der Stuttgarter Mauer beim Bremer Freistoß gelingt.

Erleichterung auf den Rängen.

In meiner Anorak-Tasche beginnt mein Smartphone zu vibrieren. Welcher Eumel hat hier wieder nicht auf dem Schirm, dass ich bei einem wichtigen Termin bin?

Da mich aber massiv die Neugierde plagt, werfe ich einen verstohlenen Blick auf mein Handy und stoße dabei lautlos einen schrillen Schrei aus.

Die über mein Handydisplay wandernden Bilder haben etwas von modernem Daumenkino.

Ich erkenne mit einiger Mühe eine riesige, weiße Papierschlange, die sich kontinuierlich von Foto zu Foto zu einem überdimensionierten Gebirgszug aus Papier steigert. Ganz versteckt erkenne ich unter dem Bergmassiv Carlottas Schreibtisch in ihrem Firmenbüro.

Ihr kurzer Bericht lässt Böses erahnen.

Sie hat begonnen, die Excel-Tabelle mit meinem kunstvoll erstellten Betriebsabrechnungsbogen unserer London-Kosten, inklusive der nach Themengebieten zugeordneten Gemeinkostenzuschläge, auszudrucken und dabei vergessen, den zu druckenden Bereich der Arbeitsmappe zu kennzeichnen.

„Seit mehr als drei Stunden druckt es hier aus und ich bekomme es nicht gestoppt“, schreibt mir meine verzweifelte Freundin.

„Drucker ausschalten, bin beim Fußball“, kommt kurz und bündig meine Anweisung an die Verursacherin der Papierflut.

Fast werfe ich mein Smartphone aus der Hand, als sich im Bremer Strafraum eine größere Abordnung von Spätzles-Stürmern tummeln und Timo Werner in aussichtsreicher Position zum Kopfball kommt.

Tumultartige Szenen auf den Zuschauerrängen, gepaart mit Parallel-Verschüttung von Glühwein und Exportbier, sind die Folge davon. Doch leider zirkelt der Stuttgarter Stürmer den Ball um Zentimeter am Tor vorbei.

„Allez VfB, allez allez“, beginnt sich der A-Block unter uns einzugrooven.

Leider betritt die dumme Nuss aus der Reihe vor uns wieder das Parkett und ruft ihrem Freund und damit auch der gesamten Welt zu, dass sie wieder da ist.

Heimlich suche ich nach Durchfallspuren auf ihrer Winterjacke, leider erfolglos. Dazu balanciert sie eine Portion Pommes in ihren Händen, so dass die Wirkung meines lautlos ausgesprochenen Fluches wohl nicht ganz so durchschlagend war.

„Mist, ich muss mir was anderes überlegen, damit ich die Nervkröte vor mir eliminieren kann“, sind meine bösen, bösen Gedanken.

Auch ihr Freund scheint not amused zu sein, denn er giftet sie an: „He Saskia, setzt dich mal endlich wieder hin und halte den Mund, sonst nehme ich nächstes Mal wieder deinen jüngeren Bruder mit zum Fußball.“

Saskia heißt also mein Feindbild, irgendwie erinnert mich dieser Name an ein kohlensäurehaltiges Mineralwasser aus dem Discounter. Zudem sieht Saskia eher nach einer Monika aus und das ist schlecht für sie, sehr schlecht sogar.

Sie scheint ein Typ Frau zu sein, der bei einer Hochgebirgswanderung eine Flasche Nagellack und beim Pilgern auf dem Jakobsweg einen Bademantel im Gepäck haben dürfte.

Na ja, meine Zeit den blubbernden Sprudel vor mir zum Schweigen zu bringen wird noch kommen, es gibt ja noch eine zweite Halbzeit.

Tempogegenstoß der Bremer. Heinz rechts von uns schreit seinen Frust über die unsichere Abwehrleistung unseres Heimteams lautstark heraus und drischt mit seinem Fuß gegen den Kunststoffsitz seines Vordermannes. Aber glücklicherweise springt der Ball dem Bremer Stürmer vom Fuß, landet im Toraus und der heinzsche Vordermann erträgt dessen Gefühlsausbruch mit stoischer Ruhe.

Kurzer Augenschwenk meinerseits durch die Reihen um uns herum, ob sich unter den Anwesenden potentielle Kandidaten befinden könnten, die für meine Single-Freundinnen latent interessant sein dürften.

Karle aus Bietigheim neben mir fällt bereits

schon mal aus, denn ich habe permanent das Gefühl, dass er samstags vormittags kleine Kinder frisst und diese maximal halbverdaut während der Spieldauer als regelmäßige Darmwinde wieder in den Luftraum der Landeshauptstadt entlässt.

Für fortpflanzungswillige Frauen empfehle ich eh keinen Besuch eines Bundesliga-Spiels, da sich links und rechts neben mir überwiegend Vertreter jener männlichen Spezies befinden, mit denen die Zeugung eines pisa-tauglichen Nachwuchses schwerlich gelingen wird.

Anne-Suses Sohn Lasse hat kürzlich seine Single-Mama aufgeklärt:

„Du kannst dir gerne wieder einen Freund suchen, aber er sollte Fußballer sein“, ermutigt Lasse seine Mum, wieder auf Partnersuche zu gehen.

Ich entgegnete skeptisch diesem Vorschlag: „Aber Anne-Suse, bringe ja nicht den Loddar nach Hause!“

„Quatsch“, winkt Lasse lässig ab, „der steht doch voll auf Jüngere und außerdem hat der ja von Fußball keine Ahnung.“

Rumms – das saß.

Vielleicht sollte ich gelegentlich ein Fernglas mitnehmen und die Ränge der Haupttribüne nach interessanten Objekten absuchen, allerdings dürften sich dort überwiegend brave und gutsituierte Diplom-Ingenieure von schwäbischen Automobil-Zulieferfirmen aufhalten. Diese sind leider sämtlich im Club der Langeweiler anzusiedeln, was wiederum nicht in das Beuteschema meiner Mädels passt.

Außerdem sind die Inscheniör-Jungs häufig so

schweigsam, dass Pantomime-Darsteller die reinsten Plaudertaschen gegen sie sind.

Und haben bereits in der Grundschule immer ein „sehr gut“ in Betragen erhalten.

Mehrheitlich sind sie ergänzend dazu sexuell leider eher unterdurchschnittlich interessiert. Bei der Ansage „Ich komme“ kann sein, dass du gefragt wirst, wo du herkommst und wo du hinwillst.

Ach, sollen die Girls doch einfach selbst mal mitgehen und sich die Auswahl vor Ort betrachten. Allerdings haben die betroffenen Single-Chicks von Fußball in etwa so viel Ahnung wie ein nordamerikanisches Murmeltier von der Wettervorhersage.

„Jetzt die Flanke, du Hornochse“, schreit Hartmut eine Reihe vor uns und reißt mich aus meinen Verkupplungsüberlegungen.

„Ja, ja, gib ab und dann dresch das Ding rein“, steigert sich Heinz in eine Vollekstase, als die Stuttgarter in Richtung Bremer Tor stürmen.

Vermutlich ist Heinz beim Sex lediglich zu fünfzig Prozent mit so viel Enthusiasmus und Leidenschaft am Start, wie er sich hier präsentiert. Ich mag diese Gedanken für mich allerdings keinesfalls vertiefen, wenn ich nur an seinen milchig-weißen Zungen-Belag denke, den man bei jedem seiner Schreie überdeutlich sieht.

„Na ja, wenigstens einen Eckball geholt, wird eh die letzte Aktion vor der Halbzeitpause sein“, stellt Paul zufrieden fest und wir stehen von unseren Plätzen auf, um mit Schal-Winken und „Auf geht‘s Stuttgart, schießt ein Tor“ unsere Jungs nochmals anzufeuern.

Geiler Eckball, von Maxim scharf herein getreten, Ibisevic steigt hoch zum Kopfball, trifft den Ball auch perfekt, doch leider scheint der Bremer Torwart heute Morgen Flugbenzin getrunken zu haben, denn er springt genau im richtigen Moment in die linke Torecke und fischt den Ball mit den Fingerspitzen noch heraus.

Halbzeitpfiff.

„Lieber Gott“, beginne ich meinen lautlosen Dialog, „lieber Gott, ich weiß aus früheren Gesprächen mit dir, dass du Fußball nicht wirklich toll findest, eher sogar etwas dagegen hast, wenn es Gewinner und Verlierer gibt. Aber falls du heute mal zwei Augen zudrücken und es möglich machen könntest, dass wir Stuttgarter die klitzekleine Chance auf einen Heimsieg wahrnehmen dürften, dann helfe uns doch dabei. Ich glaube eh, dass die Bremer Atheisten sind – so wie die meisten Fischköpfe eben – daher könntest du heute den braven Schwaben helfen.“

Kurzer Blick in den Himmel und ich habe das Gefühl, dass der liebe Gott mir zublinzelt.

Ich vertiefe mich in die heutige Stadionzeitung und beobachte aus den Augenwinkeln, wie das Mineralwasser vor mir ihren Lidstrich nachzieht. Vermutlich packt sie demnächst auch noch eine Strickliesel aus und nutzt die Spielpause, um an ihrem Schal weiterzuarbeiten.

Das Terrain meines People-Watchings wird ausgeweitet.

In Reihe 47 erblicke ich ein männliches Schnittchen, hübsch anzusehen und witzig gekleidet.

Gerade als ich eben mein Handy zücken und für Emilia ein Beweisfoto erstellen will, beugt sich der Nebensitzende des Schnittchen zu ihm hinüber und küsst ihn.

Mir fallen zuerst die Kinnlade und dann die Stadionzeitschrift herunter.

Schreiben wir das Jahr 2023 und haben uns mit der Enterprise in die Zukunft gebeamt?

Schwule, sich küssende Fußballanhänger im Fußballstadion, wie überragend ist das denn?

Ich freue mich diebisch über das soeben Gesehene und beschließe von meinen Gefühlen überwältigt, den heutigen Toleranzpreis in die Landeshauptstadt zu vergeben.

Suchend blicke ich mich nach Paul um, damit ich ihm von der soeben entdeckten Sensation berichten kann, finde ihn allerdings nicht, vermutlich turnt er am Pizzastand herum.

Also nutze ich die Gelegenheit und verspeise die in meiner Jackentasche gefundene Haselnussschnitte. Meine anschließend wieder lecker mit Schokolade verschmierten Finger werde ich bei der nächstbesten Möglichkeit erneut an Volkhardts Jeans abwischen.

Ich hoffe, unsere Mannschaft bietet uns in der zweiten Halbzeit genügend Anlässe für Verbrüderungsaktionen mit meinen Hintermännern.

Paul kommt aus der Halbzeitpause zurück. Wie vermutet, schiebt er sich die Reste einer fettigen Pizzaschnitte in den Mund.

Aufgeregt beginne ich auf ihn einzureden, als er seinen Platz wieder neben mir einnimmt und mich mit einem Geschmacksverstärker getränkten Kuss begrüßt.

„Hase, stell dir vor, da vorne sitzen zwei schwule Jungs und haben sich vorher in aller Öffentlichkeit geküsst, ist das nicht genial“, blubbere ich meinem Mann ins linke Ohr.

„Schaue mal, da vorne….Mist, jetzt finde ich die beiden nicht mehr. Aber ich habe mir doch extra ihre Sitzplätze gemerkt, aber da sitzen jetzt komplett andere Männer?“

„Ach Perry, vermutlich bist du einer Fanta Morgana aufgesessen. Homosexualität wird ja im Fußballstadion leider weiterhin lediglich zu Beschimpfungszwecken thematisiert“, tröstet mich mein Mann.

„Aber ich habe die zwei doch genau gesehen“, ärgere ich mich über mein nicht sofort erstelltes Beweisfoto.

„Öffentlich ausgelebtes Schwulsein in Fußballkreisen ist ebenso unrealistisch wie ein Überschuss bei den griechischen Staatsfinanzen.

Peri, du weißt ja, wir sind da etwas anders eingestellt als die restlichen siebenundvierzigtausend Zuschauer hier im Stadion. Uns ist die sexuelle Orientierung des VfB-Spielers beim Freistoß so was von egal, Hauptsache das Ding ist drin“, bringt Paul eine gute Metapher zum Einsatz.

Schnell stehen wir auf, da beide Mannschaften das Spielfeld wieder betreten und der Schiedsrichter die zweite Halbzeit anpfeift.

Kurz checke ich nochmals mein Handy und schmunzle über ein weiteres Foto, das mir Carlotta vor einigen Minuten gesendet hat.

Sie trägt ein kunstvoll gefaltetes Papierhütchen auf dem Kopf, hat ihr Büro mit unzähligen Papiergirlanden aus den sieben Kilo versehentlich ausgedruckten Tabellen apart dekoriert und hält ein Schild hoch, auf dem steht: ‚Heute Origami Kurs ab 17:00 Uhr, auf Wunsch kann im Anschluss eine Excel-Schulung optional dazu gebucht werden'.

Herrlich, diese Selbstironie meiner Lieblingsfreundin. Ich sende ihr flink einen Kuss-Smiley und konzentriere mich wieder auf das Geschehen, das sich auf dem Rasen vor mir abspielt.

Heimo ist erneut im Anmarsch, keine drei Becher Bier wie üblich begleiten ihn, sondern er hat gleich auf Vorrat eingekauft und trägt ein Papptablett mit sechs, randvoll gefüllten Plastikbechern.

Aus den Augenwinkeln betrachte ich, wie er bereits vergeblich eine größere Streuungsbreite seiner Bewegungen beim Einbiegen in unsere Sitzreihe zu koordinieren versucht, aber da die Stuttgarter soeben den Ball erobert haben und in Richtung Bremer Tor unterwegs sind, verliere ich ihn kurz aus den Augen.

Harnik passt zu Maxim und der lupft den Ball gefühlvoll über zwei Bremer Abwehrspieler. Genau auf den Scheitel von Timo Werner, der auf einmal waagrecht in der Luft liegt und seinen Kopfball wunderbar am Bremer Torwart in die rechte obere Torecke vorbeibugsiert.

„Da ist das Ding", schreit Paul und die gesamte Cannstatter Kurve springt von ihren Sitzen auf.

Genau in diesem Moment wollte Heimo mit seinem Biertransport meinen linken Nebenmann passieren und ich sehe, wie in Zeitlupengeschwindigkeit seine kostbare Hopfenfracht vom Tablett kippt.

Zwei Becher versenken sich akkurat in die Kapuze von Saskia in der Reihe vor uns, das dritte kühle Nass ergießt sich in ihrem Nacken und weitere zwei Becher landen mit einer kunstvoll ausgeführten Flugbahn und einer Ellipsen-Drehung im Schoß von Karle aus Bietigheim, was den aber reichlich wenig zu stören scheint.

Das Geräusch, das Saskia von sich gibt, hat man in der Tierwelt schon vernommen. Es dürfte vergleichbar sein mit Wechseljahrbeschwerden bei Zwergkaninchen.

Ihr Gesichtsausdruck erinnert wiederum stark an Dünnsäureverklappung.

Und diese weit aufgerissenen Pupillen habe ich schon mal vor vielen Jahren wahrgenommen als wir im Biologieunterricht gefrorene Kalbsaugen seziert hatten.

„Tooor, Tooor durch unsere Nummer 19“, schreit der Sprecher mit sich überschlagender Stimme in das Stadionrund.

„Na ja, eigentlich gehört der Treffer unserem Spezialagent Nummer 0815 Heimo“, denke ich mit einem befriedigendem Grinsen auf dem Gesicht als ich in die weiterhin schreckensweit geöffneten Augen des eben mal ertränkten Mineralwassers vor mir blicke.

„Tor für unseren VfB“ und die gesamte Fan-Schar schreit mit voller Inbrunst „Stuuuuuuuuuuuuuuuttgart.“

Ich lasse es geschehen, dass sowohl Karle als auch Volkhardt mich umarmen und mir mit ihrem biergetränkten Atem ein „Wie geil ist das denn“ links und rechts ins Ohr schreien.

Heimo ist völlig unberührt von seinem kleinen Getränkeunfall, hält sich an seinem letzten verbleibenden Bier fest und schwankt, ungerührt des soeben verursachten Chaos, mit glückseligem Blick an uns vorbei zu seinem Platz.

So sehen Menschen aus, die komplett in sich selbst ruhen. Vermutlich funktioniert das bei Heimo auch ohne den Besuch eines Volkshochschul-Joga-Kurses.

Saskia beginnt zu flennen und zerrt an ihrem durchtränkten Anorak, was eigentlich die völlig falsche Strategie darstellt, denn somit begießt sie sich selbst noch mit dem dreiviertel Liter besten Gerstensaftes, der bisher munter in ihrer wasserdichten Kapuze schwappte.

„Neuer Spielstand: Stuttgart Eiiiiins – Bremen Nuuuull und das ist auch gut so“ folgt der harmonisch einstudierte Dialog der Schwabenfans mit dem Stadionsprecher.

Frau Saskia Unnötig schnappt sich ihre Handtasche und flieht mit beleidigtem Blick aus unserem Block, nachdem ihr Freund ihr offenbart hat, dass er keinesfalls beabsichtigt, in dieser spannenden Situation des Spiels mit ihr gemeinsam die Tribüne zu verlassen.

Ich klatsche zuerst heimlich mich selbst ab, dann küsse ich meinen vor begeisterten Schreien fast schon wieder heiseren Ehemann und bin mal wieder komplett davon überzeugt, dass sich die meisten Probleme des Lebens tatsächlich von alleine lösen lassen.

„Auf geht's Stuttgart – kämpfen und siegen", kommt es aus tausenden von Kehlen und man spürt deutlich, wie die euphorischen Gesänge die Spieler auf dem Platz beflügeln.

Im Bremer Fanblock werden die ersten Pyros gezündet, was ein ohrenbetäubendes Pfeifkonzert zur Folge hat.

Heimo steht mit dem letzten überlebenden Bierbecher vor seinem Sitz, breitet die Arme aus wie Jack am Bug der sinkenden Titanic und schreit voller Inbrunst und über mehrere Oktaven: „Bremer Arschlöcher"

Der Werder-Trainer entschließt sich für eine taktische Auswechslung und bringt einen weiteren grün-weißen Stürmer, eine Aktion, die den Stuttgarter Fans natürlich nicht gefällt und mit entsprechenden Kommentaren bedacht wird.

Ich wiederum verfalle angesichts des spannenden Spielstandes in frühkindliche Verhaltensweisen zurück und beginne, an meinen Fingernägeln zu kauen, was mir prompt eine gelbe Karte von Paul einbringt.

Die Bremer Mannschaft versucht, sich gegen die drohende Niederlage zu stemmen und stellt ihre Spielweise auf rabiates Foulen um, was ihnen allerdings glücklicherweise vom Schiedsrichter relativ schnell wieder ausgetrieben wird.

Vor uns beginnt das Commando-Cannstatt mit anfeuernden Gesängen, in die wir voller Inbrunst einstimmen:

„Ole´, ole´, ole´ leo leo le ola,
Ole´, ole´, ole´ wir sind immer für dich da,
Oooooooooh VfB Stuttgart,
Du bist unser Leben,
Gibst uns so viel“

Das soll mal einer sagen, dass in Deutschland keine Gesangskultur herrscht!

Gut, es handelt sich hier nicht unbedingt um die geistige Elite, die sich auf den Rängen tummelt, aber böse Menschen haben ja bekanntlich keine Lieder.

Gute Menschen wiederum haben Durst, deshalb machen wir wieder mal Platz für Heimo, der zum Nachbunkern aufbricht, nicht ohne jeden in der Reihe zu fragen, ob er was mitbringen soll.

„Lass mal gut sein Heimo, du lieferst ja eh nur einen Teil deiner Ware hier wieder heil an“, lacht Paul und lässt die wandelnde Bierfahne auf zwei Beinen passieren.

„Gehe du ruhig an die Tränke“, ermuntere ich Heimo, „denn eigentlich bist du ein Garant dafür, dass während deiner Nachtank-Aktionen meistens ein Tor für die Schwaben fällt.“

Die Gesänge in den Rängen unter uns werden ständig lauter und inhaltlich übler. Ich befürchte, dass ich bis zum Ende des Spiels unter Ohrenmigräne in ausgeprägter Form leiden werde.

Die Stuttgarter kicken jetzt aber auch einen richtigen Stiefel zusammen, meine Fingernägel sehen aus, als ob ich im SM-Studio behandelt wurde.

Selke, der Bremer Stürmer, taucht durch die

Stuttgarter Abwehrreihen, als würden sich dort nur Pappkameraden aufhalten.

Ich verfalle wieder in meine Hobby-Kommentatoren-Rolle und brülle quer über die Sitzreihe: „Entsetzlich, wie löchrig unsere Mannschaft in ihren Verteidigungslinien steht. Wissen die Knalltüten nicht, dass es sich nur um den lächerlichen Vorsprung von einem Tor handelt?"

„He Peri", ruft es von der Reihe hinter uns, „falls du am Ende des Tages noch weitere dieser cleveren Fußball-Weisheiten in deinem Wortspeicher übrig hast, kannst du diese ja meistbietend im Internet versteigern."

Gelächter aus sämtlichen vier Windrichtungen, aber wer so wie ich in seinem Leben bereits 420 Menstruationszyklen über sich ergehen hat lassen müssen, kann auch mit solch dummen Sprüchen einigermaßen entspannt umgehen.

Todesmutig wirft sich Sakai einem Bremer Stürmer entgegen, leider holzt er diesen äußerst rustikal um, was den Schiedsrichter zu einer offensiven Kartenpolitik verleitet und dieser zuerst bedächtig die gelbe und dann entschlossen die feuerrote Karte aus der Hosentasche zieht.

Einer seiner Vorfahren war vermutlich Kamikaze-Flieger, eigentlich sieht unser Schwaben-Schlitzäuglein komplett harmlos aus mit seiner Mon-Chichi-Frisur.

Und dann ist der japanische Verteidiger ja auch tendenziell so klein, dass seine Gestalt lediglich dann lange Schatten wirft, wenn die Sonne vollständig am Boden steht.

Aber hilft alles nichts, in dieser Arena haben nicht die Gladiatoren das Sagen, sondern die Schwarzkittel.

„Schiri, das geht auf keine Vorhaut, was du Idiot zusammenpfeifst“, schreit Karle mit wutverzerrtem Gesicht.

Jawohl, raus mit den Emotionen, bevor es zu einem Gefühlsstau kommt.

Der arme, sich ungerecht behandelt fühlende Sakai verlässt den Platz mit einem Gesichtsausdruck, als ob er soeben beim Völkerball abgewählt wurde. Die Bremer Fans wittern Morgenluft und packen ihre Fahnen zügig wieder aus.

Volkhardt zerreißt in seiner Wut die Stadionzeitschrift und steckt sich die ungefähr vierundzwanzigste Zigarette in dieser zweiten Halbzeit an. Ich bin grad mal froh, dass er nicht auch noch seine Zeitung anzündet und diese qualmt.

„Die werden doch den Vorsprung noch über die Zeit retten, auch wenn es zu zehnt natürlich nicht einfacher wird“, kommt aus der Phrasendrescher-Abteilung schräg vor mir.

„Ja und das Spiel geht ungefähr neunzig Minuten und da Vollmond ist, wird heute ausnahmsweise mit einem runden Ball gespielt“, vollende ich schnippisch seine – inhaltlich auch nicht intelligentere als meine – Aussage.

„Steht auf, wenn ihr Schwaben seid, steht auf wenn ihr Schwaben seid“, stimmt der A-Block an und die komplette Kurve steht jetzt geschlossen hinter dem Stuttgarter Tor, ganz so als wollten sie Torhüter Ulle unterstützen, auf keinen Fall mehr den Ausgleich ins Tornetz zu bekommen.

Tatsächlich ist der Drang der Bremer, über die Mittellinie Richtung Stuttgarter Tor zu kommen ungefähr so gering wie die Chance auf Einführung einer gesetzlich geschützten Möglichkeit zur Abschaffung von eitrigen Mandelentzündungen.

Oder in Männersprache ausgedrückt: Die Bremer Mannschaft zeigt sich in ihrem Angriffsverhalten lediglich so gefährlich und agil wie zwei Fliegen auf dem Klo.

Nach den Fingernägeln ist bei mir jetzt die Nagelhaut dran, so aufgeregt bin ich.

Dieses Endergebnis wäre nicht nur ein Riesenschritt in Richtung Nichtabstieg, sondern auch ein Dreier für mich beim Bundesliga-Tippspiel, bei dem ich ähnlich wie meine favorisierte Mannschaft ebenfalls ziemlich im Keller herumschwirre.

Wir schreien, toben und beschwören sämtliche Götter des runden Balles, damit die Fischköpfe keine gefährliche Situation mehr auf dem Rasen produzieren. Fehlt nur noch, dass Karle neben mir ein Räucherstäbchen anzündet, so konzentriert ist er bei der Sache.

„Eigentlich müsste ich dringend zur Toilette, aber ich möchte nichts verpassen“, flüstert mir der Bär von einem Mann zu.

Wortlos schiebe ich meinen leeren Getränkebecher zu ihm hinüber, in der Hoffnung, dass er seine Beckenbodenmuskulatur gut trainiert hat und nicht auf dieses äußerste Mittel zurückgreifen muss.

Unsere Jungs kämpfen, rennen um ihr Leben oder zumindest um die heutige Siegprämie und schaffen es tatsächlich, den hauchdünnen Vorsprung über die reguläre Spielzeit zu retten.

Noch drei Minuten Nachspielzeit zeigt die Leuchttafel neben dem Spielfeldrand an.

In Ermangelung weiterer Nagelhaut-Bestände an meinen Fingern, beginne ich, die Fransen meines Fanschals einzuspeicheln und zu kauen.

Der Übermut kehrt in die Cannstatter Kurve zurück und wir beginnen lautstark Richtung Bremer Block zu schreien: „Ihr könnt nach Hause fahren“ und „Gegen Stuttgart kann man mal verlieren!“

In Kürze verliere ich zeitgleich sowohl meine Fassung als auch meine Nerven und kann mir beides wieder mühsam über eine Lebend-Organspende zurückkaufen, wenn der Schiedsrichter nicht bald seine Pfeife nimmt und das Spiel beendet.

Jetzt ordnet dieser Sadist auch noch einen Freistoß für die Bremer an. Kann eigentlich niemand Rücksicht auf mein angeschlagenes Nervenkostüm nehmen und den Schiedsrichter einfach umhauen?

Vergeblich schaue ich mich nach Heimo um, der wäre in seinem Trunkenheitszustand prädestiniert für solche Spezialaufträge, aber er hat sich vermutlich so abgeschossen, dass er gar nicht mehr in unserer Sitzreihe aufgetaucht ist.

Falscher Gedanke, denn von der gegenüberliegenden großen Anzeigentafel grinst Heimo dümmlich zu uns herunter. Er hat es geschafft, sich bis zur Stuttgarter Bank durchzukämpfen und klatscht soeben Huub Stevens ab, der ihn verdutzt anschaut, bevor Heimo von mehreren Sicherheitskräften abgeführt wird.

Der Schiedsrichter gibt den Ball frei und die Bremer versuchen noch einen Riesentrick, indem sie den Freistoß pfeilschnell ausführen, bevor sich die Stuttgarter Abwehr formiert hat, aber – herrlich anzusehen – zu viel Hektik wird nicht belohnt und der Ball geht weit in den Stuttgarter Abendhimmel hinein.

„So ein Tag, so wunderschön wie heute."

Das gesamte Stadion singt und ich fühle mich mit dem Heimsieg, als ob ich einen oralen und vaginalen Orgasmus parallel erleben durfte – Gefühle, wie sie nur das weibliche Geschlecht nachempfinden kann.

Aber Fußball ist halt überwiegend auch ein Frauensport.

„Peri, aufwachen und unverzüglich aufstehen, du willst doch heute zum Flohmarkt gehen."

„Häh, was stört mich hier in meinem wunderbaren Schönheitsschlaf?", fahre ich erschreckt aus den Tiefen meiner Kopfkissen nach oben.

Völlig irritiert blicke ich um mich, suche nach Heimo und weiteren Fußballkumpels, aber es wird mir relativ schnell klar, dass ich soeben aus einem unwahrscheinlich schönen, aber leider auch völlig unrealistischen Traum aufgeschreckt wurde.

Mist, und das gleich in doppelter Ausführung.

Ich verkrieche mich erneut in meine kunstvoll aufgetürmte Kissen-Bettdecken-Situation. Als Betreiberin der Homepage „Müde-am-Morgen.de", kann ich beim besten Willen noch nicht meinen schlaffen Körper aus der wunderbar kuschligen Schlafzimmer-Umgebung in die böse Welt des

Aufstehens schicken.

„Noch zwei Minuten nachschlummern, ich bin noch etwas bunga-bunga unter der Schädeldecke“, versuche ich in die leider erfolglosen Verhandlungen mit meinem strengen Bettnachbarn einzusteigen, der mir als einzige Antwort wortlos und mit einem energischen Ruck meine Decke samt Kissen und Schmusetier entzieht.

„Du musst noch deine Kostbarkeiten, mit denen du später wieder deine Kunden auf dem Flohmarkt begeistern willst, ins Auto einladen. Gewisse Restaurierungsbemühungen für eine halbwegs erträgliche B-Note würde ich bei deinem verschlafenen Aussehen ehrlich gesagt auch in Betracht ziehen“, erreicht mich die Charmeoffensive meines Gatten.

„Ich mach Bubu, was machst du?“, mittels verwegener Gesänge versuche ich noch etwas Zeit zu schinden, was mir aber null und nichtig gelingt, denn als Antwort landet ein klitschnasses Handtuch auf meinem kunstvoll drapierten Körper.

Brummelnd entsteige ich den warmen Federn und schlurfe ins Badezimmer, das feuchte Wurfgeschoss wie ehemals Linus seine Schmusedecke hinter sich herziehend.

Eine halbe Stunde später bin ich glücklicherweise zumindest grundgereinigt und in Ermangelung eines Duschvorganges wenigstens ausreichend parfümiert. Für einen erfolgreichen Flohmarkt Verkauf darf man eh nicht zu perfekt gestylt sein, das schreckt die potentiellen Kunden ab.

Ich lade diverse Kisten, Körbe, Vesperboxen, Tüten und meine Tapeziertische samt Garderobenständer in das Auto, hole meine heutige Flohmarktbesatzung Carlotta, Rita und Jamila zu Hause ab und wir cruisen mit lauten Gesängen und bester Laune zu unserem heutigen Verkaufsevent.

Jamila desinfiziert nach unserer Ankunft zuerst sowohl ihre Hände als auch ihre Geld-Dose. Als ausgebildete Hypochonderin ist es ihr besonders wichtig, dass sie bei größeren Menschenansammlungen vollständig keimfrei auftreten kann.

Prompt fragt sie während unseres Standaufbaus bei Carlotta nach, ob die Prosecco-Gläser, die Rita zusammen mit einer Flasche Prickelgetränk als allerererstes aus ihren Kisten zaubert, auch sorgfältig gespült seien.

„Mensch Jamila", sage ich kopfschüttelnd, „du interessierst dich in deinem Gesundheits- und Desinfektionshype garantiert auch für die medizinischen Hintergründe, wenn in Havanna jemand an Augenbrauen-Entzündung erkrankt ist und ob diese Art von Gebrechen eventuell durch mangelnde Körperhygiene hervorgerufen werden kann."

Während meine Verkaufskolleginnen auf einen erfolgreichen Markttag anstoßen, verkaufe ich bereits den ersten Elektroartikel direkt aus dem Kofferraum heraus, was mir natürlich sofort ein euphorisches Vertriebsgefühl verschafft.

Beim Aufbau unseres Standes achten wir penibel darauf, dass er der Struktur eines Warenhauses recht ähnlich wird.

Wir beginnen von rechts mit der Kleider- und Schuhabteilung, platzieren mittig die gebrauchte Unterwäsche, die sich übrigens zu unserem Erstaunen auch an Frauen immer bestens absetzen lässt, vollenden nach links unser reichhaltiges Angebot an Haushaltswaren und unsere Elektronikabteilung.

Carlotta versucht zwischenzeitlich einer kopfbetuchten Käuferin zu erklären, dass die alten Handtücher, die diese in den Händen hält, eigentlich als Verpackungsmaterial dienen, gibt aber dem eifrigen Drängen der Kundin nach und verkauft ihr die verdreckten Handtücher für leidige zwei Euros.

„Nicht diskutieren, sondern Preis nennen", kläre ich Carlotta mit wissendem Blick auf.

Manchmal denke ich, wir könnten auch unseren Biomüll mitbringen und er würde dankbare Abnehmer finden. Dann müssten unsere Kunden zuhause nicht extra Dschungelsendungen schauen, sondern könnten diverse Ekelprüfungen live und in Farbe selbst erleben.

„Oh je, oh je, heute haben wieder der Zoo und der Zirkus gemeinsam Ausgang", stelle ich beim Blick auf die ersten Flohmarkt-Besucher fest.

„Stimmt, da könnten bei manchen Familien die Herren Zwegat und Raach, sowie die Super Nanny gleichzeitig vorbei geschickt werden, damit diese mal kräftig nach dem Rechten sehen", stimmt mir Carlotta kopfschüttelnd zu.

Rita drapiert derweil die international geachtete Sammlung von John-Sinclair-Heften ihres Herzblattes Clemens äußerst kundenwirksam, was sofort mehrere Interessenten anlockt.

Jeder der drei Kaufwilligen könnte sofort als Hauptdarsteller bei Bing-Bang-Theory mitspielen, denn wer John-Sinclair-Hefte liebt, hat im Normalfall auch eine mehrjährige Nerd-Fortbildung absolviert.

Lady Rita verhandelt geschickt, spielt herzlos einen der Sammler gegen den anderen aus und schwenkt einige Minuten später freudestrahlend einen 50-Euro-Schein, was ihr zu recht tosenden Applaus von den restlichen Standteilnehmerinnen einbringt.

So schnell ist ein Lebenswerk verkauft.

Natürlich setzt Rita noch einen drauf und sagt zum Käufer der Hefte: „Kunden, welche sich für diesen Artikel interessiert haben, haben bei mir auch schon von diesen wunderbaren Hemden gekauft."

Ich muss mich zur Seite drehen, damit der völlig in Ritas Bann gezogene Flohmarkt-Junkie nicht mein breites Grinsen im Gesicht sieht.

Jamila hat heute eine Mikrowelle – geschätztes Gewicht achtzehnkommafünf Kilogramm – als Eyecatcher dabei.

Wir drapieren das riesige Ungetüm kundenwirksam auf einer umgedrehten Plastikkiste und unverzüglich kommt der erste Vietnamese vom Nachbarstand und erkundigt sich nach dem Preis.

„Peri, das ist ein Zwischenhändler, der verkauft das Teil an seinem eigenen Stand wieder weiter", flüstert mir Jamila entgeistert zu.

„Ja und, wo ist dabei das Problem", frage ich meine leicht kompliziert denkende Freundin entgeistert.

„Du weißt doch, dass die Asiaten selten selbst etwas erfinden und das ist auf dem Flohmarkt auch nicht anders als in der freien Wirtschaft, nur dass du für dieses scheißschwere Mikrowellenteil noch nicht mal eine Ausfuhrerklärung ausfüllen musst, wenn du es ihm verkaufst."

Mit viel strategischer Improvisation und einem tiefen Schluck aus dem Geduldskelch überzeuge ich Jamila, ihren ersten Verkaufserfolg einzuholen und acht Euro einzunehmen. Kurz darauf schmückt ihr Elektronikungetüm am Stand schräg gegenüber ein Schild „Miklowelle nein Eulo". So funktioniert Wirtschaft, meine Lieben!

„Achtung aufgepasst und in Stellung gebracht, die russische Abordnung ist im Anmarsch", ruft Carlotta aus der Haushaltswaren-Abteilung zu uns herüber.

„Drei bitte Elf", entgegnet Rita lachend und ich schaufle schnell noch ein paar schreckliche Mitbringsel der polnischen Mieter meiner Eltern auf unseren Verkaufstisch, für die sich üblicherweise unsere russischen Kunden im Rahmen ihres Gesamt-Shopping-Erlebnisses erwärmen können.

„Wart ihr auch vergangene Woche brav im Toleranz-Trainingslager und seid auf das vorbereitet, was euch jetzt erwartet?", versuche ich meine Mitstreiterinnen nochmals eingehend einzustimmen.

„Russische Käuferinnen sind in der Modeabteilung äußerst anspruchsvoll und checken als erstes die Etiketten unserer Ware, ob sich lohnenswerte Markenprodukte darunter befinden. Wenn sie sich entschieden haben, kaufen sie wiederum gerne en bloc und verhandeln einen für sie günstigen Gesamtpreis", doziere ich aus meinem reichen Erfahrungsschatz.

Eine der sich nähernden Kundinnen kommt mir bekannt vor, ich meine mich zu erinnern, sie kürzlich beim Kauf diverser Backwaren als Verkäuferin erlebt zu haben.

Ich konzentriere mich und versuche, mir das Bäckerei-Szenario von vergangener Woche wieder in Erinnerung zu rufen:

„Wellen Sie Katzenbrot“, nuschelte sie mir nach meiner Bestellung entgegen.

„Wie bitte?“

„Nein, ich hätte gerne zwei Brezeln und ein Bio-Saatenbrot“, entgegnete ich.

„Njein, ich meente doch, ob sie Katzenbrot weeeellen“, kam nochmals die dringliche Anfrage der kyrillischen Fachverkäuferin, als sie meine Ware einpackte.

„Ah, Sie meinen, ob ich den Kassenbon benötige“, fiel bei mir Groschen und ich verneinte dies.

„Hoffentlich kauft mir diese stark geschminkte Tonne in ihrem grässlichen kreisch-türkis-farbigen Fetzen einige meiner Ladenhüter ab“, denke ich und platziere flink diverse Oberteile aus der Kategorie „Eigentlich nicht tragbare Farben und Schnitte“ publikumswirksam auf unserem Kleiderständer.

Carlotta denkt mit und legt einige Lidschatten, die in der Farbgebung an überfahrene Maulwürfe erinnern, sowie hämatom-farbige Unterwäsche parat und wir setzen unser freundlichstes Lächeln zum Empfang der russischen Föderation auf.

Keine drei Minuten später sieht unser bisher adrett aufgebautes Warensortiment aus, als ob darin eine Sojus-Trägerrakete beim Start explodiert ist, dafür legt mir Ludmilla schon mal vier Teile in den Arm, um sie für sich zu reservieren.

„Habt ihrrr Umkleidekabine?“, wird Rita von Katharina, der Doofen, gefragt als diese vergeblich versucht, eine Seidenbluse über ihrem Übergangsmantel anzuprobieren.

„Selbstverständlich“, murmle ich süffisant, „und ein Kartenlesegerät haben wir natürlich auch dabei, falls die Damen nicht über genügend Bargeld verfügen.“

„Contenance behalten und hohe Kundenzufriedenheit generieren“, flüstert mir mein innerer Verkaufs-Coach besänftigend zu.

„Kann ich Hantdasch im Schpieggel angucken?“, frägt die voluminöse Bäckereifachverkäuferin und schwenkt ihr Beutestück so rabiat, dass sie fast eine ihrer Mitkäuferinnen erschlägt, die sich soeben mit ihrer ausladenden Oberweite weit über unseren Tapeziertisch beugt und sich dabei bis zu den Ohren in unsere Dessous-Wühltheke stürzt.

„Spiegel, Spiegel, äh Sie können sich gerne im Außenspiegel unseres Wagens betrachten, wenn Ihnen dieses bei der Kaufentscheidung weiterhilft“, stammelt Jamila, mit der Situation sichtlich überfordert.

„Wie kann es bei einer Handtasche für 3 Euro interessieren, ob sich diese elegant an den Körper schmiegt?“, raunt mir Carlotta entgeistert zu.

„Und außerdem verkaufe ich ihr gleich noch die mit Speiseresten gefüllten Taschen an meinen Backenzähnen mit, wenn sie so große Begeisterung für unser Taschenangebot mitbringt."

Ich werde vom fassungslosen Betrachten der russischen Furien abgelenkt, denn ein älterer Mann begehrt einen Blick auf das von mir angebotene Bayern München-Quartett zu werfen.

„Darf ich die Karten durchsortieren, ob sie vollständig sind", fragt er schüchtern.

Aber sicher darf er das.

Warum es bei einem Kaufpreis von einem Euro auf die absolute Vollständigkeit ankommt, erschließt sich mir nicht ganz, aber selbstverständlich will ich ernsthaften Kaufinteressenten keinesfalls im Weg stehen.

Der Mann stellt sich ans untere Ende unseres Standes und beginnt in Seelenruhe, die Spielkarten zu sortieren.

Gut, wenn man so viel Geduld und Zeit hat….

Was von unserem osteuropäischen Geschwader nicht behauptet werden kann.

Inzwischen haben wir die Bedienung der Russinnen etwas koordiniert und straffer organisiert: Jamila nimmt die Kleidungsstücke entgegen, die bei den Damen Gefallen finden, Carlotta verhandelt mit der Rädelsführerin den jeweiligen Gesamtpreis, notiert fortlaufend die bisher generierten Beträge und Rita beginnt schon mal mehrere, gebrauchte Plastiktüten mit den bisher erstandenen Waren zu füllen.

Wir beschließen, den zum Schluss ermittelten Betrag gerechterweise einfach durch vier zu teilen, da bei dem Kaufrausch von Natascha, Ludmilla, Katharina und Co. keiner mehr durchblickt, aus welchem Kleiderschrank die jeweiligen Teile stammen.

Ich versuche den Gesamtüberblick zu behalten, verkaufe zwischendurch eine grässliche Glas-Gans an zwei sympathische ältere Damen, zur Erweiterung deren international beachteter Gänse-Sammlung, bestätige den beiden nochmals, dass es sich um ein ‚gans'-seltenes Objekt handelt und stecke meine zwei Euro Verkaufserlös ein.

Sofort danach erwirbt ein Mittvierziger in durchaus seriöser Kleidung meinen alten, versifften Putzeimer.

Kaufpreis: 1 ehrlicher Euro.

Vom Nachbarstand ruft es herüber, ob wir wohl unsere Ware mit Lockstoffen eingesprüht haben, da unser Stand offensichtlich den meisten Zulauf hat.

Die meisten von uns sind heute Vormittag geduscht aus dem Haus, das dürfte als Anlockung genügen.

„Schaut mal, da drüben schleicht Valerie durch die Standreihen. Sie prahlt doch immer damit, dass sie in den teuersten Boutiquen der Stadt einkauft und jetzt wissen wir auch, woher sie tatsächlich immer ihre Klamotten hat", lästert Rita beim Anblick der suchend um sich blickenden und bereits mit mehreren Taschen beladenen Arbeitskollegin.

„Vintage nennt man das, trägt Kate Most auch immer", entgegnet Jamila ihr schlagfertig.

Ein Kunde interessiert sich für das alte Handy meines Vaters und fragt mich, ob ich ihm dafür auch eine SIM-Karte veräußern kann.

„Hallo, bin ich ein Elektro-Fachgeschäft oder

sollten wir demnächst zusätzlich Garantieverlängerungen für technische Geräte mitverkaufen?“, frage ich mich selbst und erkläre dem Herrn geduldig, wo er das restliche Zubehör für seine Neuerwerbung erhält.

Bei der Preisverhandlung beginne ich bei sieben Euro, werde mit vier Euro ausgebremst, verpacke das gute Stück danach zufrieden für 5,50 Euro und überreiche es mit einer nochmaligen Bestätigung zum qualitativ hochwertigen Kauf an meinen zufriedenen Telefon-Kunden.

„Fräulein, könnten sie kurz zu mir kommen“, ruft der Sortierer meines Bayern München-Quartetts.

„Oh je, er hat festgestellt, dass ich die Schweinsteiger-Karte gezinkt habe“, flüstere ich im Vorbeigehen Rita zu.

„Fräulein, hier fehlt der Würfel“, kommt die Kundenbeschwerde bei mir an.

„Ja, diesen können sie doch aber mit jedem beliebigen Würfel ersetzen“, entgegne ich entgeistert über so viel kompliziertes Denken.

Er gehört definitiv zu der Kategorie Menschen, die sich vor dem Erwerb eines Produktes stundenlang einlesen und heimlich für die Stiftung Warentest recherchieren.

„Nein Fräulein, das verstehen sie nicht. Meine Enkel würden sofort merken, dass kein spezieller Bayern München-Würfel dabei ist.“

Ich hätte ihm das Spiel auch für fünfzig Cent mitgegeben, vor allem nachdem er es jetzt fast eine halbe Stunde geduldig sortiert hat, aber wenn natürlich der unersetzliche FCB-Würfel stiften gegangen ist, kommen wir leider nicht ins Geschäft.

„Vielleicht alternativ dann ein KSC-Trikot für die Enkel“, versuche ich aus dem Kontakt doch noch einen Kontrakt zu erarbeiten und schwenke mit spitzen Fingern ein blau-weißes Fußball-Trikot aus unserer gut bestückten Sport-Abteilung. Leider sind die Würfel gefallen und der nette Herr verlässt unseren Stand wieder, ohne etwas erworben zu haben.

Was man von unserem russischen Einkaufsverbund glücklicherweise nicht behaupten muss, denn Carlotta bittet mich, die Gesamtrechnung der Damen zusammenzustellen. Sie müsste dringend nach ihrem Gatten Sam Ausschau halten, der sich mit einer Fuhre Elektroartikel angekündigt hat und in den nächsten Minuten an unserem Standplatz eintreffen wird.

Flink ermittle ich die Gesamtsumme für unsere kauffreudigen Russinnen, gewähre darauf selbstverständlich einen nicht unerheblichen Stammkundenrabatt und wir überreichen den Shopping-Queens ihre neun, prall gefüllten Einkaufstüten, mit denen sie von dannen ziehen.

„Hilfe, hier sieht es ja aus wie nach dem Winterschlussverkauf, ich muss erst Mal Ordnung schaffen“, stellt Rita mit entsetztem Blick auf unsere völlig durchwühlte Bekleidungsabteilung fest.

„Aber das hat sich ja wirklich gelohnt“, kommt meine zufriedene Antwort beim Nachzählen der Geldscheine, die wir von der Sowjetfraktion erhalten haben.

„Keine Spur von Kaufkraftverlust oder ähnlichen Wirtschaftskrisen“, kommentiert Jamila fachmännisch, während sie versucht, dem Chaos auf dem Kleiderständer wieder etwas Herr zu werden.

„Beim nächsten Flohmarkt bieten wir noch Kaffee und Kuchen oder noch besser Häppchen und Sekt an, das wirkt bestimmt nochmals deutlich verkaufsfördernder“, überschlägt sich Carlotta mit genialen Marketing-Strategien.

Ich schlendere derweil zum Verpflegungszelt und belohne mich für unsere positive monetäre Zwischenbilanz mit einem kleinen Snack.

Mit quietschenden Reifen fährt Sam samt Anhänger am Auto neben unser Second-Hand-Kaufhaus.

Sofort strömen aus allen Ecken des großen Platzes Abordnungen des Y-Chromosom-Stammes. Das Leuchten in ihren Augen zeigt, dass sie sich bei Sams Lieferung größere Bestände an Männerspielzeugen erhoffen.

Er enttäuscht sie nicht.

Theatralisch öffnet Sam die Plane seines Anhängers, als ob es sich um einen Theatervorhang handelt und gibt den Blick frei auf Motorsägen, Rasenmäher und verschiedene Unterhaltungselektronik.

Begeistertes Männerkreischen ist die Antwort auf seine Vorführung.

Vom Geschrei angelockt, muss ich mir die Szene doch kurz aus der Nähe anschauen.

Carlotta steht neben mir und schüttelt fassungslos den Kopf.

„Da soll nochmals einer behaupten, dass nur

Frauen begeisterungsfähig sind, sobald es etwas zum Kaufen gibt. Das hier übersteigt völlig mein Vorstellungsvermögen."

„Schau mal, wie sich die beiden Herren da vorne um die elektrische Gartenschere streiten. Ich glaube, hier findet noch ein größeres Gemetzel statt."

„Hmmm, lecker, wie sich die feine Note des Weizenbrötchens mit dem derben Charme des Schweinedarms vermischt und eine köstliche Symbiose eingeht", schmatze ich hinter meiner Serviette hervor.

„Ach Mensch Peri, kannst du eigentlich auch ein Paar Saitenwürste essen, ohne daraus ein Event zu machen?", kommentiert Rita meine kulinarischen Abhandlungen kopfschüttelnd.

„Erzählt es nicht meinem vegetarischen Ehemann, dass ich mich an Fleisch gelabt habe. Obwohl, ich könnte ja berichten, dass das Schwein tot gestreichelt wurde und daher die Würstchen so herrlich zart geschmeckt haben", überschlage ich mich wieder mit irren Ideen zur Verteidigung meiner Vesper-Leidenschaft.

Mir sitzt der Schalk im Nacken, er sollte wohl dringend wieder herausmassiert werden.

„Oh, Sam hat soeben unseren uralten Fernseher mit Rückprojektionstechnik an den Türken da drüben verkauft, er winkt mit einem 100 €-Schein. Respekt, hätte ich nicht gedacht, dass so ein altes Teil noch eine solche erkleckliche Summe einbringt", bemerkt Carlotta mit beeindrucktem Gesichtsausdruck.

Der türkische Käufer lädt das Heimkino, das die

Dimension einer deutschen Standardgarage besitzt, unter Ächzen in den Kofferraum seines auf hässlich getunten BMW und fährt mit quietschenden Reifen davon.

„Oh Mädels, ich bin so vollgegessen, könnte ich mich für einen kurzen Moment ins Auto legen und einen Mittagsschlaf halten? Mein Stoffwechsel ist so träge wie ein geschmolzener Raclette-Käse“, jammere ich meinen Freundinnen vor.

„Peri, das kommt davon, weil du von 24 möglichen Stunden am Tag ungefähr 18 davon mit Essen verbringst“, neckt mich Carlotta und geleitet mich zu meiner Mittagsruhestätte. Dann eilt sie wieder an unseren Verkaufsstand zurück.

Doch das herrliche Power-Napping währt nicht wirklich lange, denn ich werde praktisch sofort nach dem Einschlafen von einem lauten Radau und Rabatz wieder geweckt.

Ein getunter BMW rast mit großem Getöse auf den Platz neben uns zu und vollführt eine Vollbremsung.

Ich strecke den Kopf aus der hinteren Autotüre und nehme lautes Geschrei in Sam‘s Elektronikfachmarkt wahr.

Aufgebracht und wild gestikulierend steigt der türkische Fernsehkäufer aus seiner Prachtkutsche aus und rennt direkt auf Sam zu, der sich aktuell in einem Beratungsgespräch für einen Rasen-Vertikutierer befindet.

Interessiert betrachten wir die Vorstellung des türkischen Nationaltheaters auf zwei Beinen, das sich uns live und in Farbe präsentiert.

Eilig veräußere ich noch eine Geflügelschere, eine gebrauchte Seife und eine Sonnenbrille aus der 1989-Kollektion meiner Schwester, bevor ich mich auch zu dem Gezeter geselle.

„Nein, ich nehme den Fernseher nicht mehr zurück. Die Flohmarkt-Gesetze gelten ‚gekauft wie gesehen' und da es sich nicht um beschädigte Ware handelt, habe ich keine Veranlassung auf Wandelung des Kaufvertrages", klärt Sam seinen Medienkäufer auf.

„Respekt", denke ich, „so muss man mit unverschämten Kunden umgehen, das merke ich mir für meine Finanzierungsgespräche."

Der Türke flucht und schreit, was wiederum größere Mengen an neugierigen Schaulustigen anzieht.

„Flink, nochmals Ware aus den Kisten auf den Tisch platzieren", rufe ich meinen Freundinnen zu, „wir müssen diesen Menschenauflauf für unsere Zwecke nutzen."

Zügig packen wir unsere Ladenhüter wie Butterdosen aus Glas, eine Zusammenstellung von Eierbechern in Entenform sowie selbst gehäkelte Tischdecken aus dem Bestand von Ritas vor 17 Jahren verstorbener Oma auf unseren Verkaufsstand und drapieren diese in ansprechender Weise.

Hätten wir noch Restposten von eingefrorener Zigarettenasche oder gebrauchtem Toilettenpapier, hätten wir diese just in dem Moment auch dazu gestellt.

Sam diskutiert intensiv mit seinem unwilligen Fernseher-Käufer. Dieser zetert, tobt, beschwört sämtliche orientalische Rachegötter und stößt bösartige Schmähungen aus.

Ich bin fast versucht, ihm die schweißgetränkten Knieschützer aus der aktiven Volleyball-Ära meines Ehemannes zu bringen, denn ich befürchte, dass sich in Kürze seine Knie in bittender Stellung auf dem harten Asphalt wiederfinden.

Carlotta zupft ihren Gatten am Ärmel und bittet ihn, die Flimmerkiste wieder zurückzunehmen.

„Nix da", bleibt Sam hartnäckig, „vermutlich hat ihn seine Frau zuhause gebürstet, da die Mattscheibe farblich nicht zu den Vorhängen passt, aber das kann nicht unser Problem sein."

Carlotta erbleicht und wendet sich ängstlich ab als der unzufriedene Käufer beginnt, sie und ihre sämtlichen Nachkommen auf ewig zu verfluchen.

Herrlich, diese Vorführung. Wir können uns vor Kaufinteressenten nicht mehr retten und es gelingt uns mehrere, unsinnige Dinge wie eine ausgeleierte Sprunggelenkbandage und zwei eingerissene Seidenstrumpfhosen aus unserem Warenbestand in die Hände von Kunden zu übergeben.

„Peri", flüstert mir Jamila zu, „Peri, ich muss mal zur Toilette, aber hier gibt es ja gar keine, was soll ich tun? Und du weißt ja, ich kämpfe eh ständig mit Blasenentzündungen, ich sollte es nicht verheben."

„Ach, das ist gar kein Problem", beruhige ich meine bereits mit sehr verkniffenem Gesichtsausdruck ausgestattete Mitverkäuferin.

„Mädels, bitte mal alle herkommen. Wir bilden einen Kreis um Jamila, damit sie Pipi machen kann“, ordne ich resolut an.

Gesagt – getan.

Wir sehen zwar dabei aus, als ob wir normannische Kreistänze aufführen wollten, aber der Anblick von Jamilas entspannten Gesichtszügen als sie wieder aus unserer Mitte heraustritt entschädigt für alle Peinlichkeiten.

Inzwischen hat der türkische Krawallbruder aufgrund Sam`s stoischer Hartnäckigkeit resigniert und springt mit Anlauf in seine Rostlaube. Kurz befürchten wir, dass er Sam über den Haufen fahren wird, der sich aber mit einem mutigen Sprung in seinen PKW-Anhänger rettet.

Schnell bilden wir ein kurzes Cheerleader-Spalier und winken dem, nicht von hundertprozentiger Kundenzufriedenheit geprägten, Flimmerkisten-Transport mit unseren Häkeldecken hinterher.

Carlotta wischt sich den Angstschweiß aus den Achselhöhlen und verlangt sowohl nach einer Zigarette als auch nach einem großen Schluck Prosecco, um den Schreck dieser übel stressigen B2B-Begegnung hinunterzuspülen.

„Meine Güte, ich werde nie mehr in die Türkei in den Urlaub reisen und schicke anonym dem türkischen Konsulat die Gebrauchsanweisung für den Fernseher zu, damit sie diese an den Typen weiterleiten“, stammelt eine sichtlich konfuse Carlotta.

„Auf geht`s Mädels, zum Endspurt! Wir bieten ab jetzt Schnäppchenpreise für unsere restlichen Waren an, das löst sofortige Glücksgefühle bei unseren Kunden aus. Ich denke, so können wir noch einige Ramschware an den Mann oder die

Frau bringen", bringt Rita uns nochmals in Verkäuferlaune.

Dank des herrlichen Herbstwetters – wann gab es im Oktober schon mal so einen September – sind unsere Kunden in beschwingter Kauflaune.

Ich berate dienstleistungsorientiert einen noch zögerlichen Mittfünfziger beim Kauf von Clemens´ abgelegten Geschäftsanzügen, stöbere für ihn aus den Tiefen von ca. 20 Halstüchern ergänzend eine passende Krawatte dazu raus und bestätige ihm mit meinem seriösesten Gesichtsausdruck darin, dass er problemlos in Konfektionsgröße 48 passt.

Parallel doziere ich über den Grenznutzen des ihm noch zusätzlich offerierten Hemdes. Sein Gesichtsausdruck wechselt von verwirrt zu begeistert über so viel volkswirtschaftliches Fachwissen.

Vorsichtshalber verkaufe ich ihm zusätzlich noch ein Sprungseil und eine Gymnastikmatte, damit die Anzüge in Bälde auch ganz sicher perfekt sitzen.

„Peri, du würdest es auch bewerkstelligt bekommen, an manische Käufer eine Depression zu verkaufen", ernte ich von Jamila ein respektvolles Lob für meine Vertriebserfolge.

In unseren Gelddosen und -beuteln klimpert und raschelt es in herrlichen Tonlagen, daher beschließen wir, ein Schild „Wegen Reichtum geschlossen" aufzuhängen.

„Liebe Kameradinnen der gebrauchten Ware, wir beenden den heutigen verkaufsoffenen Samstag äußerst erfolgreich und räumen jetzt zusammen. Danach steht gemeinsames Leeren der angebrochenen Prosecco-Flaschen und Vernichten der Nikotin-Vorräte auf dem Plan, bevor wir wieder an der Oberfläche des wirklichen Lebens ankommen", kommt meine gut durchdachte Anweisung an das inzwischen doch leicht erschöpft wirkende Verkaufspersonal unseres Second-Hand-Palastes.

„Vielleicht flitze ich ganz kurz in die Innenstadt rein und schaue, ob der Schuhdealer meines Vertrauens die Booties noch im Schaufenster hat, die ich vergangene Woche entdeckt habe", sinniert Carlotta angesichts der prallen Geldbörse.

Und ich fahre schnell im Supermarkt vorbei und investiere meinen Nettoerlös in unsere Wochenendeinkäufe. Ich liebe es, wenn die Kassiererin mich beim Bezahlen der Lebensmittel-Rechnung in Höhe von 78 Euro mit 1-Euro-Münzen entgeistert anschaut, als ob ich Automaten-Spielerin wäre.

Oder ich kaufe mir einen neuen VfB-Schal.

Den dritten dieses Jahr.

Die anderen beiden packe ich in meine Flohmarkt-Kiste.

Das Leben ist ein ewiger Kreislauf.

Kinderspiel

„Oma Locke, ich glaube Lotta benötigt eine frische Windel“, ruft meine älteste Enkelin Annika aus ihrem Zimmer.

„Mir wäre es lieber, sie hätte die Haare schön“, rufe ich zurück.

Autsch, pädagogisch wieder komplett in die falsche Kiste gegriffen.

Sofa, so good, ich mache mich auf, um Lotta von der Ladung Giraffen-Dung in ihrer Hose zu befreien.

Der klassische Boretsch-Windel-Komplex, ein direkter Nachfahre des Baader-Meinhof-Komplexes überfällt mich.

Ich kann es mir einfach nicht merken, wie die Windel befestigt werden muss.

Die Elefanten gehören auf die Vorderseite und die kleinen Affen müssen ihr Unwesen hinten auf dem Kinderpopo treiben, oder andersrum?

Verzweifelt versuche ich mich zu erinnern, in welcher Anordnung die aufgedruckten Tiere den Unterleib von Lotta umschließen müssen, damit auch garantiert nichts aus der Hose geht.

Egal, denke ich, solange die Klebestreifen sich irgendwo in Bauchhöhe befinden, liege ich mit meiner Windeltechnik nicht so wirklich verkehrt.

Eine kurze Anleitung auf Muh-tube wäre in diesem Fall nicht so schlecht oder man könnte das Thema bei einer Art Sendung-mit-der-Maus für Erwachsene darstellen.

Was soll‘s, ich befestige links und rechts nochmals zwei Tesafilm-Streifen, um ganz auf Nummer sicher zu gehen und schon sitzt die Windel wie angegossen.

Echt blöd, wenn die Kinder mit Vornamen Paten-, Stief-, Schwieger-, und Enkel-, heißen, da fehlt natürlich die jahrelange Erfahrung und Übung mit solch schwierigen Gewerken.

Andererseits bewundern mich meine Freundinnen immer und äußern sich dahingehend: „Peri, Respekt, du hast es geschafft, dir ganz ohne Schwangerschaftsstreifen und ohne sowohl pre- als auch postnataler Depression einen kompletten Stall kinderähnlichen Materials anzuschaffen.“

„Oma, kannst du mir beim Ausschneiden helfen?“, kommt die eindringliche Aufforderung aus Annikas Richtung.

„Mist, ich bin doch Bastel- und Zeichenlegasthenikerin, wie komme ich aus der Nummer wieder raus?“, denke ich beim Hochziehen von Lottas Strumpfhose.

„Weißt du Annika, die Oma hat doch mal für dich ein Krokodil gezeichnet, und der Opa hat danach gefragt, wer diese Essiggurke auf Papier verewigt hat. Daher wäre es vielleicht besser, wenn die Oma die Finger von solchen Dingen lässt. Ich kann aber mit dir heute Nachmittag zum Reiten gehen“, versuche ich, mich durch ein cleveres Ablenkungsmanöver aus der Bastelsituation zu entwinden.

„Oder wir legen eine Runde Tierkinder Memory ein, da könnt ihr die Oma wieder lässig an die Wand spielen.“

Jubel vom Kinderzimmer-Publikum.

Ob dies so ein cleverer Vorschlag war?

Eigentlich ist es ja deutlich einfacher, die Funktionsweise einer Lithium-Nickel-Batterie zu verstehen als gegen drei- und sechsjährige Kids bei Memory zu gewinnen. Aber egal, Hauptsache ich komme nicht in die Verlegenheit und muss mit Schere und Klebstoff hantieren.

„Omaaahaaa“, beginnt Annika einen nochmaligen Anlauf zur Bastel-Performance.

„Weißt du Annika, du kannst auch mal einen Moment schweigen, du weißt es nur nicht“, schneide ich dem kleinen Quälgeist das Wort ab.

„Heute gab es wohl Worte bei Little im Sonderangebot und ihr habt euer gesamtes Taschengeld dafür verwendet, um dort einen Großeinkauf zu machen.“

Schweigen aus der Kinderecke.

Das Telefon klingelt, beim Blick auf das Display erschaudere ich, denn es handelt sich um einen Anruf aus dem ‚Haus der guten Wurst‘.

Uuuuhu, wenn ich diesen Anruf jetzt entgegen nehme, könnte es sich positiverweise um meine siebzehnteilige Dosenwurst Bestellung handeln. Ich könnte aber auch Pech haben und es ist der weibliche Teil der Hausbesatzung, der anruft.

Unser Nachbar stellt nämlich fantastische Büchsenwurst her. Diese Tatsache ist für mich als Vorstandsmitglied der ‚Deutschen Schwartenmagen Union' natürlich nicht uninteressant. Ich würde ihn gerne für die Verleihung des ‚Goldenen Porky', der höchsten Auszeichnung der Büchsenwurst-Innung vorschlagen Allerdings liebt es seine Gattin, regelmäßig mit mir zu telefonieren und zwar in der Endlosschleife.

Es ist die Gattin, die anruft.

Schnell reiche ich den Hörer an Annika weiter, verbinde ergänzend das tragbare Telefon zu einer Telefonkonferenz und überlasse Lotta zusätzlich ein Spielzeughandy, so können wir vier Mädels hüben wie drüben wunderbar miteinander kommunizieren.

Nachbarin Erika erklärt mir mal wieder – leider nicht mit wenigen Sätzen, sondern sehr ausschweifend – die Welt, sowohl von der Süd- als auch von der Nordhalbkugel aus betrachtet. Klärt mich über die neuesten Skandale aus der Nachbarschaft auf und vergisst selbstverständlich nicht, aus den heutigen Zeitungsbeilagen von sämtlichen Discountern zu zitieren.

Eine knappe halbe Stunde später habe ich das Gefühl, dass mir ein kleiner Mann in der Ohrmuschel sitzt, der verzweifelt den Ausgang aus meinem Gehörsystem sucht.

Ich versuche es mit der Klappentechnik, indem ich sowohl das linke als auch das rechte Ohr vollständig öffne, um dem Wortschwall einen gewissen Durchzug zu verschaffen, was mir leider nur teilweise gelingt.

Ich vermute sogar, Erika hat heute Nachmittag Buchstabensuppe gegessen. Diese stößt ihr jetzt laufend auf und sie weiß nicht, wohin mit den vielen Wörtern, daher werden sie mir zur Entsorgung übergeben.

Ein letztmaliges „Ja, Erika, aha, interessant" und dann gebe ich Lotta entnervt das verabredete Zeichen, damit sie auf Befehl laut in der Version „Heulsuse" zu weinen beginnen soll und ich mich zügig aus dem einseitigen Telefonat verabschieden kann.

Auf Lotta ist einfach Verlass, ihr gespieltes herzzerreißendes Schluchzen verhilft mir, den Ausgang aus der Telko zu finden.

„Puh, geschafft –was hat Erika jetzt eigentlich erzählt?", denke ich erschöpft.

Bis auf die Fragestellung, ob der Osterhase heterosexuell ist, haben wir eigentlich sämtliche Themen gestreift, diese halt leider nur aus ihrer Sicht.

Sofortige Belohnung für Lotta in Form einer Knuspereule – für Annika natürlich ebenfalls –, man muss sich ja mit seinen Geheimagenten gut stellen.

„Kinder, Oma muss schnell auf die Toilette. Legt schon mal die Memory-Kärtchen bereit, aber nicht schummeln", rufe ich den beiden Nachwuchs-Zockerinnen zu.

Kaum sitze ich auf der Toilettenschüssel, kommt schon die erste Besucherin zu mir herein und setzt sich mit einem Bilderbuch zu meinen Füßen.

Lotta liebt es, gemeinsame Klobesuche zu zelebrieren.

Als ich meine Hose hochziehe, schaut sie mich interessiert an und fragt: „Oma, kann ich deinen Schnurrbart da unten nochmals anschauen?“

Konsternierte Stille.

Also gut, das Thema Intimrasur könnte tatsächlich wieder mal ins Programm aufgenommen werden.

Wäre jetzt der perfekte Augenblick, um ein aufklärendes Gespräch mit ihr zu führen?

„Was es mit dem Schnurrbart auf sich hat, erklärt dir die Oma dann zusammen mit den Inhalten des Freihandelsabkommens mit der USA und dem Nutzen der Mehrwertsteueroption bei Geldmarktkrediten“, versuche ich mein Enkelkind abzulenken, was mir beim Anblick ihres irritierten Gesichtsausdrucks offensichtlich auch bestens gelingt.

Gemeinsam begeben wir uns in die Memory-Spielhölle und es beginnen die anstrengendsten fünfundvierzig Minuten meines heutigen Tages.

Es wird geschummelt, die Oma ausgetrickst und abgezockt was das Zeug hält.

„Wo ist der Pinguin?“, reklamiere ich aufgebracht.

„Er lag die ganze Zeit neben dem Kragenbär und schräg unterhalb des Kälbchens, also los, wo habt ihr Banditen ihn hin versteckt?“, versuche ich mit drohender Stimme meine Gegenspielerinnen zu fairem Spielverhalten anzuhalten.

Zwei arglose Pokerfaces blicken mich mit ausdruckslosen Gesichtszügen an, zucken mit den Schultern und schlürfen gelassen ihren Kakao.

Ich zetere und tobe, drohe mit Enterbung und

Zubereitung von Gemüse zum nächsten Mittagessen, aber kein Wort kommt über ihre Lippen, wo sich die Pinguinkarte seit Neuestem versteckt hält.

Einen kurzen Moment überlege ich, ob wohl irgendwo eine versteckte Kamera installiert ist, die mein ständig verdutzter werdendes Mienenspiel heimlich filmt.

Kann es sein, dass Minderjährige zu solchen Tricks fähig sind und mit unschuldiger Mimik ihre gutgläubige Oma siebzehnmal verlieren lassen?

Die eine Wanze lenkt mich ab, indem sie einen Kekskrümel-Hustenanfall vortäuscht und das andere Luder zinkt derweil die korrespondierenden Kartenpaare.

Taschendiebe sind wahrlich ehrliche Gesellen gegen die beiden.

Ich beschließe, dass für heute genug gemogelt wurde und rufe Mittagsruhe für die Jüngste und Vorlesen für die Ältere aus.

Oh, das hätte ich mal besser sein lassen sollen, denn ein Ablehnungsinferno bricht über mich und meine Ideen herein.

Ich versuche, mir bei meinem nicht begeisterten Publikum Gehör zu verschaffen und sage mit strenger Stimme: „Kinder, wenn ihr jetzt nicht gleich das tut, was die Oma sagt, dann geht es euch wie Tom!“

„Oma, wer ist Tom?“

„Tom ist das Kind, welches eure Eltern vor euch hatten…..“

Peng, das hat eingeschlagen.

Betretene Stille.

Lotta schnappt sich ihr Schmusetuch und trollt sich freiwillig Richtung Bett, Annika räumt stillschweigend unsere Spielkarten zusammen.

Eventuell sollte ich meine satirischen Verbalscherze nicht so freizügig zum Besten geben. Kinder sind doch vergleichbar mit linguistischen Schwämmen und saugen solche Äußerungen porentief ein.

Egal, der Trick scheint funktioniert zu haben.

Allerdings müssen wir noch eine kurze Umleitung durchs Badezimmer machen, um der Zahn-Fee Genüge zu tun.

Lotta will den Mund zum Zähneputzen nicht öffnen, schlürft dafür mal schnell die Zahnpasta-Tube in einem Schwung leer und praktiziert anschließend die beliebte Maulsperre.

Kein Problem, als frühere Reiterin kenne ich den Trick, wenn die Gäule die Trense nicht fassen wollen. Kurzer Griff in die Mundwinkel und schon kann Oma die Zahnbürste ansetzen.

Ätsch!!

Ich lege Lotta in ihr Bettchen und will gerade zum Absingen des Schlafliedes ansetzen, als mich ihre piepsige Stimme unterbricht:

„Oma, bitte nicht singen, Lotta schläft freiwillig ein."

Retourkutsche, ich habe verstanden.

Ich küsse die bereits geschlossenen Lider, atme tief den herrlichen Geruch nach Kleinkind-Eau de Toilette ein und kann mich bei so viel Geruchsparadies nicht beherrschen.

Schnell schlecke ich mit meiner Zunge über Lottas Wange und lasse so den Geschmack nach ihr langsam im Mund zergehen.

Leise schleiche ich mich aus dem Zimmer, schalte noch schnell die gelb leuchtende Schildkröte ein und höre bereits ein zartes Schnarchen aus der Schlafecke.

Da beglückwünsche ich mich selbst doch gerne zu meiner erfolgreichen Strategie und verspreche innerlich den beiden Miniknödeln, zukünftig solche frechen Scherze wie die Tom-Story aus dem Programm zu streichen.

Annika hilft mir, während Lottas Auszeit von der Bühnenpräsenz, etwas Ordnung in die Haushaltssituation zu bringen.

Beim Putzen sind tatsächlich kleine, zierliche Kinderhände unwahrscheinlich hilfreich, um in sämtliche Ritzen und Ecken zu gelangen. Ich finde diese Art von Kinderarbeit auch keinesfalls moralisch verwerflich.

Während ich rückwärts nass aus der Wohnung hinausfeudle, piepst mein Smartphone.

Ich checke kurz die eingehende Nachricht von Emilia.

„Peri, gehen wir später ins Fitnessstudio, mein Stoffwechsel ist heute so träge wie eine Nudel in fetter Gorgonzolasoße….“

Klar, machen wir das, und wenn es lediglich zur Gewissenberuhigung dient.

Einige Zeit später stehen eine schwer bepackte Oma mit Kinderwagen, Wickeltasche und Vesperbeutel bewaffnet sowie eine gutgelaunte, ausgeschlafene Lotta und eine aufgeregte Annika an der

Bushaltestelle, um zu einer kleinen Tour zu starten.

Lotta thront, vergleichbar mit dem Obermann in einem Rodel-Doppelsitzer leicht erhöht in ihrem Buggy, da ich insgesamt vier Taschen mit leeren Tupperschüsseln, Mützen, mehrere Spielzeugpferde und eine klitzekleine Playmobil-Auswahl unterzubringen hatte.

Anstatt eines Helmes trägt sie eine gehäkelte Mütze mit einer überdimensionierten Strickblume darauf, eine gewisse Ähnlichkeit mit einer Klopapierrolle ist nicht zu verleugnen, aber vermutlich wird sie nicht ausgerechnet auf dieser Busfahrt den Mann ihres Lebens kennenlernen.

Den findet sie bestimmt zwanzig Jahre später in irgendeiner Prominenten-Disco in München. Da lernt sie dann sicherlich genau die Typen kennen, die ihr das Rückwärts-Einparken mit ihren Übersee-Yachten beibringen und ihren Vater in den Wahnsinn treiben werden.

„Oma Locke, warum fahren wir nicht wie die anderen Menschen mit dem Auto?“, fragt mich Annika.

„Gute Frage, nächste Frage“, entgegne ich.

„Weißt du Annika, viele Mütter kutschieren ihre Kinder den gesamten Tag durch die Gegend, beim geringsten Regen wird das Auto ausgepackt, obwohl es sich dabei wirklich nur um Regen und nicht um nuklearen Fallout handelt. Die Oma fährt gerne Bus, da lernt man immer nette Menschen kennen und man kann während der Fahrt vespern, ohne dass danach das Auto ausgesaugt werden muss.“

„Au ja Essen“, ruft Lotta unter den über ihr gestapelten Taschen hervor. „Lotta will Handwerker essen.“

„Was willst du?“

„Handwerker essen“, kommt ihre fast weinerliche Antwort.

„Hä?“

„Oma, das heißt, sie möchte gerne Landjäger essen“, klärt mich Annika mit wissendem Blick auf.

„Oh, o.k., jetzt bin ich informiert. Wir gehen nachher gleich in die Dorfmetzgerei und decken uns mit Wurstwaren ein, dann bekommst du deine Handwerker“, beruhige ich das kleine, hungrige Etwas.

„Aber dass gleich klar ist, das heutige Codeword heißt Teilen, ich mag keine größeren Diskussionen beim Metzger mit euch führen“, kläre ich die beiden auf.

Zwei süße Schnuten nicken im Gleichklang.

Zur Überbrückung der Fahrzeit singen wir die Titelmelodie aus „Hänsel und Gretel“ als Kanon, sehr zur Begeisterung der mitreisenden Fahrgäste.

Mitten in der zweiten Strophe fährt unser Bus rasant in eine Linkskurve und Lotta gerät mit ihrem Kinderwagen in Schieflage. Kurz wirkt sie wie eine Bobfahrerin, die aus der Spur gerät, aber dank Annikas und meines raschen Eingreifens bekommen wir den Wagen wieder in seine korrekte Parkposition.

„Oma Locke“, flüstert Annika, „die Frau da vorne fährt ja wie Mama.“

„Ja“, raune ich ihr zu, „sie fährt ziemlich flott, vermutlich würde sie auch in der Waschanlage überholen. Weißt du Annika, früher sind überwiegend Männer Bus gefahren, aber dann hat man festgestellt, dass diese ohne Navi nicht mal mehr aus der Bushaltestelle heraus finden und hat daher Frauen ans Steuer gelassen. Das ist so ähnlich wie mit der Kanzlerin, da war irgendwann auch klar, dass Männer in diesem Amt nur zweite Wahl sind."

Das kurze Räuspern des Herrn hinter mir überhöre ich einfach, Martin Luther hat doch seine Thesen ebenfalls öffentlich bekannt gemacht, dann darf ich das auch.

Einzige Ausnahme des zügigen weiblichen Fahrstiles ist definitiv Jamila. Ihr geht der Ruf voraus, dass sie selbst auf Autobahnen noch von Wanderdünen überholt werden würde.

Annika ist während meinen Überlegungen ins hintere Abteil des Buses marschiert und bequatscht einen glücklicherweise schwerhörigen Mitfahrer.

Ordentlich, wie sie es beim Verhaltens-Coaching im Kindergarten gelernt hat, stellt sie die drei W-Fragen:

„Wi heisch du?"

„Woher kommsch du?"

„Wo ghersch du no?"

Der Fragende blickt zwar leicht irritiert, streicht Annika aber mit einer liebevollen Handbewegung ihre zerzausten Haare aus dem Gesicht und drückt ihr ein vermutlich noch aus der Steinzeit stammendes Kräuterbonbon in die Hand.

Auf meinen Augenbefehl hin kommt der kleine Galopper des Jahres wieder zu unserem Sitz zurückgetrabt, setzt sich brav neben die Omi, nicht ohne mir die verklebte Süßigkeit zum Öffnen hinzuhalten.

„Omilein, wann kommt den die Stewardess und verteilt Geschenke an uns?“, kommt die zwar berechtigte, aber leider nicht erfüllbare Anfrage meines jüngsten Mitpassagiers Lotta.

Schnell ein Ablenkungsmanöver.

„Übrigens Annika, was riecht denn hier so streng?“

Ein kritischer Blick in Richtung Jackentasche des größeren der kleinen Lieblingsmonster soll ihr verdeutlichen, dass ich die Frage durchaus ernst meine.

„Der Geruch erinnert mich irgendwie an vermoderte Kaulquappen oder sautierten Molchbries“, mit diesen Worten kündige ich eine unangemeldete Taschenpfändung bei der kleinen Stinkmorchel neben mir an.

Zwei Murmeln, eine Hundeleine, einige leere Gummibärchenpackungen, mehrere beschriftete Geheimzettel fördere ich als erstes zutage – somit zunächst unkritisch.

Dann tauche ich tiefer in das Innenleben von Annikas Jacke ein und ziehe mit spitzen Fingern drei bereits im Verwesungszustand befindliche Schneckenhäuser nebst Inhalt sowie eine halbe Mandarine heraus, deren Aggregatszustand auf einen Ursprung im vergangenen Jahrhundert hindeutet.

„Oma, das sind meine Tauschwaren, die darfst du nicht nehmen“, bittet inbrünstig der kleine Taschen-Messie neben mir.

„Keine Chance, ich möchte nicht, dass sich irgendwann Bisamratten oder ähnliches Getier in deiner Winterjacke einnisten“, erteile ich ihrer Bitte eine klare Absage.

Schnell verstecke ich die Beutestücke unter unserem Sitz und setze mein harmlosestes Gesicht auf.

Generell bringt das Benutzen öffentlicher Verkehrsmittel das Dufterlebnis von Geruchs-Schaschlik mit sich. Als Fahrgast hat man den Eindruck, es reihen sich Käsefüße an Achselschweiß, gepaart mit Mund- und modrigem Kleidergeruch. Da sollten Annikas soeben von mir versteckte Beutestücke nicht weiter ins Gewicht fallen.

„Die Hexe muss jetzt braten, wir Kindern gehen nach Haus. Nun ist das Märchen von Hänsel und Gretel aus“, singe ich voller Inbrunst und drücke auf den Halteknopf.

Insgesamt benötige ich drei Anläufe, um unser Hab und Gut sowie die dazugehörigen Zwerge aus dem Bus zu befördern, fast kippt mir Lotta bei meinem waghalsigen Ausstiegsmanöver aus ihrem Buggy. Glücklicherweise habe ich sie, entgegen der Genfer Konventionen für Menschenrechte, in ihrem Kinderwagen angegurtet, sonst hätte es Kinderbrei gegeben.

Tiefes Durchatmen, Nasenscheidenwände innerlich befeuchten und vor allem Passagierliste durchzählen, ob alle Personen, die mit mir in den Bus gestiegen sind, auch tatsächlich das Transportmittel wieder verlassen haben.

„Gesamte Kompanie sammeln und kurz stehenbleiben, Oma muss noch Opa Paul den Einkaufszettel durchgeben“, mache ich eine schnelle Durchsage an meine Ausflugstruppe.

„Hallo Schatz, falls du zufällig auf dem Heimweg an einer Kuh vorbei kommst, bringst du bitte einen Liter Milch mit?“, tippe ich hastig in mein Handy ein.

„So und jetzt kehrt marsch und den direkten Weg in die Schinkenwurst-Gasse zum Metzger nehmen“, tröte ich in die als Trichter vor meinem Mund gehaltenen Hände.

Konsterniert blickt mich die soeben an uns vorbeijoggende Spielerin der hiesigen Basketballmannschaft an.

„Alter“, staunt Annika laut und vernehmlich, „die Frau hat Schuhe größer als der Pferdeanhänger meines Bobby-Cars.“

Ich grüße freundlich und lasse den rennenden Laternenpfahl seines Weges ziehen, ohne näher auf Annikas Personenbeschreibung einzugehen.

„Ich zeige dir, wie du mit Kaugummi Blasen erzeugen kannst, aber bitte vergleiche nicht laut die Schuhe einer Frau mit einem Fahrzeug, mein liebes Enkelkind“, lenke ich Annika ab.

„Schließlich sind Schuhe enge Freunde einer Frau und ein Auto ist lediglich ein Gebrauchsgegenstand.“

Irritierte Blicke aus meiner Zuhörerschaft.

„Und liebe Annika, falls du einmal beschließen solltest, lesbisch zu werden, sind Basketballerinnen – vorrangig die großen, dunkelhäutigen Centerspielerinnen – am besten als Partnerin fürs Leben geeignet."

Oh nein, habe ich diese Worte soeben wirklich zu meiner sechsjährigen Enkeltochter gesprochen oder habe ich lediglich lautlos gedacht?

Aus Annikas Mund kommt ein minimal aufgeblasenes Kaugummiobjekt, ähnlich der Fruchtblase einer Schwarzwaldforelle.

Glück gehabt, diese Ohren haben nichts gehört.

Ich applaudiere mir selbst ungestüm und schlage vor Freude ein Rad auf dem Gehsteig.

Wir marschieren los.

Nach wenigen Metern wird meine Wandergruppe allerdings bereits müde.

Annika setzt sich auf den Boden und beruft sich darauf, dass sie einen Anfall von Unterzuckerung hätte, Lotta täuscht passend dazu einen Ohnmachtsanfall vor.

Diese Schwächeanfälle könnten mit der Tatsache in Verbindung stehen, dass sich noch Gummibärchen in unserer Provianttasche befinden. Diese wandern nun in die beiden weit geöffneten Mündchen, danach können wir glücklicherweise unseren Weg fortsetzen.

Kurz darauf betreten wir die traditionelle Dorfmetzgerei „Zum ranzigen Ripple" und reihen uns geduldig in die Warteschlange ein.

Lotta und Annika werden unglaublich schnell von der liebreizenden Fachverkäuferin entdeckt und mit jeweils einer Scheibe Lyoner in der Größe einer Langspielplatte versorgt.

Ich blättere derweil interessiert in der „Metzgerblume" und amüsiere mich über die darin veröffentlichten, gar grausigen Witze über Veganer, Vegetarier und sonstigen Rohkostanhänger. Das stellt schon Mobbing in seiner allerhöchsten Form dar, was die Wurstredakteure da veröffentlichen.

Dank der Kleinkinderbegleitung werde ich freundlich vorgelassen und nenne der drallen Verkäuferin Sieglinde Schnitzbock meine Wünsche.

Herrlich anzusehen, wie Sieglinde beim Aufschneiden der Gurkenroulade ihren Kopf im Rhythmus der Wurstschneidemaschine mitbewegt. Das zeugt von jahrelangem Training, um diese Darbietung so sauber und harmonisch ausführen zu können.

Nach jedem Schneidevorgang kommt ihr melodischer Singsang „Und was no?“. Problemlos könnte man daraus einen coolen Rapsong gestalten: „Butcher`s Delight – Part one and two“

Mit unserem Fleischwarenpaket nebst weiteren Wursträdchen für unterwegs verlassen wir wieder den Tempel der Vespergelüste und machen uns auf den Heimweg.

Ein kurzer Ausflug auf den Pferdehof steht noch auf unserem Programm. Allerdings muss ich auf dem Weg dorthin meinen Enkelkindern leider mitteilen, dass weder Oma noch Opa ein Pferd lediglich zu Streichelzwecken anschaffen werden und die Fahrräder auch nicht aus dem Sportraum geräumt werden, um dort einen Gaul unterzubringen.

Das Thema mit dem Pferdefleisch in der Lasagne spare ich bei der heutigen Diskussion großzügig aus.

Der Kauf einer Kuh und eines Esels wird hingegen weiter debattiert.

Diese beiden Tiere dürfte es nach Weihnachten auch relativ günstig zu erwerben geben, da sie nicht mehr in Bethlehems Krippe benötigt werden.

Könnte ein Haustier-Geschäft ohne Widerrufsbelehrung daraus werden.

Wieder zuhause angekommen, trainieren Annika und ich Weihnachtslieder auf dem Klavier. Manche Partituren unserer Kompositionen erinnern allerdings stark an wilde Ska-Rhythmen, ich meine auch das Intro von „Our House“ herausgehört zu haben.

„Oma, ist das eine Hexe?“, fragt mich Lotta ängstlich, als sie die Nina-Hagen-Biographie betrachtet, die neben dem Tasteninstrument steht.

„Nein, Mäuschen, so sah Justin Bieber in seinem ersten Leben aus“, entgegne ich zwischen zwei schrägen Akkorden, in der Hoffnung, dass sie sich später im Leben nicht mehr an das schwachsinnige Gequatsche ihrer Großmutter erinnern kann.

Annika macht zum Abschluss unseres kleinen Hauskonzertes mal kurz den Jerry Lee Lewis und intoniert „Ihr Kinderlein kommet“ mit ihren Füßen auf den Klaviertasten. Aus berechtigter Angst um den nachbarlichen Frieden beschließe ich, unsere Aufführung mit einem kräftigen Applaus, einer Zugabe und dem Abschließen der Klaviatur zu beenden.

Von Emilia kommt derweil eine kurze Nachricht, dass sie in eine Trägheitsgrube gefallen sei und keinesfalls mit ins Fitnessstudio gehen kann. Sie schickt mir aber ihre Bauchmuskeln per Whats-Ebbes, um diese freundlicherweise mit zu trainieren.

Das Klaviertrio spielt noch ein letztes Mal „Oh Tannenbaum“ – gut, per Internet kann ja Weihnachten inzwischen auch auf den Herbst bestellt werden – und dann werden die Mäusezähnchen langsam versandfertig gemacht, um sie aus dem Oma-Fachzentrum wieder in die heimatlichen Gefilden zurückzugeben.

Eines haben wir aber noch auf unserer Agenda:

Es gilt, den Erwerb eines Meerschweinchens aktiv zu beschleunigen.

Wir schneiden aus der Tageszeitung einzelne Buchstaben und Wörter aus, kleben diese auf einen großen Briefbogen und formulieren so ein anonymes Drohschreiben an den Weihnachtsmann.

Darin wird die nachhaltige Verwüstung von Papas Weinkühlschrank sowie Mamas Schuhregal angedroht, falls das Christkind kein Haustier bringen sollte.

Unterzeichnet wird das Schreiben mit „AMF“ – Anonyme Meerschweinchen-Freunde. Wir versehen es mit unseren Daumenabdrücken und kuvertieren es ein.

Eigentlich wären die Mini-Terroristen jetzt weitgehend abholbereit, aber Annika muss natürlich noch traditionsgemäß einen Stinker in das großelterliche Klo setzen.

„Oma und Lotta sollen auch mit hereinkommen“, ruft es aus dem Mädchenklo, wegen der bereits eingetretenen Seuchengefahr schiebe ich allerdings lediglich einige Pezzi- und Lurchibücher unter dem Türspalt hindurch und verzichte auf eine persönliche Anwesenheit.

„Fertig“, ruft es kurz darauf aus der Stinkestube.

Beim Öffnen der Tür bietet sich mir ein grandioses Schauspiel:

Annika bugsiert soeben ihr Produkt nach Beendigung des Fäkalvorganges mittels unserer Klobürste direkt ins Vorspülbecken der heimatlichen Kläranlage. Kurz bevor sie mitsamt Bürste und Material in der Toilettenschüssel verschwindet, ziehe ich sie allerdings am Hosenbund wieder heraus.

Exklusiver First-Level-Bespaßungssupport, der mit diesem Nachwuchskünstler erlebt werden darf!

Es klingelt, der Schwiegerschlingel trifft ein und ich überreiche ihm Rodelschlitten-Buggy, Playmobil-Sammlung und unsere Drohbriefe zur Verladung in den Kofferraum. Ich verabschiede mich von meinen beiden Kumpels, nicht ohne den berühmten Oma-Schlecker zu praktizieren und den kleinen Schlingeln nochmals über den Haarscheitel zu streicheln.

Erschreckend, wie ruhig es auf einmal in unserer Wohnung ohne die beiden Wortakrobaten ist. Schnell entferne ich noch die letzten dreihundert Wörter der beiden Verbalspezialisten aus meinen Gehörgängen und sinke auf das Sofa.

Respekt vor allen Eltern, die diese Beschallungsintensität mehrere Dekaden ihres Lebens klaglos ertragen – Ausrufezeichen.

Eigentlich sollte es Kurzzeitpflegeplätze nicht nur für Senioren, sondern analog auch für Kinder geben zur Rettung mancher, mit den Nerven am

Ende befindlicher Eltern.

Geschäftsidee?

Gelegentlich darüber nachdenken.

Wobei, manche Eltern würden ja nachträglich nicht mal ihre eigenen Kinder adoptieren.

Bevor ich nicht noch tiefer in die psychologische Ecke abrutsche, schlüpfe ich besser schnell in meine Hausfrauenidentität, alleine auch deshalb, um nicht vom Sofamonster eingefangen zu werden.

Als erstes Gewerk bietet es sich dringend an, dass ich als Tatortreinigerin tätig werde und sämtliche, durchaus reichhaltig vorhandene Hand- und Fußabdrücke entferne, die sich auf praktisch allen Möbelstücken verewigt haben.

Das sollte ich den kleinen Ganoven dringendst beibringen, dass am Ort des Verbrechens möglichst wenig Spuren zu hinterlassen sind, vor allem wenn es sich dabei um Schinkenwurstreste gepaart mit Milchpfützen handelt.

Leise singe ich vor mich hin: „Heute putze, morgen backe ich und übermorgen hole ich wieder den Kindern ihre Kinder", aber jetzt gilt es erst einmal die unübersichtliche Lego-Knete-Domino-Situation zu bereinigen.

Als ich alles aufgeräumt und in einem Anflug von wissenschaftlich noch nicht näher erforschtem Sortierwahn auch den Inhalt unseres Kühlschrankes nach Formen und Farben neu aufgestellt habe, betrachte ich zufrieden mein Werk und denke:

„Wow, mein Mann flippt heute Abend vor Freude sicherlich aus, wenn er diese blitzeblank geputzte Wohnsituation antrifft."

„Kannst Du vergessen, Peri“, meldet sich die Tiefenpsychologin, die in solchen Momenten bei mir zur Untermiete wohnt.

Typen interessiert lediglich, wenn sie abends nach Hause kommen:

Ist meine Frau zuhause oder wieder mal mit ihren Freundinnen auf Tour?

Oder: Ist etwas gekocht oder kam das Luder wieder mal nicht dazu, da sie Schuhe kaufen musste?

Oder: Ist das Paket mit dem bestellten USB-Kabel da?

Meine Feststellungen werden jäh unterbrochen, denn es klingelt an der Haustüre und gleichzeitig wird bereits der Schlüssel im Schloss herum gedreht.

„Seniorenalarm“, schrillt es in meinen Ohren, meine Eltern kommen unangemeldet auf Besuch.

„Hallo Peri“, schallt es bereits in munterem Ton aus dem Treppenhaus, „wir waren gerade beim Gärtner und dachten wir schauen schnell nach unserer Tochter.“

„Zigaretten vom Balkontisch verschwinden lassen“, schießt es mir durch den Kopf und ich sorge für nichtraucherelternkompatible Zustände.

„Peri, ich habe ein paar Zettel mit Aufschrieben dabei, die ich mit dir durchgehen möchte“, beginnt meine Mutter bereits im Treppenhaus mit der Abarbeitung ihrer extra für mich gesammelten Gedanken.

Kennen Sie die Thematik, wenn man eine Mutter mit Erwachsenen-ADS in der Familie hat?

Eine Mutter, die regelmäßig jede Nacht aufwacht und komplette DIN-A-4-Papierbögen mit Ideen füllen kann, die ihr allesamt im Traum begegnet sind und dringend am nächsten Tag besprochen werden müssen?

Die täglich 24 Stunden auf Hochtouren läuft, da man einfach nicht den Knopf zum Abschalten findet?

Die technisch nicht allzu affin aber höchst kreativ ist und vermutlich mittels einer Katzenpfote Skype bedienen könnte. Und Anfang Dezember Adventskalender mit Leckerlies für Hunde kauft?

Ein Computer in Menschengestalt, die den Brockhaus mehrfach von vorne bis hinten durchgelesen hat und professionell bei jeder Quizsendung als Telefonjoker arbeiten könnte.

Somit MEINE Mutter, Indira Boretsch geborene Muskelkater – ausgestattet mit einer Batterie, bei der die Erfinder vergessen haben, eine Lebensdauer vorzugeben und die ein Perpetuum Mobile auf zwei Beinen ist.

Halb panisch verschließe ich meine beiden Ohrmuscheln mit zwei Haselnüssen und begrüße Indira, die bereits beim Vortragen des dritten Themas ist, als sie durch unsere Wohnungstüre tritt.

Mein Vater dagegen stammt eher vom Stamme der genießenden Schweiger ab, man(n) muss ja schließlich nicht über alles sprechen, so seine Devise.

Er begrüßt mich und will sich mit Schwung auf unser Sofa setzen. Im letzten Augenblick gelingt es mir, unsere Laptop-Tasche mitsamt Inhalt unter seinem Hinterteil hervorzuziehen, bevor er diese mit einem Sofakissen verwechselt.

Glücklicherweise ist die Nachbarskatze nicht zu Besuch.

Mehr oder weniger unverzüglich vertieft er sich in die Lektüre der „Aktienwoche“ und nascht mal eben unseren kompletten Schokoladenvorrat leer. Ansonsten habe ich von seiner Seite verbal nichts weiter zu befürchten, diesen Part übernimmt zu 200 Prozent meine Mutter.

Sie hat eine Technik entwickelt, die es ihr erlaubt, zwischen ihren einzelnen Sätzen noch nicht einmal Luft holen zu müssen und somit keine Zeit verliert. Besser als jeder Profi-Stenograf schafft sie so deutlich mehr als siebentausend Worte pro Minute.

„Liebe Mutter Gottes“, bete ich aus aktuellem Anlass, „lass mich bitte ihre straffe Haut erben und wegen mir auch ihre international angesehene Holzelefanten-Sammlung, diese kann ich notfalls gewinnbringend auf dem Flohmarkt verhökern. Aber bitte, bitte lasse mich nie so in Buchstaben baden wie meine Mutter. Und falls du mir tatsächlich gerade zuhörst und ein paar Minuten Zeit hast, schenke mir doch bitte für die nächsten Minuten einen kräftigen Tinnitus – besser ein Pfeifen im Ohr als diese Unmenge an Worten. Ach ja, falls du heute zufällig den heiligen Geist triffst, richte ihm liebe Grüße von mir aus, er war mir vor kurzem erschienen. Aber da war ich in Eile und hatte nicht wirklich viel Zeit, um mich mit ihm zu unterhalten.“

Mein Papa versucht derweil, die in unserem

Haushalt auf die unglaubliche Anzahl von sieben Stück angewachsene Sammlung von Fernbedienungen zu entwirren, um sich den Fernseher anzuschalten, scheitert allerdings relativ schnell und dimmt dafür das Licht.

„Halt Rudolf, ich kann meine Zettel nicht mehr lesen“, ruft die Mutter aller Kommunikation vorwurfsvoll in Richtung meines tiefenentspannten Vaters, der sich zwischenzeitlich das Vernichten unseres Salzbrezel-Bestandes vorgenommen hat.

„Und dann müssen wir noch die Reihenfolge des Weihnachtsgebäcks für dieses Jahr besprechen und deine Tante Amalie hat mir erzählt, dass….“

„I was made for lovin you baby“ – Papa hat die Fernbedienung für das Radio entdeckt. Und dass es außerdem noch Cashew-Kerne und Hefezopf zum Vernichten gibt.

Während ich das Licht wieder heller stelle und das Radio ausschalte, bohre ich die Haselnüsse noch etwas tiefer in meine Gehörgänge, um den wieder einsetzenden Wortschwall von Indira zu dämpfen.

„Also nächste Woche kaufst du mir in mein Aktien-Depot einhundert Stück Westzucker und fünfzig Stück Kuli & Schmalz“, diktiert mir derweil mein Vater in meine überlasteten Ohrmuscheln, während meine Mutter in ihren Gebäckaufzählungen bei Lebkuchen und Spritzgebäck angekommen ist.

„Hilfe, kann mir jemand mein Gehirn herausoperieren und gegen eine Plastiktüte tauschen?“, flehe ich lautlos.

Das Organisationstalent meiner Mutter ist unbestritten überragend. Wäre ich Bundespräsidentin, würde ich sie schnurstracks zur Ministerin für innerste Äußere Angelegenheiten oder zur Staatssekretärin für Lach- und Sachgeschichten ernennen. Da ich aber bei der letzten Wahl zum Staatsoberhaupt an der ein-Meter-sechzig-Hürde gescheitert bin, hat sich diese Überlegung erübrigt.

Rudolf hat inzwischen per Handbedienung meine Pilates-DVD gestartet und schwingt munter mit den kleinen Fußzehen die Übungen mit, diesen Zustand der geriatrischen Tiefenentspannung würde ich ebenfalls gerne erreichen.

Ich beuge mich zu ihm hinunter, um ihm sanft sämtliche technischen Geräte zu entführen und spüre im selben Moment, wie mir mein linker Haselnuss-Ohrstöpsel in die Schale mit den Cashew-Kernen fällt. Dic von Dauerhunger gesteuerte Hand meines Vaters fährt erneut aus und die ohrenschmalzverseuchte Nuss verschwindet ebenso wie ein Dutzend anderer ihrer exotischen Vertreter im väterlichen, schmatzenden Mund.

Ich muss spontan gegen Brechanfälle ankämpfen.

„Und dann wollte ich dir noch erzählen, wie Erna beim Gießen auf dem Friedhof ausgerutscht ist und fast in das frisch ausgehobene Grab von Fritz gestürzt ist – ratsch, wieder ein Zettel abgearbeitet. Und in der Kühltruhe sind noch Zucchini vom vorletzten Jahr, welche verbraucht werden müssen, ach und bevor ich es vergesse, kannst du deiner Schwester über das Internet schreiben, dass ich nächste Woche ein Paket mit Weihnachtsgebäck losschicke, damit sie auch zuhause ist, wenn es ankommt.“

Ich greife zum Äußersten, um aus dem Worttunnel herauszukommen.

„Papa“, frage ich meinen wiederkäuenden sofalümmelnden Erzeuger, „Papa, magst du ein Glas von Pauls Rotwein, das passt bestimmt hervorragend zu den Nüssen?“

„Nix da“, kommt die sofortige, energische Erwiderung meiner Mutter, „es gab heute Mittag bereits einen Holunder-Sekt zum Essen und du weißt doch, dass die Cholesterinwerte deines Vaters immer so hoch sind, außerdem beginnt jetzt gleich die Landesschau, wir gehen nach Hause.“

„Ja, ja, ja, der Trick funktioniert immer wieder“, juble ich innerlich und setze mein professionellstes „Ach-das-ist-aber-schade, dass-ihr-bereits-wieder-gehen-müsst-Gesicht auf“.

Meine Mum überprüft sorgfältig, ob alle ihre Notizen zum Einsatz gebracht wurden, Rudolf steckt sich noch eine Packung Kekse in die Hosentasche, schaltet sein Hörgerät wieder ein. Die Rentner-Karawane zieht weiter.

Erschöpft lasse ich mich auf einen Stuhl fallen und folge langsam der Pilates-Atmung, die mir auf dem Bildschirm vorgeführt wird.

Im Geiste suche ich nach der Kinokarte für die soeben erlebte Familienkomödie.

Handy-Gepiepse: Meine Freundin Lemonia schreibt, ob ich ihr die Kontaktdaten meines von mir mit großem Lob überschütteten Zahnarztes zukommen lassen könnte, sie wäre wechselwillig.

Mit den Augen noch halb bei den Turnübungen auf dem Bildschirm, sende ich ihr schnell den Kontakt und beginne dann erneut, die Brösel-Spuren rund ums Sofa zu entfernen.

Das Leben ist ein endloser Putzlappen.

Ach wie herrlich wäre jetzt, wenn mein Lieblingskumpel Mü um den Weg wäre. Er wischt bei uns immer den Tisch ab, als ob es sich um den Unterleib einer soeben neu kennengelernten Frau handelt, akribisch und trotzdem liebevoll, keine Ecke wird ausgelassen.

Manchmal denke ich, die Tischplatte ist kurz vor dem oralen Orgasmus, wenn Mü seine sorgfältige Wischtätigkeit beendet hat.

Hilft alles nichts, er taucht leider nicht spontan auf, ich darf mich alleine um die Krümel meiner heutigen Besucher kümmern.

Jetzt aber mal hurtig die Sporttasche gepackt und Carlotta noch kurz ein Neid-Whats-Ebbes gesandt, dass ich jetzt zum SPORT gehe.

„Streber“, kommt unverzüglich von ihr zurück.

Kurze Zeit später betrete ich das „Fett-Fit-Sportstudio“ und eine Welle schweißgetränkter und Testosteron-geschwängerter Luft schlägt mir entgegen.

Huch, sind da viele Menschen und alle anwesenden Mädels sind aufs Feinste geschminkt. Ich blicke kurz an mir hinunter und stelle schuldbewusst fest, dass ich extrem underdressed und vollkommen mindergestylt bin.

Ich trage lediglich Sportklamotten und habe

mich extra zu Hause noch abgeschminkt. Wie naiv von mir anzunehmen, dass es sich hier lediglich um körperliche Ertüchtigung handelt.

In der Umkleidekabine geht das visuelle Desaster ungebremst weiter.

Neben mir schlüpft ein Hauch von Mensch in einen Hauch von Sport-Top, in dem ich vermutlich grad mal so meinen linken Nasenflügel unterbringen würde.

Abermals wandert mein Blick an mir hinunter, leider hat sich in den vergangenen zwei Minuten nichts verändert, ein zwar gesäuberter aber völlig undefinierter Körper grinst mir entgegen.

Zum Selbstschutz schalte ich in den mentalen Lästermodus.

„Pöh“, denke ich, „das neben mir ist schon ein anständiges Mädchen, sie hat ihre Brüste zuhause gelassen. Ihr Busen wächst nach innen und hat die maximale Erhöhung eines Radioknopfes.“

Im Schlechtreden habe ich ein duales Studium plus ein mehrjähriges Praktikum absolviert.

Kurzzeitig konnten mich meine bösen Gedanken über das bodygeformte Etwas neben mir von meinen eigenen, deutlich sichtbaren körperlichen Schwächen ablenken, aber ich muss jetzt trotzdem raus in die ambitionierte Umgebung der Sportlichen, der Schönen und der ganz schön Sportlichen.

Gottergeben binde ich mir meine Joggingschuhe aus der ´97 Kollektion zu, schnappe mir mein Handtuch mit dem „Liebe ist…- Aufdruck“ und wage mich in die Arena der trainingswilligen Hochleistung-Fitness-Freaks.

„Ey Peri, bist du auch mal wieder am Start, hast es durchaus auch nötig“, empfängt mich gleich die erste verbale Klatsche als ich mich neben dem sich bereits in ausgeprägter Form austobenden Muskelprotz Ben auf dem Ergometer schwinge.

„Pass du besser auf, dass dir nicht dein Trimmgerät davonfährt, so heftig wie du in die Pedale trittst“, gebe ich ungerührt zurück, fühle mich aber natürlich sofort wieder als Gelegenheitsbesucher identifiziert.

Nach gefühlten zehn Minuten flotter Fahrt wische ich mir den Schweiß aus den Augenwinkeln, um überhaupt noch meine Umgebung wahrnehmen zu können, das Sprechen habe ich bereits eingestellt.

Rings um mich herum können sich, immer noch blendend aussehende Menschen, tatsächlich weiterhin miteinander unterhalten, während sie auf Stepper Laufband ihrem work-out nachgehen.

Ich suche verzweifelt nach dem Rücktritt am Ergometer, getraue mich aber nicht, meine Nebenmänner deswegen zu fragen.

Erschöpft winke ich Ben zu, der inzwischen auf dem Rudergerät die Muskeln stählt, dass er mich bitte auswechselt, aber außer einem mitleidigen Zurückwinken erreiche ich nichts.

Mein Treten in die Pedale wird deutlich anstrengender. Könnte es sein, dass sich der Vorbenutzer mit einer unvorstellbar hohen Watt-Zahl ins Pedalowana geradelt hat?

Rechts von mir unterhalten sich Marlies und Verena lautstark über das Myom, welches Erstgenannte aktuell in ihrer Gebärmutter austrägt.

Wenn ich es trotz meiner japsenden Atmung richtig erlauscht habe, hat Marlies ihrer Unterleibszyste sogar einen Kosenamen gegeben, es wird andauernd von Bärbel gesprochen, bei so viel Empathie für abgestorbenes Gewebe kann ich meinen Ohrenradar getrost wieder einklappen.

Obwohl, die beiden scheinen nun das Thema gewechselt zu haben und debattieren jetzt über die korrekte Herstellung von Spargelcremesuppe, dieses Thema könnte mich doch interessieren.

Ohren auf im Radverkehr.

Marlies vertritt die Ansicht, dass man den gekochten Spargel getrost durch ein Geschirrtuch pressen könne, das würde hervorragend funktionieren und eine schmackhafte Suppe ergeben.

Diese Fülle an kulinarischer Unkenntnis führt dazu, dass ich mich besser wieder aus meinem Lauschangriff ausklinke, bevor die zwei Küchenamateure noch über die korrekte Zerkleinerung von Kürbiskernen zu philosophieren beginnen.

Aber die blöden Gören sehen halt immer noch richtig gut aus auf ihren Steppern und haben nicht wie ich ihre Gesichtsfarbe schon mehrfach auf der nach oben offenen Rot-Skala gewechselt.

Heimlich schiele ich auf das Display meines Trainingsgerätes, um ernüchtert die bisher abtrainierte Kalorienzahl von läppischen 37 kcal zu ermitteln, rechne diese mickrige Zahl aber selbstverständlich sofort in Salamibrot-Einheiten um, eine Strategie, die mich kurzfristig beflügelt, den letzten Kilometer mit einer deutlich höheren Geschwindigkeit in Angriff zu nehmen.

Leider habe ich sofort danach das Gefühl, eine Rolltreppe in verkehrter Richtung zu besteigen und beende deshalb schwer atmend mein Aufwärmtraining, zumal ich bereits das Gefühl habe, einen Teller Schweißsuppe aus meiner Unterhose löffeln zu müssen.

Um langsam meine Schnappatmung wieder zu regulieren und um die Verteilung des Ausdünstungssekret aus Richtung meiner Oberschenkel wenigstens etwas zu koordinieren, schlendere ich bewusst langsam weiter zu den Maschinen, mit denen ich vorhabe, mir jetzt, sofort und unwiderruflich einen Traumbody zu formen.

Gefühlt bin ich die Einzige im gesamten Studio, die das Trainieren anzustrengen scheint. Die anderen Besucher vermitteln eher den Eindruck, dass sie überwiegend fürs Posen und zum Kontakte knüpfen anwesend sind.

„Peri, kommst du mit zur TRX-Ecke, da gibt es geniale neue Body-Forming-Geräte. Die testen wir mal“, ruft mir Ben zu und ich trotte gottergeben hinter ihm her.

Ein Gerüst mit undefinierbar ineinander verschlungenen Seilen, Schlaufen und Bandagen steht seit Neustem bereit, um mit dem eigenen Körpergewicht den Körper zu stählen. Ha, perfekt für mich, beim Thema Körpergewicht versus Schwerkraft kann ich ganz klar punkten.

Ben verfrachtet mich in eine Liegestütz-Position, die ich mit größtmöglicher Anstrengung gerade noch so ohne Umzukippen halten kann, gibt mir dann aber leider die Anweisung, jetzt meine Beine in die Schlingen zu legen und die Arme zu beugen und wieder zu strecken.

Hilfe, hat hier keiner daran gedacht, dass das Gewicht meiner Brüste das gesamte Konstrukt schwer beeinflusst?

Zudem kann ich mit solchen, einem Strickmuster ähnlichen Abbildungen nix anfangen, das war bereits in der Grundschule beim Textilen Werken mein Handicap und jetzt soll ich auch noch meine Extremitäten geordnet darin unterbringen?

Ich hänge in den Seilen, wie eine versehentlich im SM-Studio vergessene Bondage-Kundin und versuche verzweifelt, die eben gerade noch so gelungene Armbeugung wie befohlen in eine Streckungsbewegung übergehen zu lassen.

Zweimal gelingt mir dies unter größtmöglicher Kraftaufwendung, immer darauf bedacht, dass mir nicht versehentlich ein Pups entfleucht. Beim dritten Versuch knalle ich mit dem Gesicht auf die Trainingsmatte und hechle wie ein Wildschwein bei der Treibjagd.

John, der Trainer und Inhaber des Studios kommt vorbei und meint: „Peri, hast du nicht die Instruktionen gelesen ‚Nur für geübte und durchtrainierte Sportler‘. Vielleicht gehst du zuerst an die einfacher zu handhabenden Geräte, bevor du mir hier den gesamten Boden mit Einschlaglöchern versiehst.“

Gelächter der Typen an den daneben befindlichen Rudergeräten und mitleidige Blicke aus der Freihantel-Ecke begleiten meine hilflosen Versuche, mich wieder geordnet aus der Seilkonstruktion zu befreien.

Beleidigt schnappe ich mir mein Handtuch und sehe noch aus den Augenwinkeln, wie neben Ben ein muskelbepackter Kraftprotz die Liegestütz-Übung einhändig und parallel in sein Smartphone hinein sprechend absolviert.

Idiot.

Vermutlich IQ deutlich unter Hundert.

Aber leider sieht es geil aus, wie er seinen Oberkörper lässig an den Schlingen über die Bodenmatte schweben lässt.

Ich beschließe gedanklich, die Übung zuhause mit den Hüpfseilen von Lotta und Annika nachzubauen und emsig zu trainieren. Der Aufbau müsste problemlos an der Teppichstange im Garten meiner Eltern gelingen.

Unzufrieden mit der Performance meines eigenen Körpers trolle ich mich zu den Geräten, an denen ich – ohne großen Aufwand zu generieren – gedenke, meine Unterschenkel-Innenseite zu einer stahlharten Oberfläche zu entwickeln.

Lässig stelle ich die Gewichte auf 45 Kilo ein, dürfte ja wohl ein Klacks sein, diese seitwärts zu stemmen, schließlich bewege ich ja jeden Morgen über 65 Kilo aus dem Bett.

Irgendetwas muss an dem Fitnessgerät allerdings verstellt sein, denn es gelingt mir weder, die Gewichte mit meinen Beinen auch nur einen Zentimeter zu bewegen, geschweige denn, diese soweit auseinander zu drücken, wie es laut Übungsbeschreibung auf dem Aufkleber an der Maschine korrekt wäre.

Heimlich blicke ich mich um, ob mich jemand beobachtet und reduziere die Last auf 5 Kilo, was sich dann tatsächlich mit einigermaßen geschmeidigen Bewegungen in eine Art geordneten Rhythmus überführen lässt.

Da dies nun glücklicherweise endlich eine Übung zu sein scheint, die ich ohne Atemwegskollaps oder Bruchlandung bewerkstelligt bekomme, gönne ich mir einen kurzen 180°-Augen- und Ohrenschwenk um mich herum.

Gebannt lausche ich den beiden russischstämmigen Kraftpaketen links neben mir, die lautstark ihre aktuellsten Sexabenteuer austauschen, während sie mit der Leichtigkeit eines sibirischen Bären die 100-Kilo-Hanteln wie Honiggläser hochstemmen.

„Ey Sergej, muss ich dir erzählen konkret krasse Story von Tussi, habe ich gestern Abend abgeschleppt."

Ich spitze meine Ohren und versuche, meine Atmung auf ein Minimum zu reduzieren oder besser noch, lediglich nur über meine Kopfhaut auszuatmen, um Vladimirs gesamte Geschichte live und in Farbe zu hören.

„Sind wir gekommen nach Hause, haben wir geküsst und gefummelt, hat die Schnecke gesagt, dass ich mich schon mal soll ausziehen und sie sich bereit legt im Schlafzimmer. Oh Mann war ich so spitz, das ging ja konkret schnell zur Sache", brüstet sich Vladimir, während er seine Muskeln zu ballonähnlichen Gebilden auf seinen Oberarmen aufpumpt.

Ich schwinge mich während seiner Erzählungen auf der Beinpresse nahezu in eine Art Rausch, sehe mich bereits als Siegerin beim Tough-Großmudder-Wettkampf und bin kurz davor, mich triumphierend auf die studioeigene Körperfettwaage zu stellen. Aber es muss ja weiter gestemmt werden, damit ich die kompletten News von Sergej, dem Profi-Aufreißer mitbekomme.

„Mann ey, kam ich in Schlafzimmer, lag sie da und hat neben sich stehen einen Koffer mit Dildos und sagt zu mir: ‚Such dir einen aus und schiebe ihn mir rein.' Da ging bei mir gar nichts mehr, so eine Schlampe", zieht der potente Sergej vom Leder.

„Tja Jungs", denke ich, „die Frau wusste, was ihr guttut."

Ich verkneife mir ein hämisches Grinsen und beglückwünsche die mir unbekannte Dildo-Maus zu ihrer Aktion.

Halsumfang mal Oberarm ist noch lange nicht Unterleib, Jungs!

Nach weiteren zehn Minuten konzentrierten Trainings beginnt der Beintrainer zu piepsen und auf dem Display erscheint die Meldung: „Sie können jetzt mit ihrem Work-Out beginnen."

Ich lasse das Körperfett, da wo es hingehört, nämlich an meinem Albtraum-Body und verziehe mich in die Sauna.

Kurz, aber wirklich nur ganz kurz, überlege ich, ob die Temperatur- und Zeiteinstellung von 120 Grad bei drei Stunden Verweildauer eher zum Backen eines Käsekuchens geeignet wäre, aber in meiner Verzweiflung beschließe ich, mir die gesamte Dröhnung zu geben und verriegle die Sauna-Tür von innen.

Es wäre der Erwähnung wert, dass knapp 90 Minuten später das Fitnessstudio seine Pforten schloss und mich Paul noch in derselben Nacht bei der Polizei als vermisst gemeldet hat.

Glücklicherweise holte mich mein Ehemann in seiner unendlichen Gnade kurz vor Mitternacht mittels des eingeschalteten Schlüsseldienstes gegen einen atemberaubenden Obulus aus meinem Brutkasten heraus. Nächste Woche werde ich meinen Enkelkindern berichten, dass ich endlich weiß, wie sich die Hexe aus Hänsel und Gretel in ihrem Backofen gefühlt haben muss.

Oder wie es ist, wenn man vom Räuber Hotzenplotz eine übergebraten bekommt.

Ein märchenhafter Tag geht zu Ende.

Endspiel

Das Telefon klingelt.

Nicht so, dass ich es nicht hören würde, aber ich muss mich zuerst sortieren.

Wo ich mich befinde, wer ich bin und warum ich auf einer mit Eiswürfeln bedeckten Plastikfolie liege.

Der leicht ausgedehnte Saunabesuch am gestrigen Abend hat nicht nur meine Körpertemperatur auf schlappe 48 Grad erhitzt, sondern auch meine Haut in einen solch schrumpeligen Zustand versetzt, dass ich aussehe wie eine Weißwurst, die nicht nur die Mittags- sondern auch die Mitternachtsglocke gehört hat.

Mist, das gibt wieder Strafpunkte bei der Kosmetikerin.

Jetzt klingelt mein Handy.

Mühsam versuche ich mich in eine senkrechte Position zu bringen, rutsche aber dank der geschmolzenen Unterlage zuerst mal wie ein Pinguin quer übers Bett, um mit hoher Geschwindigkeit sowohl meinen großen Zeh als auch das Schienbein kernig gegen die Bettumrandung zu stoßen.

Gedankenflash: Ich muss dringendst meine Unfallversicherung erhöhen.

Mein PC piepst – die Skype-App macht sich

bemerkbar.

Ich versuche, meinen geschundenen Körper aufzurichten. So, oder so ähnlich, muss sich ein Heißluftballon fühlen, der mit der völlig falschen Gasfüllung in die Stratosphäre entlassen wurde.

Ächzend schleppe ich mich ins Arbeitszimmer, wo mir auf dem Bildschirm meines Laptops das verzerrte Gesicht von Lemonia per Skype fassungslos entgegen blickt.

„Wusste ich es doch, dass ich dich um diese Uhrzeit maximal unbekleidet antreffe, nachdem ich jetzt auf sämtlichen Kanälen versucht habe dich zu erreichen. Oh Gott, wie siehst du denn aus? Hast du im Einmachtopf deiner Großmutter übernachtet?“, blubbert mir meine Freundin aus dem off entgegen.

Ich murmle etwas von einer suboptimalen Nachtcreme, einem nächtlichen Fußpilzanfall und einem überraschendem Eintritt in die Wechseljahre, um Lemonia nicht das gesamte Solo, Sauna & Gomorra-Abenteuer schildern zu müssen.

„He Peri, eigentlich wollte ich dich verbal flott machen, aber wenn ich dich so betrachte, wirkst du etwas – mhhh, sagen wir mal, verschwommen indifferent. Nun egal, ich muss jetzt trotzdem meinen Kropf leeren. Ich habe dich doch gestern um die Kontaktdaten deines Zahnarztes gebeten … *Zustimmendes Nicken meinerseits* … Heute morgen rief ich dort an, mir kam bereits der Name Dr. Ekkehard Purzel so komisch vor, aber egal ... *Weites Augenaufreißen meinerseits* ... Als ich nach einem Termin für eine professionelle Reinigung gebeten habe, hörte ich nur ein lautes Losprusten auf der anderen Seite der Leitung ... *in den Boden versinken meinerseits* … Warum hast du Hasenhirn mir die Telefon-Nummer deines Frauenarztes, anstatt die deines Zahnarztes Dr. Eckbert Putzig gegeben … *betretenes Schweigen meinerseits* … "

„Oh Lemonia, das tut mir echt leid, dass muss gestern in dem Durcheinander während des Spontanbesuchs meiner Eltern passiert sein, danach bin ich meistens drauf wie eine mies gehostete Homepage. Ich schwöre, ich werde weiterhin Fehler machen, aber ich versuche, bessere Fehler zu produzieren", versuche ich meine Freundin wieder milde zu stimmen.

„Jetzt bringe dich aber erst wieder in einen öffentlichkeitskompatiblen Zustand, ich kann dir ja meine Nachbarin vorbeischicken, die leidet unter Waschzwang. Wir sehen uns."

„Halt", rufe ich, „schicke mir bitte auch die andere Nachbarin, die unter Bügelzwang leidet."

Der Bildschirm ist leider bereits wieder ebenso leer wie mein Gehirn, ich beschließe bei nächst bester Gelegenheit Lemonia einen Entschuldigungskeks zu backen, um den von mir verursachten dental/gynäkologischen Fauxpas wieder gut zu machen.

Schlurfend entere ich das Badezimmer, mein Blick in den Spiegel beinhaltet die klare Fragestellung: Original oder Fälschung?

Dass so ein minimal ausufernder Saunagang solch maximale Spuren hinterlassen kann!

Kein Wunder müssen die Finnen öfters ihr Heil in vergorenen Getränken suchen.

Vor irgendeiner weiteren Tat beschließe ich zuerst in der Firma Bescheid zu geben und spontan einen Tag Home-Office einzulegen, ich will ja schließlich durch mein bescheidenes Aussehen das bisher tadellose Ansehen der Bank nicht aufs Spiel setzen.

Gedankennotiz: Bei Gelegenheit für mein umsichtiges Handeln einen Lobstempel beim Personalchef abholen.

Ich trotte zur Toilette und blicke irritiert die Fliesen unterhalb der Badewanne an.

Ist es möglich, dass die sich dort befindlichen Ablagerungen auf Moos hindeuten oder hat mir die gestrige Körpererhitzung das Augenlicht geraubt?

In Sekundenschnelle mutiere ich zur Mrs. Miss-Mut, wenn ich nur daran denke, dass ich heute auch noch dem Putz-FBI Genüge tun muss und diese Dreckfliesen bearbeiten darf.

Doch zuerst das Angenehme: Mich auf die Waage stellen, der mehrstündige gestrige Schwitzdurchgang dürfte doch hoffentlich nicht nur meine Gehirnzellen, sondern auch einige Fettreserven zum Schmelzen gebracht haben.

Ich springe vor Freude in die Luft, als ich das angezeigte Gewicht von 63,7 Kilo realisiere.

Scheppernd lande ich auf der Glasabdeckung der armen Waage, die leider durch meinen Freudensprung einen deutlich sichtbaren Riss erleidet.

Flugs das Smartphone geschnappt und ein Beweisfoto erstellt, das ich lässig an Emilia mit dem Vermerk „Ergebnis des gestrigen Sportstudiobesuchs“ sende.

„Prahlhans“, kommt unverzüglich von ihr zurück.

Jetzt wird erst mal gevespert, um meine Laune auf ein erträgliches Level zu heben.

Da mein Gewichtsverlust adäquat gefeiert werden darf, bestreiche ich zunächst vor jeder weiteren Büro- oder Hausfrauentätigkeit zwei Brote umfassend mit Leberwurst und gönne mir diesen klitzekleinen Snack zum verspäteten Frühstück.

Kurzer Eigenjubel über den erfolgreichen Ablauf des gestrigen Entschlackungsvorganges und, da es meiner Leber eh Wurst ist, was ich zum mir nehme, schiebe ich ohne schuldhaftes Zögern noch drei Scheiben Salami nach.

So ausreichend gestärkt, beschließe ich als erstes der Moos-Ansammlung auf den Badfliesen zu Leibe zu rücken.

Mit meiner Hausfrauen-Clutch bewaffnet – einen Eimer gefüllt mit Badreiniger, Feudel, Wischlappen und Scheuerbürste – marschiere ich unter Abspielen des Radetzky-Marsches (den ich übrigens mit Nasenschneuzen intonieren kann, aber dies nur am Rande) in Richtung Tatort Moos.

Aber leider hilft alles Rubbeln, Scheuern und Kratzen nicht, die grüne Verfärbung bleibt standhaft in den Ritzen präsent.

Mein Blick irrt durch unser Badezimmer, mit welchem Mittel könnte ich dem Grünzeug Herr werden?

Oh ja, Nagellackentferner hilft doch immer in hartnäckigen Fällen.

Ich greife entschlossen zur Flasche und tatsächlich lassen sich die unansehnlichen, grünen, Kinder-Nasensekrete-ähnlichen Vergilbungen hervorragend entfernen.

Ein lustiges Lied auf den Lippen, schrubbe ich die Linien zwischen den Mosaiken akribisch sauber und betrachte zufrieden mein erstes Tagwerk.

Die linke Hand schüttelt meine Rechte, was bin ich für eine perfekte Putzschlampe.

Beschwingt wechsle ich meine Arbeitsstätte und starte den PC, um mir meine privaten und geschäftlichen Mails anzusehen.

Im Büro hält sich das Chaos tatsächlich stark in Grenzen, so dass ich mir lediglich die Erstellung einiger Berechnungen für Herrn Forspringer auf die Erledigungs-Agenda für den sehr späten Vormittag – also so auf circa 16:00 Uhr – setzen muss.

Schnell wechsle ich auf meinen privaten Maileingang, Carlotta fragt an, ob wir ihren Mann und sie heute Abend abholen könnten, wenn wir uns zum 17-Gänge-Menü im Feinschmeckerlokal „Zur glacierten Kalbswade" treffen.

„Klar, wenn du bei der Heimfahrt deinen Kopf aus meiner Handtasche lässt", schreibe ich belustigt-mahnend zurück.

„Zum Glück gehen wir wieder steil heute Abend, ich glaube, dass ich mir gestern versehentlich eine Teilzeitdepression im Gefühlskaufhaus erworben habe. Mein Mann wollte mich vorher bereits im Internet versteigern, wenn ich nicht bald bessere Laune bekomme. Vermutlich leide ich wieder unter Altweiber-PMS – Gefühlsschwankungen ohne nachfolgende Menstruation. Hoffen wir doch mal, dass der heutige Abend nicht wieder mit einem Blackout endet, sonst muss ich morgen früh gleich wieder die Reset-Taste in meinem Kopf betätigen", gibt Carlotta die Strategie für das heutige Abendmahl aus.

„Na ja, weitaus besser als deine guten Vorsätze sind doch ganz klar neue Absätze, optimaler Weise solche an neuen Schuhen."

Lautes Hupen vor unserem Haus lässt mich aufhorchen.

Eigentlich hupt ständig jemand.

Wir wohnen in einer nebensächlichen Nebenstraße, direkt am Ortsbach. Quasi an einer schwäbischen Gracht.

Unglücklicherweise befindet sich unser Haus neben der örtlichen Spasskassen-Filiale und die Parksituation lässt sich am treffendsten mit suboptimal beschreiben.

Meine empirischen Beobachtungen von unserem Balkon aus haben ergeben, dass die meisten Bankkunden anstreben, mit Ihrem PKW direkt vor den Geldauswurfschacht des Geldautomaten zu fahren. Daher kommt es öfters zu undurchsichtigen Parksituationen vor unserer Haustüre.

Ich bin Kummer gewohnt, daher reagiere ich nicht unbedingt auf jedes Hupen.

Heute hupt es aber anders.

Nicht lediglich ungeduldig, sondern man könnte es fast als hyperventilierendes Hupen beschreiben.

Das weckt meine Neugier.

Ich schleiche zum Dachfenster unseres Schlafzimmers und schiele hinaus. Da ich noch immer lediglich kümmerlich bekleidet bin, kann ich mich nicht der Öffentlichkeit präsentieren und vermeide einen Balkonauftritt.

Edith Pupillenstein, der Rockstar unter den motorisierten Senioren in unserem Dorf, steht wild gestikulierend auf der Straße, ein entnervt blickender Lkw Fahrer steht ihr gegenüber.

„Aha“, denke ich belustigt, „ist es wieder soweit. Edith hat die Einbahnstraße mit ihrem Auto in verkehrter Richtung befahren und beschimpft jetzt wieder sämtliche Geisterfahrer, die ihr entgegenkommen.“

„Lassen Sie die Frau wieder ans Steuer“, schreie ich zur Dachluke hinaus. „Sie arbeitet als verdeckte Ermittlerin für die Steuerfahndung und befindet sich im Einsatz.“

Zufrieden mit der Wirkung meiner resolut vorgebrachten Argumentation beobachte ich im Schutz der Dachfenster-Jalousie, wie der verdutzte Lastkraftfahrer gänzlich irritiert um sich blickt. Racing-Edith nutzt den kurzen Augenblick des Zögerns ihres Gegenübers schamlos aus und rast mit hoher Geschwindigkeit und einem rallye-tauglichen Wendemanöver nun rückwärts die Einbahnstraße bis zur nächsten Kreuzung entlang.

Gewiss ist ihr soeben eingefallen, dass sie zuhause die Kartoffelsuppe auf dem Herd vergessen hat und nun etwas Gas geben muss.

Ich vermute zwar, dass Edith ihren geistigen Zenit bereits schon lange überschritten hat – vermutlich geschah dies an einem Samstagabend vor 23 Jahren – aber deshalb darf sie ebenso am Straßenverkehr teilnehmen wie sämtliche Millionen anderer Idioten auch.

By the way, ich liebe es, wenn sich vor unserem Haus in regelmäßigen Abständen ein Spektakel wie soeben abspielt und nicht die Langeweile wie ein Fettauge auf meiner Alltagssuppe schwimmt.

Apropos Fettauge, bei der Betrachtung meines mehr oder weniger unbekleideten Unterkörpers, komme ich zu dem sinnvollen Entschluss, mich zumindest in eine Sporthose und ein T-Shirt zu schwingen, schon alleine deshalb falls es unvorhergesehener Weise nochmals zum Regeln der Verkehrssituation vor unserer Haustüre kommen sollte.

Meine Wahl der Kleidungsstücke fällt auf „Landesgartenschau 1991" für die Oberbekleidung und in Ermangelung eigener gewaschener Beinkleider auf die Jogginghose meines Mannes

Oh ja, ich könnte es in diesem Outfit problemlos auf die Titelseite des „Flodder-Kalender-2015" schaffen.

Ich ziehe meine Lesebrille auf und arbeite weiter meine Mails ab, erstaunlich wie klar der Bildschirm meines PC auf einmal wieder wirkt, wenn man ihn nicht durch einen weitsichtigen Schleier betrachten muss.

Mein geliebter Gatte hat geschrieben.

Ich beginne zu lesen und jaule laut auf.

„Hallo geliebter Pingu, bitte im Badezimmer nicht erstaunt sein, ich habe gestern Abend die Fliesen neu verfugt und das Silikonmaterial sieht zunächst einige Stunden grünlich aus, bis es die korrekte Farbtönung annimmt. Einfach bitte so belassen.“

„Heilige Marmeladen-Mutter“, mir fällt auf die Schnelle kein sinnvollerer Kommentar zu dem eben Gelesenen ein.

Hätte ich doch meine Brille schon vor einigen Stunden aufgesetzt.

Hätte ich doch meine Mails schon vorher gelesen.

Hätte ich nicht arglos daran geglaubt, dass aus Badefliesen über Nacht Moos wachsen kann.

Hätte ich doch kein Gehirn mit einem begrenzten Haltbarkeitsdatum.

Erschüttert lese ich die Mail ein weiteres Mal, leider bleibt ihr Inhalt komplett identisch erschreckend wie beim ersten Durchlesen.

Kurzer Kalendercheck, nein es ist weder 1. April, noch unser Hochzeitstag.

Kurzer Uhrencheck, es bleiben mir fünf Stunden, um die Misere wieder ins Lot zu bringen.

Wer könnte mir in dieser schweren Stunde beistehen und vor allem, wer verpetzt mich nicht?

Mir kommt ein genialer Gedankenblitz: Selbstverständlich meine Schwester Dasha.

Jemand, der dir vor fast fünfundvierzig Jahren das Lesen beigebracht hat, dich zu deiner ersten Anti-Atom-Demonstration mitgeschleppt hat. Jemand, der dir geduldig die Funktionsweise von Tampons erklärt hat, zu einer Zeit als Damenbinden noch die Ausmaße von Kopfkissen hatten, dieser jemand ist zu 100% die richtige Person, die dir aus dem Fugenschlamassel heraushilft.

Ich rufe Dasha an, schreibe ihr parallel eine

SMS, schicke ihr einen Eilbrief, fange vom Nachbardach eine Brieftaube ein und skype sie mit dem S.O.S.-Zeichen auf dem Bildschirm an.

Banges Warten.

Glücklicherweise ist sie auch eher beständig „on“ als „off“ und meldet sich einige Minuten später bei mir.

Als ich ihr meine Misere geschildert habe, lacht Dasha und meint: „Mensch Peri, du könntest echt ne Sorgenbörse gründen, deine Sorgen würde ich gerne haben.“

Meine geliebte Schwester, handwerklich ungefähr doppelt so begabt wie ich und mittels einer Bohrmaschine zur Welt gebracht, produziert schnell die zündende Idee und befiehlt mir, in der Spielkiste meiner Enkelkinder nach Knete zu suchen und parallel schon mal einen Topf mit Erbsen auf den Herd zu stellen.

Die Knete dann anschließend in dem Erbsenpüree gewälzt, dürfte sich als grüne Materie farblich recht nahe an dem ursprünglichen Fugenmaterial bewegen, so ihre professionelle Empfehlung.

Ich koche die Hülsenfrüchte zügig weich und beginne die Knete gottergeben darin zu wälzen und – oh Wunder – die Masse sieht zumindest beim ersten Betrachten den mühselig heute Morgen entfernten Kautschukleisten relativ ähnlich.

Beim zweiten Betrachten erinnert sie mich allerdings stark an das Erbrochene, das Emilia vor einiger Zeit im Flugzeug auf dem Weg nach London zurückgelassen hat, aber das steht ja in einem anderen Kapitel.

„Pauls Brille heute Nacht verstecken", notiere ich mir in mein Gedankenstenogramm.

„Unaufgefordert Sex mit meinem Ehemann zelebrieren, um ihn in jedem Fall in eine maximal verzeihende Stimmung zu bringen", folgt als zweite Notiz.

„Sämtliche neue Staffeln seiner Lieblingsserie Small-Bang-Practice heute noch per Express bestellen, damit er die nächsten Tage etwas zum Lachen hat", wird als dritter Reminder von mir gelistet.

„Neue Knete für die Kids kaufen", dann wären meine Erledigungsaufzeichnungen komplett.

So doch bestmöglich, für die vermutlich nicht ausschließlich verständige Reaktion meines Gatten gerüstet, sende ich Dasha noch ein Beweisfoto, inklusive erhobenem Daumen und etwas schiefem Grinsen meinerseits.

„Siehst du Schwesterlein, nur Männer benötigen Baumärkte – wenn es gut werden soll, genügt oftmals auch Kreativität", kommt unverzüglich mit einem Smiley von ihr zurück.

Der Blick auf die Uhr sagt mir dass ich heute weder den Schuhschrank aussortieren, noch ihn neu bestücken werde, sondern einfach Gas geben muss, um noch meine wichtigsten Dinge zu erledigen. Das Silikondesaster hat mich doch einiges meiner kostbaren Zeit gekostet.

Um in der Firma den Anschein aufrecht zu erhalten, dass ich tatsächlich Home-Office praktiziere, klinke ich mich kurz in die geschäftlichen Nachrichten ein.

Kollegin Evita fragt an, ob ich noch von der

Rheumasalbe für Hamster zuhause hätte, die bei ihrem letzten Einsatz die Hüftschmerzen ihres Gruppenleiters so formidable gebessert haben.

Der arme Herr Beinweich würde heute wieder sehr stark unter Phantomschmerzen in sämtlichen Körpergliedern leiden und möchte aber so gerne in vier Wochen bei der Skiausfahrt der Betriebssportgruppe mit an den Start gehen, da wäre ein Tiegel meiner Zaubersalbe sehr hilfreich.

„Hmm, welche von meinen ranzigen Tagescremes habe ich dem permanent maladen Herrn Beinweich beim letzten Mal untergejubelt?“, sinniere ich laut vor mich hin.

„Egal, er reagiert ja sowieso immer gleich gut auf meine selbstgemischten Placebo-Salben. Hauptsache er erhält die gewünschte Aufmerksamkeit für seine Leiden des, in seinem Fall, nicht mehr ganz jungen W.“

Eine kurze Bestandsaufnahme in meinem Badeschrank ergibt die spontane Mischung einer Fuß-Creme mit Ablaufdatum 12/1987, einem Klacks Spülung für blondierte, trockene Haare, einen Löffel Zahnpasta mit Eukalyptus-Geschmack sowie zur Abrundung etwas WC Reiniger.

Liebevoll beschrifte ich die Dose mit „Rheumasalbe – auch für Nagetiere geeignet“, packe alles in eine Tüte, schreibe den Empfängername „Herr Beinweich – Abteilung spezielle Spezialschlampereien“ darauf und versenke alles in meiner Geschäftstasche.

Flugs mache ich mich an die Berechnung für Herrn Forspringer, inzwischen will er nicht nur einen Dark Room sondern gleich ein SM-Studio bei uns finanzieren und da ich tatsächlich ein Faible für zukunftsträchtige Investitionen habe, bin ich bei solchen verwegenen Ideen selbstverständlich nicht abgeneigt.

Zufrieden mit meinen Berechnungen klicke ich auf den Sende-Button, stelle – schluchz – leider im selben Moment fest, dass ich die sadistisch-masochistische Kalkulation versehentlich an die Kirchengemeinde des Nachbarortes gesandt habe. Dass die Autoerkennung aber auch nicht „Forspringer" und „Fleißig vorwärts strebende Gemeinde der Disteln unseres Herrn im Garten der Erfüllung" unterscheiden kann.

Auch ein grabschender Griff auf den Bildschirm meines Computers bringt nichts, die Mail ist weg.

Oh herrjemine, da sollte ich morgen vielleicht ein klärendes Telefonat mit dem Gemeindevorstand führen, warum ich ihnen den Einbau eines kleinen Quäl-Studios in ihrem Kirchenanwesen finanzieren würde.

Es wird dunkel um mich.

„Mist, sofortige Strafe für mein Maildesaster", ist mein erster, erschreckter Gedanke.

„Ach nee, Gott sei Dank nur die einsetzende Sonnenfinsternis", fällt mir glücklicherweise sofort darauf ein.

Das Jahrhundertereignis muss allerdings ohne meine aktive Teilnahme stattfinden, denn mir fällt brandheiß ein, dass ich mich ja heute für das deutschlandweite Versuchsprojekt des Bügelwäschetausches registrieren habe lassen und die zerknitterte Kleidersammlung von Mathilde aus Lüneburg seit einigen Tagen darauf wartet, von mir geglättet zu werden.

Hin-und her getauschten Frauen, Dschungelschlampen auf der Suche nach sich selbst und anderen Menschen beim Tanzen lernen zuzusehen war gestern. Heutzutage findet der werte TV-Betrachter Befriedigung dabei, Frauen bei solch exotischen Tätigkeiten wie Bügeln zu beobachten.

Damit das ganze Konstrukt für den anspruchsvollen Zuschauer einigermaßen komplex anmutet, werden die Wäscheberge systematisch in ganz Gesamtdeutschland nach einem akribisch festgelegten Verteilsystem zugeordnet.

Die Erfinder dieser Doku-Soap „Bügeln – oder gebügelt werden" müssen ein klares Nord-Süd-Wäsche-Gefälle in unserem Land vermuten, ansonsten würden sie nicht die Mangelwäsche längs durch die Republik schicken.

Ha, bestimmt sind wir Süddeutschen die Ordentlicheren im Lande und ich, ja genau ich, werde dies eindrucksvoll unter Beweis stellen.

Ich lese mir nochmals kurz die Anleitung des Regisseurs durch, kontrolliere, ob meine Web-Cam ordnungsgemäß aufgebaut und eingeschaltet ist und beginne Mathildes, zwar frisch gewaschene, aber leider irgendwie seltsam riechende Wäscheutensilien aus dem Korb zu nehmen.

Die Anweisungen der Aufnahmeleitung besagen, dass man sich als bügelnde Darstellerin genauso kleiden und verhalten soll, wie man üblicherweise auch sonst diese Hausfrauen-Tätigkeiten erledigt.

Konkret bedeutet dies, dass ich akkurat mit dem schlabbrigen Joggingsack von Paul, dem löchrigen Landesgartenschau-T-Shirt, ungeschminkt und mit einer absonderlich miesen Frisur an meinem Bügelbrett stehe.

Aber hoffentlich verhalten sich die anderen Darstellerinnen ebenso akribisch analog dem Drehbuch, nicht dass ich die one-and-only-Schlampe in dieser Staffel darstelle.

Während des Mangelns schaue ich nicht fern, ich bügle nicht im Keller, meine Wäschezeiten sind tagsüber und nicht abends und was ganz schrecklich ist, ich habe bereits als Kind gerne die Bügelmaschine meiner Mutter bedient.

Eben diese Details musste ich in den Bewerbungsbogen der Produktionsfirma eintragen, um einen Platz in Deutschlands erster Bügelshow zu erhalten. Des Weiteren wurde abgefragt, ob ich die Wäsche in den Trockner werfe oder zum Trocknen aufhänge, mit welchen Gradzahlen ich die Wäsche in der Maschine bearbeite (Kochwäsche ist mir kein Fremdwort) und ob ich eher der Wäscheberge-Sammel-Typ oder der Regelmäßig-Bügler (letzteres) bin.

Eigentlich hochspannend, was sich die kreativen Köpfe bei der Produktionsfirma hier einfallen ließen, ich gehe bei diesem neuen TV-Format von zweistelligen Einschaltquoten aus.

Dem Überangebot von Kochshows musste doch so langsam Einhalt geboten werden und da stellt „Bügeln – oder gebügelt werden“ eine fantastische

Weiterentwicklung in der Programmlandschaft des Fernsehens dar.

Ein lustiges Lied auf den Lippen bearbeite ich die Klamotten von Mathildes Familie, ich analysiere die Kleidergrößen der Wäsche-Inhaber (groß), die Qualität der Kleidungsstücke (mies) und tippe auf eine alleinerziehende Achtunddreißigjährige mit drei minderjährigen Kindern.

Wer die Lebensumstände seiner Gegenbüglerin richtig errät, erhält in der Finalshow am Weltbügeltag nochmals Bonuspunkte, diese will ich mir natürlich keinesfalls entgehen lassen.

Ich gemeines Luder habe Mathilde selbstverständlich noch einige von Carlottas raffiniert geschnittenen und mit Schnüren, Bändern und sonstigem Schnickschnack verzierten Blusen untergejubelt. Ebenso lagen meiner Wäschelieferung in die Lüneburger Heide mehrere Sweatshirts von Annika bei, auf denen Glitzerponys und Fabeltiere mit Strass-Steinen meine Gegenspielerin hoffentlich verzweifeln lassen.

Bin ja nicht blöd.

Das Schnuppern an der Unterwäsche von Mathilde verrät mir zusätzlich, dass sich als weiteres Haushaltsmitglied ein Schmusetiger bei der Familie in Lüneburg aufhalten muss, denn der Geruch, den ich wahrnehme, erinnert verdammt an Katzenpisse.

Oder Mathilde leidet unter starkriechendem Ausfluss.

Egal, um was es sich tatsächlich handelt, ich verspüre nach meinem Schnuppertest leider einen dringenden Drang, die Toilette aufzusuchen.

Hektisch suche ich in dem mir überlassenen Drehbuch nach konkreteren Regieanweisungen für diesen Fall, finde aber leider in der Eile keine Beschreibung dieser speziellen Situation.

Ich stelle das Bügeleisen ab und schleiche mich in das gegenüber meinem Arbeitszimmer liegende Bad, doch als ich mich entspannt auf der Toilettenschüssel niederlasse, sehe ich zu meinem Entsetzen, dass ich direkt in der Aufnahmeschneise meiner Webcam sitze.

Verfluchter Mist, warum habe ich nicht daran gedacht, dieses blöde Ding vorher auszuschalten.

Ich halte in meiner Panik das neben mir hängende Badetuch vor mich und meine Klo-Performance. Auf die Verwendung von Toilettenpapier muss ich wegen der gebotenen Eile leider verzichten.

Bei meiner Rückkehr an den Bügeltisch versende ich panisch sofort eine E-Mail an den Fernsehsender, in dem ich um großzügiges Herausschneiden der soeben versehentlich aufgenommenen Szenen bitte.

Egal, ich werde meine erste Konkurrentin niederbügeln.

Handgestoppte 47 Minuten später schalte ich das Plätteisen aus und betrachte zufrieden die wunderbar gestapelten Kleiderstapel, das könnte locker genügen, um gefahrlos in die nächste Runde einzuziehen.

Ein letztes Winken in die Kamera und ich schalte das unerbittliche Auge aus.

Jetzt noch schnell am PC die notwendigen Daten meiner heutigen ersten Bügelsession erfasst und ich kann mich langsam an das Leben eines Fernsehstars gewöhnen.

Bei Interview-Wünschen werde ich auf meinen Manager verweisen.

In den E-Mails entdecke ich die Antwort des Kirchengemeinderates auf meine versehentlich versandte Berechnung für das SM-Studio, in dem er bittet, ihm genauere Informationen über diese interessante Nutzung der Kellerräumlichkeiten des Gemeindezentrums mitzuteilen.

Dann werde ich mal versuchen, Herr Forspringer und den Gemeindevorstand auf irgendeine Weise zusammenzubringen, wäre doch gelacht, wenn ich hier nicht ein lukratives Geschäft anbahnen könnte.

Um meiner spontan entstandenen Euphorie aber gleich einen gehörigen Dämpfer zu erteilen, folgt allerdings leider stante pede eine Nachricht der Bügelshow-Verantwortlichen, dass unter § 3, Absatz 5 meines Darstellervertrages exakt geregelt sei, dass über das Verändern der aufgenommenen Szenen lediglich der Regisseur und nicht etwa die Darsteller entscheiden können. Das gesamte Produktionsteam erachte die Klo-Szene für sehenswert und wolle diese den Zuschauern keinesfalls vorenthalten.

Bestürzung macht sich bei mir breit, ich werde an dem Tag der ersten Ausstrahlung kurzfristig nach Paraguay auswandern.

Und überhaupt, der Blick auf die Uhr lässt mich innerlich in Schüttellähmung verfallen, in weniger als einer Stunde muss ich gestriegelt und gebügelt

Paul im Büro abholen, um mit ihm zu unserem Schlemmerabend zu fahren.

Vorher sollte ich noch Carlotta und ihren Gatten ins Auto verfrachten und da-davor sollte ich noch duschen und mich in gesellschaftskompatible Kleidung werfen und da-da-davor muss ich noch mein, für heute Abend geplantes Outfit bügeln....büüüüüüüüüüüüüüüüüüüüüüüügeln. Heiliges Bügeleisen, eben diese Klamotten lungern jetzt in Mathildes Bügelzimmer in der Lüneburger Drecksheide 'rum. Wie konnte ich nur so unorganisiert an den heutigen Abendtermin gehen?

Ich lasse meinen Frust an der Schranktüre aus, indem ich dreimal kräftig mit dem Fuß dagegentrete, was mir allerdings außer einem Unterschenkelhämatom keinerlei weitere Ergebnisse einbringt.

Dann muss ich halt, heul, schluchz,dieselbe Hose wie vergangene Woche anziehen und, doppelschluchz, auf mein neues, cooles Shirt verzichten, das meine neue Lieblingsfeindin Mathilde hoffentlich so behandelt, als ob es sich um ihr eigenes Kind handeln würde.

Emotionale Beziehungen zu Kleidungstücken aufzubauen, bleibt uns Frauen überlassen, Männer gehen maximal eine Liebesbeziehung zu ihrem Smartphone oder ihrem Akkuschrauber ein.

Angetrieben von dem drohenden Donnerwetter, das mich bei verspätetem Abholen von Carlotta zu erwarten hätte, gebe ich tüchtig Gas und schaffe es tatsächlich, zwar mit noch weitgehend pitschnassem Haar (kann ich im Restaurant unter dem Händetrockner erledigen) und ungeschminkt (werde ich auf der Fahrt zum Gourmettempel vervollständigen) mit der minimalen Verspätung von zwanzig Minuten bei meiner Freundin vor dem Haus aufzukreuzen.

„Na Peri, ist dir mal wieder die Zeit davongerannt“, begrüßt mich Sam mit einem liebevollrügenden Unterton in seiner Stimme.

„Nun ja, Haare und Make-Up muss ich noch ein wenig feintunen, aber jetzt erst mal rein ins Taxi“, entgegne ich schlagfertig.

„Und andere Schuhe hast du auch noch dabei?“, fragt mich Carlotta, mit Blick auf die Gesundheitslatschen an meinen Füßen.

„Ich bin doch wirklich dem Hasenhirn sein Guschdl“, fluche ich in den höchsten Tönen, als ich das Schuh-Desaster registriere. „Da hilft nur eine Vorwärtsstrategie: Ich werde wohl oder übel behaupten, dass dies der neueste Trend aus New York, Mailand und Paris sei und alle, die dies noch nicht wissen, Modemuffel sind.“

„Ts, dass so ein Fauxpas ausgerechnet dir, Peri, passiert, wo doch dein Schuhschrank – wie übrigens der meiner geliebten Ehefrau auch – so ziemlich alles bis auf LKW-Pneus enthält, was unter dem Stichwort ‚Bereifung‘ in den Läden zu finden ist“, neckt mich Sam und fängt sich dafür einen halb-liebevollen Leberhaken von Carlotta ein.

„Sam, beim Thema Schuhe hätte ich gerne, das ihr Männer euch raushaltet, dass verhält sich ähnlich wie mit Prostataproblemen, da kann glücklicherweise auch nur die eine Hälfte der Weltbevölkerung mitreden“, kläre ich meinen Passagier auf der Rückbank auf.

„Aber keine Panik, das nächste Mitglied aus dem Verein der Vorsteherdrüsen unterstützt dich jetzt gleich in deinen Thesen“, beruhige ich ihn, als wir mit einem rasanten Bremsmanöver vor dem Firmengebäude zum Stehen kommen, in dessen Eingangsbereich bereits Paul halbverfroren auf uns wartet.

„Lasst mich raten, Peri war mit der Maske noch nicht ganz fertig“, begrüßt uns mein Mann mit einem wissenden Seufzer auf den Lippen.

„Meine Frau wird der erste Mensch sein, der zur eigenen Beerdigung zu spät kommt“, setzt Paul gleich noch einen drauf, was ich lediglich mit einem Achselzucken und einem genuschelten „Aber meine Sozialprognose ist weiterhin positiv“, beantworte.

Da wir nun komplett sind, kann der Abend beginnen. Ich ignoriere sämtlich rote Ampeln sowie Geschwindigkeitsbegrenzungen und es gelingt mir tatsächlich die zuvor verursachte Verspätung auf läppische zwölf Minuten zu senken – gut, Carlotta und Sam sind kreideweiß im Gesicht und Paul hält sich krampfhaft an der Schlaufe oberhalb der Wagentüre fest – aber wer fährt, bestimmt!

Bei unserer fast pünktlichen Ankunft schleiche mich durch den Hintereingang ins Gebäude, um zunächst auf der Damentoilette den Haartrocknungsvorgang und meine Schminktätigkeit zu vollenden. Zusammen mit den Gesundheitslaschen an meinen Füßen bin ich eh Spott und Häme ausgesetzt, da kommt es auf meine Ersatzspieler-Frisur auch nicht mehr an, spreche ich mir selbst Mut zu, als ich zu den Teilnehmern der heutigen Tafelrunde stoße.

Macht es Sinn, bereits an dieser Stelle zu erwähnen, dass ich über den gesamten Abend verteilt sieben Komplimente für mein innovatives Haar- und Schuhstyling einheimsen konnte?

Und zwar, bevor die Blicke der Ritter der Tafelrunde promillegeschwängert getrübt waren.

„Herrlich, heute können wir mal wieder hemmungslos über den Flaschenrand hinausschauen", begeistert sich Clemens, in dessen Kautschukmagen bereits zwei Pfund des krossen Brotes, welches zusammen mit leckerem Bärlauch-Quark auf den Tischen bereitsteht, verschwunden ist.

Die Speisekarte unseres „Amuse-Geule-Menüs" ist ungefähr so groß, wie die Straßenkarte von Rheinland-Pfalz, nur mit deutlich schöneren Namen darauf und ohne Abbiegungen oder Feldwege.

Mir wird es bereits beim Lesen schwindelig, wenn ich nur daran denke, dass sämtliche der aufgeführten Speisen ihren Weg durch meine Innereien finden und sich dann mit einem hämischen „Platz da" auf meinen Hüften absetzen werden.

Genau in diesen Momenten fühle ich mich ähnlich wie Transsexuelle, denn ich wurde ebenfalls in einem falschen Körper geboren.

Für meine Größe bin ich zu klein, für mein Alter viel zu gewichtig und für meine Schuhgröße habe ich einen zu ausladenden Busen.

Aber scheiß drauf, nicht nur Malle ist lediglich einmal im Jahr, auch solch ein Genussabend wie heute findet ja ebenfalls nicht wöchentlich statt. Obwohl, wenn ich unsere anwesenden Freunde so betrachte, Feiern gehört definitiv zu deren Grundbedürfnissen – und das ist auch gut so.

Todesmutig stürze ich mich auf die soeben servierte Vorspeise, deren Namen ich weder aussprechen noch bei den Dienstagsmalern jemals zeichnen könnte, aber sie schmeckt schon mal himmlisch.

Am Ende unserer Tafel ist inzwischen bereits eine eifrige Diskussion zwischen Tony und Magnus Hammel, liebevoll „Hammelchen" genannt, entbrannt, ob sich die erste Weinbestellung über zwei oder besser gleich über drei Flaschen erstrecken soll.

Tony ist ein klarer Verfechter der Strategie „Besser zu viel bestellen als wegen zu wenig Wein weinen zu müssen." Hammelchen wiederum hat von Wein so viel Ahnung wie von den Thesen des kommunistischen Manifestes.

Morgen wird er wieder alle Teilnehmer des heutigen Abends anschreiben, wer sein Gehirn im Restaurant gefunden hat, da er es dort wohl vergessen haben müsse oder wer ihm die letzten vier Stunden unseres Gelages nochmals schildern könne.

Er wird sich tendenziell wieder maximal an die Namen der Mittesser und deren Haarfarbe erinnern können, aber nur schemenhaft daran, was und wieviel er davon getrunken hat, wie er nach Hause gekommen ist und die Rotweinflecken auf sein Hemd gekommen sind, obwohl er den ganzen Abend nach eigener Erinnerung keinen Tropfen des roten Traubensafts zu sich genommen hat.

Samira steht indes Tony helfend zur Seite und erweitert die Weinbestellung um lächerliche drei Flaschen des sündhaft teuren Burgunders – sehr schön, eine Frau der Tat, das lobe ich mir.

Eigentlich ist Samira genau wie Greta, eine Tenniskameradin von mir – nur ganz anders.

Allerdings können im Genussverhalten der beiden klare Parallelen festgestellt werden – für uns das Beste, für die anderen die Reste!

Weise, interessante Mädels im besten Frauenalter. Übrigens beide Singles und Hundeliebhaberinnen – falls sich zufällig ein schnittiger, zweibeiniger, interessierter Labrador unter meiner Leserschaft befinden sollte, stelle ich gerne den persönlichen Kontakt fürs Gassi gehen her.

Zurück in die Niederungen des kulinarischen Intermezzo.

Da ich selbst Alkohol verabscheue und den höchsten Genuss im Schlürfen von eiskaltem Spezi verspüre, werden meine Anfeuerungsrufe für Samiras Weinentscheidungen lediglich mit einem mitleidigen Lächeln von den Anwesenden quittiert. Garniert mit Sprüchen wie „Peri, halte du dich aus Themen raus, von denen du absolut keine Ahnung hast. Du denkst ja heute noch, das ‚Sauvignon Blanc' eine Farbschattierung im Wasserfarbenkasten deiner Enkel ist."

Gut, man muss Schwerpunkte im Leben setzen und die meinigen habe ich klar an der Essensfront manifestiert.

Gerade als ich nach der zweiten Vorspeise greifen möchte, die von den Bedienungen in der Mitte des Tisches drapiert wird, kommt es für mich zu einem unangenehmen Ballverlust im Mittelfeld.

Clemens' Hand fährt, vergleichbar der Zunge eines Chamäleons, pfeilschnell aus. Es verschwinden gleich mehrere der Miniaturtöpfchen darin, in denen Maître Damian leckerste Schweinereien vom Kälbchen (unschuldig), vom Huhn (dumm) sowie von der Garnele (ahnungslos) allerfeinst angerichtet hat.

Sam beginnt zu schimpfen und peitscht Clemens mit einer halben Baguette-Stange aus, Carlotta ist das Verhalten ihres Gatten peinlich und ertränkt ihren Schmerz im soeben angelieferten Weißwein, verzichtet dafür auf das kulinarische Entree.

Mein Mann, greift sich derweil souverän die Garnelenbestände ab, schließt sich anschließend widerstands- und kommentarlos Carlottas Kapitulation vor den Unmengen Weinflaschen an und sichert ihr bedingungslose Solidarität für den restlichen Abend in der Korkenzieherfraktion zu.

Hammelchen (bisher nicht in Speiseform auf unserem Tisch aufgetaucht), Samira, Tonys Lebensgefährtin Deborah sowie die bis dato unerwähnte Familie Franka und Egbert Zander und natürlich meine Üppigkeit sichern sich derweil die restlichen Hors Oeuvres, bevor diese von der der Speisen-Absorbierungsmaschine Clemens entdeckt und vernichtet werden.

Dessen „Herzblättle" Rita verdreht angesichts seiner staubsaugerähnlichen Schlingkunst bereits jetzt, also noch Stunden vor dem Auftragen der

Hauptspeise, ihre Augen Richtung Himmel.

Vielleicht erhofft sie sich von dort einen unverzüglichen Darmverschluss für ihren geliebten Schatz.

„Mon dieu“, sinniert Franka, „da hat sich Damian aber wieder etwas sehr, sehr Leckeres einfallen lassen“ und leckt begeistert sowohl ihre Finger als auch die ihres – naja nennen wir es irritiert blickenden – Ehegatten ab.

Leises Schnarchen rechts von mir unterbricht mich in meinen, fasziniert Frankas flinkem Fingerspiel folgenden Betrachtungen.

Deborah schläft mit einem seligen Lächeln auf den Lippen im Restaurantstuhl.

Ich wecke sie durch sanftes Pusten in ihr linkes Ohr.

Vermutlich war mein Weckversuch nicht sanft genug, denn Deborah schreckt auf, stößt dabei einen gellenden Schrei aus und wirft mit ihrer Ellenbogenunterseite – sicherlich unabsichtlich, aber dafür hochspektakulär – eine der 87 Euro teuren Burgunderflaschen nebst Inhalt um.

„Oh, gibt es den nächsten Gang zum Essen?“, murmelt die Weinmeuchlerin ungerührt und greift zu dem, sich auf meinem Tellerchen befindlichen Schälchen.

„Bediene dich ruhig, Deborah, du hast heute auch wieder einen anstrengenden Arbeitstag absolviert“, animiere ich meine Nebenfrau belustigt.

Als sie allerdings das Schälchen komplett leer wieder auf mein Tellerchen zurückstellt und engagiert nach meinem Becherlein greift, mutiere ich zum Kampfzwerg und verbiete ihr mein Hoheitsgebiet, indem ich eine großzügige Demarkationslinie um mein Essgeschirr ziehe.

Das wäre ja nochmals schöner….

Wir springen in unserer Betrachtung des Geschehens eine Stunde weiter, gleiche Darsteller, weiterhin exzellente Speisen, leckerste Weine, aber was müssen wir sehen:

Glasige Augen, geöffnete Hosenknöpfe, verknotete Zungen, Verluste der Muttersprache und weitere, teilweise unbeschreibliche Blessuren in der Physis nahezu aller Teilnehmer des Gelages.

Hammelchen verscherzt es sich beinahe endgültig bei Carlotta, indem er sie auffordert, dass sie sich entsorgen soll.

Im letzten Augenblick bekommt er doch noch die Kurve, durch die verbal zwar fast unverständliche Korrektur seiner Worte, die aber zumindest inhaltlich wieder alles geraderückt.

„Carlotta", beginnt er seine Rede, „Carlotta, ich wollte eigentlich in Wirklichkeit sagen, dass ich es schön fände, wenn du deine Sorgen wegmachen könntest und ich hatte einfach nicht mehr die Kraft dazu, die Buchstaben in die richtige Reihenfolge zu bugsieren."

Während er diese gewichtigen Worte an Carlotta gewandt spricht, steht er auf und schwenkt sowohl sein Rotweinglas als auch seinen Körper einem Auslegekran ähnlich, fast waagrecht durch den freien Raum.

Carlotta hat ihm bereits verziehen und will sich mit ihm mittels Anstoßversuch wieder verbrüdern.

Ungeschickterweise muss just in diesem Moment Sam einem dringenden Bedürfnis nachgehen und steht schwungvoll von seinem Stuhl auf.

Von links trifft ihn volle Breitseite die Rotweindusche aus Hammelchens Glas, rechterseits wird sein Designerhemd mit Carlottas Rebensaft übergossen, ein zauberhaftes Muster breitet sich in Sekundenschnelle auf seiner Oberbekleidung aus.

Der Blick!! Sam`s Blick an seinem Hemd entlang kann als schlichtweg sensationell bezeichnet werden.

„Ausziehen, ausziehen", skandiert die gesamte Meute. Sam lässt sich nicht lumpen und verbringt den restlichen Abend mit unbekleidetem Oberkörper, was glücklicherweise seiner Stimmung und der Gesamtwetterlage unserer Abendgesellschaft keinen Abbruch tut.

Carlotta hängt das Hemd ihres Mannes zum Trocknen über das, sich an der gegenüberliegende Wand befindliche Nashorngeweih. Keine Ahnung, wie der Dickhäuter in die schwäbisch-badischen Wälder rund um das Feinschmeckerrestaurant kam und wer ihn erlegt hat.

Vermutlich waren die Großwildjäger in einer ähnlich guten Stimmung wie unsere heutige lustige Runde und man hat die Jagdtrophäe des damals erlegten Hirsches mittels Schönheitsoperation etwas aufgepimpt.

Rhythmisches Schnarchen am Ende des Tisches lässt unsere Aufmerksamkeit wieder Richtung Deborah wandern.

Sie liegt inzwischen mit Gesäß, Oberkörper und

Kopf sanft gebettet auf einem der weich gepolsterten Designerstühlen, während sich Beine und Unterkörper auf Ritas Schoß befinden.

Diese streichelt ihr zart über die geröteten Wangen und singt ihr leise ein beruhigendes Schlaflied.

Selbstverständlich werden wir Deborah – gute Freunde wie wir alle sind – die restlichen acht Speisegänge liebevoll abfotografieren und ihr diese bei passender Gelegenheit als kulinarische Diashow präsentieren.

Vermutlich werden sich Clemens und ich nach klitzekleinem, gespieltem Sträuben relativ schnell breit schlagen lassen und uns aufopferungsvoll um die Vertilgung von Deborahs Essenportionen kümmern.

Somit wäre alles in geregelten Bahnen und ich beschließe, für einen kurzen Moment sämtliche Teilnehmer unserer illustren Runde ihrem eigenen Schicksal zu überlassen und die Toilette aufzusuchen.

Habe ich zu irgendeinem Zeitpunkt bereits erwähnt, dass ich Mädchenklos für wahrhaft mystische Orte halte?

Männerklo

- Reingehen
- Hose auf
- Pinkeln
- Abschütteln
- Hose zu
- (Hände waschen)
- Fertig.

Patrick Müller

// „Danke“ –
eines der schönsten Worte.

Ein ganz dickes Dankeschön meinem Mann Helmut für seinen überragenden Einsatz bei der Buchproduktion, mit Sabrina als kongeniales Kreativteam für Gestaltung und technische Umsetzung.

Welche sensationelle, witzige und tolle Freundinnen ich habe, ist mir permanent während des Schreibens bewusst geworden, als ich meine Tausende von Notizen zu ‚Mädchenklo‘ verarbeiten durfte – danke Mädels für eure Inspirationen und Unterstützung des Projekts.

„Ohne Moos nix los“ – mit großer Dankbarkeit darf ich die finanzielle Unterstützung meiner „elterlichen Hausbank“ für mein Buch- und Verlagsprojekt wertschätzen. Danke Ilse und Reinhard.

Danke an Claudia, danke an Peter – ohne deren liebevoll-konstruktiv-kritischen zweiten und dritten Blick wären manches Satzungetüm auf meine Leserschaft los gelassen worden. Und danke an Kevin als exzellenter Fehler-Spürhund.

Für den richtigen Eyecatcher auf dem Titelcover sorgte Sarah – perfekt in Szene gesetzt von Petra und Ralph.

Herzlichen Dank an Sabrina und Pasquale, die uns so wunderbar unkompliziert die perfekten Räumlichkeiten Ihres „Cafe Prag“ in Pforzheim fürs Covershooting zur Verfügung gestellt haben.

Danke an Eunike, π und Daniel für die fantastischen Wortbeiträge. Die Beteiligung an meinem Buchprojekt macht mich stolz. Einen ganz besonderen Dank gilt π für seine kreativen Inspirationen.

Mein Schluss-Dankeschön geht an meine Schwester Susanne, die mich unentwegt moralisch unterstützt hat und mit ihrem Satz „Schreib endlich dein erstes Buch, bevor du geistig umnachtet bist!“ die Initialzündung zum vorliegenden Werk gab.

Silke

Der **Pinguin**.
Sympathischer Bewohner der Südhalbkugel.
Unser Maskottchen.

[ˈpɪŋgu]

pinguletta

[lɛˈta]

La **lettera**.
Italienisch für
Buchstabe/Schreiben.
Unsere Leidenschaft.